KELEBEK
ADASI

ÖZGÜN ADI: Back to You
KİTABIN ADI: Kelebek Adası
YAZAR: Sarah Jio
ÇEVİREN: Fatma Zeynep Öztürk
EDİTÖR: Gökçe Yavaş
DÜZELTİ: Hacer Demir
KAPAK TASARIM: Karen Yardımlı
BASKI VE CİLT: Mimoza Matbaacılık San. Tic. A.Ş.
Merk. Efendi Mah. Davutpaşa Cad. No: 123 Kat: 1-3
Topkapı/Zeytinburnu/İstanbul
Sertifika No: 33198

1. Baskı: Kasım 2016, 60.000 adet

ISBN: 978-605-9441-03-2

PENA YAYINLARI A.Ş.
Halaskargazi Caddesi No: 51 Şişli-İstanbul
Tel: +90 212 368 8300 | Faks: +90 212 381 7648
e-posta: info@penayayinlari.com | www.penayayinlari.com

Yayıncı Sertifika No: 27481

Sarah Jio

KELEBEK ADASI

İngilizceden Çeviren:
Fatma Zeynep Öztürk

PENA

bikahvebikitap'tan Ayşe Ayhan'a, *Kukla Süreyya*'ya,
Ayşe Kucuroğlu'na ve *SarahJioTurkey*'den Berna Saray'a
katkıları için teşekkür ederiz.

“Gittiğim bütün yollar sana çıkıyor.”

Paulo Coelho

2016 yazı, Seattle

Sevgili Türk okurlarıma,
Bu kitabı yazmaya yıllar önce başladım. Bu hikâyeyi yazma fikri, bir öğleden sonra Seattle'da en sevdiğim kafede otururken gelmişti aklıma. Kafede oturanlardan birisinin, balayında ortadan kaybolan bir kadından bahsettiğini duydum ve kendi karakterimi yaratmaya başladım. Bu karakter, görünüşte harika bir hayatı olan ama birden her şeyini kaybeden bir karakterdi.

Bu kitabın yarısını çok hızlı bir biçimde yazdım. Bir yazarın bakış açısından bu, parmaklarımdan akıp giden bir hikâyeydi. Karakterlerin neler yapacağını veya neler söyleyeceğini düşünmek zorunda değildim. Bunları zaten biliyordum ve yeterince hızlı yazamıyormuşum gibi hissediyordum.

Ama kitabın yarısına geldiğimde özel hayatım karmakarışık oldu. Hayatımda çok zorlu bir dönemden geçiyordum. Her gün hayatta kalmaya, bir adım daha atmaya çalışıyordum. Gözlerimin önünde dünyam yıkılıyordu ve yetiştirmem gereken başka bir kitap vardı. Ne yazık ki bu hikâyeyi ne kadar seversem seveyim, bu "ada kitabını" bir kenara bırakmak zorunda kaldım.

Yine de karakterlerimi düşünmeden edemiyordum. Charlotte, Erik ve Gray'e ne olacaktı? Bu yürek burkan, trajik senaryonun mutlu bir sonu olacak mıydı?

Ayrıca, Bermuda Şeytan Üçgeni ve dünyanın bu gizemli ve mistik bölgesinde kaybolan gemilere, uçaklara ve sayısız insana takıntılı hale gelmiştim.

Hayatım düzene girdiğinde, her şey en sonunda yerli yerine oturduğunda, bilgisayarımda "KELEBEK ADASI-İLK TASLAK" adlı dosyayı açtım. Bu hikâyeye ve karakterlere geri döndüm. Kendimi yeniden Charlotte'un dünyasına bıraktım. Onunla birlikte kumsalda yürüdüm. Onunla birlikte ağladım. Ona büyük macerasında, neşesinde ve hüznünde eşlik ettim. Ve bu benim için büyük bir zevkti.

Umarım siz de bu büyük maceradan keyif alırsınız. Umarım hayat sizi nereye götürürse götürsün kumlu bir plajda, kayalık bir tepede ya da ikisinin arasında bir yerde yolunuzu bulursunuz. Tıpkı benim en sonunda yolumu bulduğum gibi.

Hayata ve aşka, doğru yolu yeniden bulmaya.

Seattle'dan sevgiler,

Sarah

1. Bölüm

31 Ocak 2037

Dün gece rüyamda adayı gördüm. Dalgaların kıyıya vuruşunu dinledim, yanaklarıma dokunan ılık rüzgârı hissettim, plümerya çiçeklerinin havadaki yumuşak kokusunu duydum. Gray de oradaydı. Uçurumda beni bekliyordu. Samimi, mıknatıs gibi bakışları beni kendine çekiyordu.

Yalnız uyanmaktan nefret ediyorum. Geri dönmek istiyorum. Geri dönmek için her şeyi yaparım.

Lecia, verandadan, "Tık tık," dedi.

Akşamın erken saatleriydi. Elinde, yuvarlak, paslanmaz çelikten bir tepsi vardı. İçinde muhtemelen ızgarada balık ve buharda pişirilmiş sebze vardı. Şanslıysam da mangolu salsa salata.

"Lütfen, bir şeyler yemen gerek," dedi.

Omuz silktim. "Aç değilim."

Kaşlarını çattı. "Çok zayıfsın."

Mayısta altmış beş yaşıma girmiştim. Otuzlu yaşlarımın başından beri burada, Bermuda'da yaşıyordum. İlk zamanlar, kumsalda sevimli bir evde yaşıyordum, şimdi de burada. Fena değildi, aslında fena değilden de iyiydi. Günde üç kez odama yemek geliyordu. Hizmetçiler vardı. Okyanus evimin hemen dibindeydi. Mutlu olmam gerekiyordu, biliyordum. Ama mutluluktan vazgeçeli uzun zaman olmuştu. En azından çoğu insanın hayatlarının sonbaharında sahip olmayı düşündüğü gibi bir mutluluğa sahip değildim. Boynumdaki akuamarin taşını tuttum. Bu taşın denizcilere şans getirmesi beklenirdi. Bu ironi ne zaman aklıma gelse gülümserdim.

Lecia, "Sana yeni bir kitap getirdim," dedi. Okumayı sevdiğimi biliyordu. Bu, benim kaçış yolumdu.

"Teşekkürler," dedim.

Sandalyemin yanındaki masanın üstüne bir kitap bıraktı. Kapakta, eski bir gemiyle denize bakan bir kadın olduğunu gördüm. Bu, deniz kazası geçiren birinin hikâyesiydi. Yani benim en sevdiğim tür. Lecia bunu biliyordu. Duvardaki kitaplığa baktım ve bunca yıl kaç kitap okuduğumu hesaplamaya çalıştım. Muhakkak binleri buluyordu.

Lecia elini cebine sokup bir sürü mesaj çıkardı. Geçtiğimiz nisanda telefonumun bağlantısı kesilmişti. Ön bürodakiler bana gelen telefonları not alıyordu. Kapımın altında düzgün beyaz zarflar içinde küçük pembe not kâğıtları beliriveriyordu. Bunu ben böyle istemiştim. Rahatsız edilmek istemiyorken neden rahatımı bozmalarına izin verecektim ki?

Lecia bana bir düzine not kâğıdı uzatarak, "Aşağıda telefon durmadan çalıyor," dedi. Kâğıtları hızlıca gözden geçirdim: *People, CNN, USA Today.* Bir ay sonra, kurtuluşumun otuzuncu senesi olacaktı. Hepsinin özel bir röportaj istediğini biliyordum. Hayatımın nasıl gittiğini, adayı düşünüp düşünmediğimi merak ediyorlardı. *Onu* düşünüp düşünmediğimi.

İç geçirdim ve mesaj yığınını Lecia'ya geri verdim. "Hayır," dedim. "Röportaj istemiyorum."

Başını salladı. Hayal kırıklığına uğradığını anlamıştım. Geçmişimden bahsetmenin yaşadıklarımı aşmama ve hayatıma kaldığım yerden devam etmeme yardım edeceğini düşündüğü sır değildi. Ama ben buna hazır değildim. Açıkçası bir gün hazır olacak mıydım ondan bile emin değildim. Lecia tereddüt etti. Sonra yığının arasından bir kâğıt çıkardı. Kâğıdı bana uzattı.

"Buna bak," dedi. "Adı Jeremy Edwards. *New York Times*'ta çalışıyormuş."

Omuz silktim. On yıl önce Oprah'yla röportaj yapmayı reddetmiştim. *New York Times*'ı neden umursayacaktım ki?

"Bu ısrarcı," dedi. "Üç kez aradı."

"Ona özür dilediğimi söyle," dedim. "Röportaj istemiyorum." Yorulmuştum. İnsanların hikâyeme duyduğu bu kesintisiz ilgiden yorulmuştum. Bu benim hayatımdı, bir sinema filmi değildi ki.

Lecia, "Tamam," dedi. "Ama bir şeyler bulduğunu söyledi. Adanın koordinatlarıyla ilgili bir şey ve..."

Kafamı sallayarak, "Hayır," dedim.

Eliyle koluma dokunarak, "Lütfen," diye ısrar etti. "Ayrıca şeylerle ilgili bir şeyler söyledi," diye yutkundu. "Kelebeklerle."

Gözlerim irileşti ama kafamı salladım. "Mümkün değil," dedim. "O bölgenin her yerini taradığımızı biliyorsun. Kelebekler... Hayır, inanmıyorum."

Lecia başını salladı. "Biliyorum," dedi. "Ama her nasılsa elinde yeni bilgiler olduğunu düşünüyorum." Bana uzun bir süre baktı. Yeşil gözleri nazik, sabırlı, kararlıydı. Temkinli bir şekilde, "Belki de onu arasan iyi olur," dedi. "Neler söyleyeceğine bakmak için. Sadece..."

"Hiç sanmıyorum," dedim.

İç geçirerek ve zorlama bir gülümsemeyle, "Tamam," dedi. Kapıya doğru yürüdü. "Sabah tekrar gelirim."

O gittikten sonra uzun bir süre tepsiye baktım. Sonra onu bir kenara ittim. Sandaletlerimi ve kazağımı giydim. Öğleden sonra rüzgâr hızını artırmıştı. Akıntı vardı. Suyun kenarında yürüdüm, her zaman yaptığım gibi denizin sahile vurduğu şeylere baktım. Hazine koleksiyonum oldukça genişti. Bir çift pembe bebek ayakkabısı; ayakkabı bağcıkları çözülmeyecek bir düğümle birbirine bağlanmıştı. Bir örgü şişi, beş altın alyans. Birinin içine "sonsuza kadar aşkım" yazılmıştı. Acaba kadın adamı hâlâ seviyor muydu?

Güneş alçalmaya başlamıştı, havaya pembe bir ton hâkimdi. Diğer sahilciler gece için toparlanıyordu. Ben yürümeye devam ettim ve birkaç mor taş topladım. Kenarları düzdü, mutfak masamdaki mozaiğe çok uygunlardı. Taşları cebime attım ve yürümeye devam ettim. Biraz sonra gözüme yeşil bir taş ilişti. Onu da aldım. Sonra biraz ilerde bir şeyin parladığını gördüm. Daha yakına gittim. Bu bir şişeydi. Yeşil cam pusluydu. İlk başta içinde bir şey var mı göremedim. Uzanıp şişeyi aldım ve kenarlarını kazağımın koluyla sildim. İçinde bir parça kâğıt vardı. Kalbim gümbürdemeye başladı ama heyecanlanmamaya çalıştım. Yıllar boyu şişelerin içinde onlarca mesaj bulmuştum. Hiçbiri ondan değildi. Bu neden ondan olsundu ki?

Yine de şişeyi kumsaldaki büyük bir kayaya götürdüm ve beklentiyle kırdım. Cam parçaları arasından katlanmış kâğıdı buldum ve elime aldım. Kâğıdı açtığımda kalbim parçalandı. Mürekkebi dağılmıştı. "Canım" sözcüğünü çıkardım ama okuması çok zordu. Nem, mürekkebi mahvetmişti. Sonra kâğıdın arkasını çevirdim. Nefesim kesildi. Arka tarafta, şu sözcükler yazıyordu: E. E. Gunther'ın makamından. Elimi kalbime götürdüm. Bu sözcüklerin anlamını ancak bir kişi bilebilirdi. Sadece bir kişi. Yalnızca bir kişi. Bir an başım döndü. Oturdum. Olanlara inanamayarak başımı salladım.

Yanağıma bir damla yaş düştü. Kâğıdı sımsıkı tutuyordum. Gözlerimi ondan ayıramıyordum. *Gerçekten olabilir mi? Hâlâ orada olabilir mi? Hâlâ bekliyor olabilir mi?*

Lecia'nın *New York Times* muhabiri hakkında söylediklerini hatırladım. Evime döndüm. İlk kez umutlandım, gerçekten umutlandım.

2. Bölüm

15 Şubat 2037

Hava kararıyordu. Gözlerim ağırlaşmış, bacaklarım tutulmuştu. Okyanus havası, olması gerektiğinden de soğuktu. Ceketimin yakasını daha da yukarı çektim. *New York Times* muhabiri Jeremy solgun görünüyordu. Saat ikiden beri bu teknedeydik, güneş batıyordu. Jeremy'nin aramasına cevap vermeye, röportajı kabul etmeye ve şu an içinde olduğumuz bu araştırmayı yapmaya karar verdiğimde, bu doğru karar gibi gelmişti bana. Sonuçta deniz bana bir ipucu vermişti. Gerçek bir ipucu. Hayat beni diğer her açıdan şaşırtsa da ben okyanusa, adaya inanıyordum. Çılgınlığının arkasındaki mantığa, tüm gizeminin arkasında yatan gerçeğe inanıyordum.

Jeremy defterini inceleyerek bana doğru yaklaştı. Oğlum olacak kadar gençti. "Neden bulamıyoruz anlamıyorum," dedi. Kestane rengi saçlarını bileğinin bir hareketiyle düzeltti. Manhattan'da sevgilisi var mıydı acaba? Aşkı benim kadar iyi biliyor muydu? Kafasını salladı. "Koordinatlar doğru," dedi. "Onlarca kez kontrol ettim. Virginia Tech Üniversitesi'ndeki uzman yanılıyor olamaz." Haritayı çıkardı ve dikkatli bir biçimde inceledi. Navigasyon sistemiyle haritayı kontrol etti. "Burada olması gerek."

Daha önce bana, bir grup biliminsanı, deniz navigasyon uzmanı ve bunun gibi uzmanlara danıştığını söylemişti. Benim küçük adam, deniz dünyasının çözülmemiş en büyük gizemlerinden biriydi. Bu gizem, meşhur Bermuda Şeytan Üçgeni'nin metafizik özelliklerini açıklayabilirdi. Jeremy elindeki denizcilikle ilgili eski kitapta yer alan Şeytan Üçgeni haritasını gösterdi. Haritanın kenarları kıvrılmıştı ve işaretlenmişti. Şüphesiz Jeremy ve sayısız başka araştırmacı bu haritaya saatlerce bakmıştı. Kenarlarda notlar ve adanın olası koordinatları yazıyordu. Adanın varlığı, onu şans eseri veya mucizevi bir şekilde bulan insanlar tarafından bir düzine eski metine kaydedilmişti. Jeremy bana, yakın geçmişte adanın kıyılarına ulaşan tek canlının ben olduğuma inandıklarını söylemişti. Ya da en azından geri dönüp bundan bahseden tek canlı. Keşke dönen iki kişi olsaydı diye düşünmüştüm.

Jeremy okyanusa baktı. Nazik biriydi ama sabırsızdı. Büyük bir hikâye kaleme almak istiyordu. Benim hikâyemi. Ama hepsi, adayı bulmaya bağlıydı. Otuz yıldır gitmediğim, okyanus bilimcilerin var olmadığına yeminler ettiği adayı. Kalemiyle teknenin kenarına vurarak, "Buralar biraz olsun bile tanıdık gelmiyor mu?" diye sordu. Bakışları yüzümdeydi. Her hareketimi, ifademi inceliyordu.

Lecia da destek olmak için benimle gelmişti. Ben engin, derin yeşil sulara bakarken o da bana bakıyordu. Adanın, ayışığında birden ortaya çıkmasını bekliyordum. Tıpkı yıllar önce olduğu gibi. Uzaklarda suyun üstünde bir yunus belirdi. Jeremy'ye özür diler gibi baktım. Loş gecede gözlerimi kısarak, "Keşke daha çok yardımım dokunabilse," dedim. "Çok uzun zaman oldu. Hatırlarım sanmıştım ama..." İşte o zaman, üstümden mavi bir kelebek uçtu. Kalbim hızla çarpmaya başlamıştı. Tekneye doğru inip koluma kondu. Gözlerim yaşlarla doldu. Kelebek kanatlarını açıp tekrar denize dönerken, "Bak," dedim. "Adadaki kelebeklerden."

Jeremy muzaffer bir biçimde gülümsedi. "Görüştüğüm biyologlar bu kelebeklerden göreceğimizi söylemişlerdi. Ada yakında olmalı."

Teknenin kaptanı kaşlarını çattı. Jamaikalı aksanını tanımıştım. Bu anı damarlarımda adrenalin akınına yol açtı. Anılar. İnsanı bıçak gibi kesiyordu. Adam, yeterince dost canlısı bir Jamaikalıydı ama kelebek kovalayan kır saçlı bir kadının sebep olduğu boş işlerin peşinden gitmek istemiyordu belli ki. Karada bir karısı olduğunu hayal ettim. Belki birkaç tane de çocuğu vardı. Muhtemelen evde onu bekliyorlardı. Akşam yemeği soğuyordu.

Kaptan, motoru kapatarak, "Yakında hava kararacak," dedi. Ona gülümsedim ama pek fark etmemiş gibiydi. Koltuğunda arkaya yaslandı, kollarını kavuşturdu ve bekledi. Benim tek duyduğum, tekneye vuran ve bizi yolculuğa devam etmeye çağıran dalgaların sessiz ninnisiydi. Yıldızlar yavaş yavaş ortaya çıkıyordu. Tepede parlak bir yıldız bana eski bir dost gibi göz kırpıyordu.

Muhabir Jeremy, tekrar bana döndü. Şimdi umutsuz görünüyordu. O da, benim gibi, bir zamanlar yuva dediğim ıssız adayı bulma çalışmalarımızın sonuna gelmiş olabileceğimizin farkındaydı. Umudunu kaybetmeye başlıyordu. Bunu bakışlarından anlayabiliyordum. Şimdi o da adanın bir hayal, efsane olup olmadığını merak ediyordu. Bir an için ben de öyle olabileceğini düşündüm. Belki de adaya dair hatırladıklarım, akıldan çıkmayan bir rüyaydı. Belki de bunca yıldır oraya geri dönemememin, Bermuda'nın güneyinde Atlas Okyanusu'ndaki bu küçücük kara parçasının yerini bulmayı gelişmiş teknolojiyle bile başaramamalarının sebebi buydu.

Ama sonra gözlerimi kapattım. Her şeyi tekrar görüyordum. Tıpkı bıraktığım gibiydi. Kumsalı çevreleyen gür palmiyeler, tuz ve biber gibi görünen siyah mineraller. Kumsalın doğu yakasındaki mango ağaçları. Yamaçtaki küçük ev. Ve... Gray. Hemen gözlerimi açtım.

Jeremy'ye, "Bana inanmak zorundasınız," dedim. "Ada orada. Biliyorum."

Duygusuz bir ifadeyle başını salladı ve teknenin kaptanına işaret etti. Araştırmanın sona erdiğini biliyordum. Hikâyesi ziyan olacaktı. Hızlandık. Tekne karanlık sularda kıvrılırken ben de korkuluğa tutundum. Bermuda'ya geri dönmek istemiyordum. Pes etmek istemiyordum ama Jeremy cep telefonuyla uğraşıp duruyordu. Muhtemelen editörüne kötü haberi veriyordu. Telefon sinyali konusunda sorun yaşadığını görebiliyordum. Telefonu havada salladı.

Lecia elimi sıktı. "Sorun yok," dedi. "Denedik. Kendini kötü hissetme. En azından son bir kez denedin." Dikkatimi tekrar suya verdim, yüzeyin altında küçük bir kıvılcım görünce nefesim kesildi. Bir ışık.

Ayağa kalktım. Kollarımı kaptana doğru deliler gibi sallıyordum. "Durun," diye bağırdım.

Jeremy hemen yanıma geldi. "Ne oldu?" diye sordu. "İyi misin?" Meraklanmıştı. Gözleri irileşmişti. Onun kalbinin de benimki kadar hızlı attığını tahmin edebiliyordum.

Kaptan motoru tekrar susturdu. Bakışlarımı denize diktim. Tekne, sadece dalgaların ve motorun kalan ivmesinin gücüyle ilerliyordu.

Denizin altını göstererek, "Bakın," dedim. Su, ilk başta yükselip alçalıyor, ışık zar zor görülüyordu. Ama sonra arttı. Sisli bir gecedeki deniz feneri gibi kuvvetli bir hale geldi. Ellerim titriyordu. Jeremy'ye, "Görebiliyorsunuz, değil mi?" diye sordum. O anda kendi gözlerime bile güvenmiyordum. Halüsinasyon görmediğimin onaylanması gerekiyordu.

Jeremy başıyla onayladı. Bir heykel gibi sabit duruyordu. Sadece bakışları hareket ediyordu. Onlar da kutup ışıkları gibi suyun altında salınan ve dans eden ışıkları takip ediyordu.

"Tam hatırladığım gibi," dedim.

Jeremy şaşırdı. "Bunun gerçekten o olduğuna emin misin?"

Gülümsememi bastıramayarak, "Evet, yakamoz," dedim.

Jeremy'nin ağzı açık kaldı. İlk kez, onun bana gerçekten *inandığını* anladım.

"Ada yakınlarda," dedim. Kollarımdaki tüyler diken diken olmuştu. "Bunu hissedebiliyorum."

Kaptan, "Bir dakika," dedi. "Yakıtımız azaldı."

Jeremy kızmış gibiydi.

"Ben iskeleyi arar buraya biraz daha yakıt yollatırım," dedi. "Bir saat filan sürer. Daha fazla uzaklaşmak istemeyiz. Geri dönüş için yeterince yakıt kalmayabilir. Planladığımızdan fazla kaldık."

Jeremy defterini çıkardı. "Sanırım bu, röportaja başlamak için iyi bir zaman."

Başımla onayladım. Kurtuluşumdan sonraki yıllarda hiç röportaj vermemiştim. Tek bir tane bile. Adayı kendime saklamıştım. Gray'i de. Ama şimdi, sebebini tam olarak açıklayamasam da bunu yapmak doğru geliyordu. "Evet," dedim. "Nerden başlayalım?"

Jeremy defterinde boş bir sayfa açtı. Kalemi hazır bekliyordu. "Neden en başından başlamıyorsun?" dedi. "Seattle. Düğün gününüz."

Lecia ona bir bakış attı. Jeremy'nin gözleri parladı. "Tabii bundan bahsetmek senin için çok zor değilse."

Başımla onayladım. Ellerim nemli ve soğuktu. Lecia bana doğru baktı. Gülümsedim. Kendime, *Bunu yapabilirsin,* dedim. "Evet," dedim. "19 Ağustos 2007 düğün günüydü."

"Sen ve kocan Erik, bir gün sonra balayına çıktınız?"

"Hıhı," dedim. *Erik.*

Bu ismi duymayalı ne kadar zaman olmuştu? Anıların zihnime girmesine izin vermeyeli ne kadar zaman olmuştu?

"Nereye gittiniz?" diye sordu.

"New York," dedim. "New York'tan gemiye bindik." Sözcüklerim beni transa sokuyordu. Kendi anılarım beni büyülüyordu. "On günlük bir seyahat olması gerekiyordu." Teknenin ardındaki karanlık sulara baktım. "Ama ben geri dönmedim."

3. Bölüm

19 Ağustos 2007

Seattle

En yakın arkadaşım Gabby gelinliğimin sırtındaki düğmeleri iliklerken ben de karnımı içime çektim. Keşke düğünden önce o son iki kiloyu da verebilseydim. Gelinliğin karın kısmındaki kırışıklığı düzelttim. Dün gece kutlamada pop kek yediğim ve şampanya içtiğim için şimdi pişmandım. Pop kek ne zaman iyi bir fikir olmuştu ki zaten?

Gabby gülümsedi ve gelin çiçeğimi uzattı. "Zaman geldi," dedi.

Onun arkasından antreye çıktım. Erik'in erkek kardeşi büyükannesinin koluna girerken ben de onları izliyordum. Misafirler yerlerine oturmaya başladılar.

Dörtlü grup çalmaya başladı. Ya da çoktan başlamıştı da ben yeni fark etmiştim. Emin değildim. Tek düşünebildiğim tuvalete gitmem gerektiğiydi. Acilen. "Gabby," diye fısıldadım.

Kafası karışık bir halde bana baktı.

"*Tuvalete* gitmem gerek," diye fısıldadım. Babam arkamda smokininin koluyla uğraşıyordu.

Gabby, "Tutamaz mısın?" dedi. "Tören başlıyor."

"Hayır," dedim. "*Gitmem gerek.*" *Tanrım, BEŞ YAŞINDA FİLAN MIYDIM?*

"Bana doğru söyle. Bir tane mi içtin, iki mi?" Dostluğumuzu seviyordum.

Suratımı buruşturarak, "Bir," dedim.

"Tamam," dedi. "Ben gideyim de gruba kalabalığı oyalamalarını söyleyeyim. Sonra seninle tuvaletin çıkışında buluşuruz. Gelinlik konusunda yardıma ihtiyacın olacak."

Bakışlarımla ona *teşekkür* ettim. Aşağı tarafımı *yirmi yedi bin* kat dantelden kurtarabilmem mümkün değildi. Eteğimi kaldırdım ve tuvaleti bulmak için koridorda koşmaya başladım. Kalbim gümbürdüyordu. İnsanların kafalarını çevirip baktığını, törenin başlamasının neden geciktiğini merak ettiğini hayal edebiliyordum. Erik'in Bostonlı kibirli teyzesinin, "Gelinin kadınlar tuvaletini kullanması gerekti," diye fısıldadığını düşündüm. Yanaklarım kızardı. Bir kapıyı, ardından diğerini geçtim. Neredeydi bu lavabo? Sağdan üçüncü kapı mıydı, dördüncü mü? Kapılardan birinin koluyla uğraşıyordum ki Erik'le karşılaştım.

Korkup geri çekildim. "Ödümü kopardın," dedim. "Burada ne işin var?"

Sırıttı. "Bunu sorman komik. Gördüğün gibi bugün evleniyorum."

"Gözlerini kapat!" diye bağırdım. "Beni törenden önce görmemen lazım, kötü şans getirir!"

Beni hiç dinlemedi.

"*Muhteşem* görünüyorsun," dedi. Ellerimi tuttu ve usulca öptü. "Bir dakika, beni terk edip gitmiyorsun değil mi?"

Sırıtarak, "Çok komik," dedim. "Bu düğünü planlayayım derken ölüyordum. Bundan sonra mı gideceğim?" Dağıtılacak hediyeleri daha bir gece önce halletmiştim. Beş yüz kutu badem şekerini paketlemek kolay değildi. "Tuvalete gitmem lazım. Yerini biliyor musun?"

Grubun tekrar Bach'ın üç numaralı suitini çaldığını duydum. (Gabby düğün programına günler önce bakmış ve tekrarlanmasına dayanılamayacak müzikle ilgili kaba bir şaka yapmıştı. İki duble margaritayla kahkahalara boğulmuştuk.)

Kendi kendime, "*Grup oyalamaya çalışıyor,*" dedim panik halinde. Gelinliğimi üst kısmından tuttum.

Erik koridorun karşısındaki kapıyı gösterdi. "İşte orası," dedi.

Koştum. "Birkaç dakika içinde görüşürüz!"

Gülümseyerek, "Sakın düşme," dedi.

Tuvaletin kapısından dev bir vanilyalı kek gibi geçtim. Gabby bir dakika sonra geldi ve engelli kabinine girmeme yardım etti.

Gelinliğimin eteğini kaldırarak, "Hadi yap bakalım, Charlotte," dedi. Gelinliğin kuyruğunu tuvaletin içine girmesin diye katladı. "İki kat Spanx korsesi mi giydin?"

"Buna Duble Spanx diyorlar," dedim.

Bana uzun, boş bir bakış attı.

"Dalga geçmesene! Böyle bir şey *var!* Gelinlik dergilerinde gördüm."

En son katmanı da topladı ve işimi görebileyim diye gelinliği kaldırdı.

Utanacak zamanım yoktu. Ailemden ve arkadaşlarımdan oluşan beş yüz kişi kilisede beni bekliyordu. Aslında çoğu Erik'in ve benim ailemin arkadaşlarından oluşuyordu. Düğünlerin bizi büyüten insanlar için bir gösteri haline gelmesi ne komik.

Acele etmek zorundaydım. Ayrıca Gabby ve ben üniversiteye birlikte gitmiştik. O zaten her şeyimi görmüştü. *Her şeyimi.*

Tuvalet kâğıdıyla uğraşırken, "Hımmm," dedim. Midem guruldüyordu ama duymazdan gelmeye çalıştım. "Gabby, tuvalete gelirken Erik'le karşılaştım."

Gabby, batıl inancımdan etkilenmeyerek gülümsedi. "Onu ben de gördüm. Smokininin içinde çok iyi görünüyor, değil mi? İnce kravatın iyi bir fikir olduğunu söylemiştim."

"Evet," dedim. Beyaz dantel iç çamaşırımı yerine oturtmaya çalışıyordum. G-string *değildi.* Gabby iç çamaşırımı düzeltip ilk korse katmanıyla işe başladı. "Ama damadın gelini törenden önce görmesi kötü şans getirmez mi?"

Bir an durdu, sonra gülümsedi. "Yoo," dedi. "Endişelenmeyi kes. Her şey harika gidiyor. Ayrıca bu koca karı inanışı."

Kabinden çıkarken gelinliğimi düzelterek, "İşte oldu," dedi. Kilisenin girişine doğru koştuk.

Başımı salladım ve kendimi toparladım. Grup müziğe girdi. Gabby bana gelin çiçeğimi verdi. Gül ve plümeryaların kokusunu içime çektim. Erik kilisenin girişinde bekliyordu. Güçlü, yakışıklı yüzünü gördüm. Evet, her şey *harikaydı.*

Erik'le birlikte, kadeh kaldıranların yaptığı konuşmaları dinledik. (Gabby'nin üçüncü sınıfta yaptığımız Las Vegas seyahatinden bahsetmemesine sevinmiştim.) Pastayı kestik. (Erik kahramanca bir tavırla pastanın kremasını yüzüme sürmedi.) Sonra DJ, Elvis'ten "Can't Help Falling in Love"ı çaldı ve dans pistine çıktık. Erik kollarını belime doladı.

"Mutlu musun?" diye fısıldadı.

"Evet," dedim. "Hem de çok."

Herkes bizi izliyordu. Dans pistine baktım. Annem el salladı. Amcam Jerry gülümsedi. Sanırım içkiyi fazla kaçırmıştı. Bir dilim pasta daha yemeye çalışıyordu. Sonra Gabby'yi gördüm. Gözleri yaşlarla doluydu. Ona el salladım. Gülümsedi. Daha sonra şarkı bittiğinde, Erik'in kardeşi onu dans pistine çıkardı. Gabby bana doğru eğildi. Yanağındaki bir damla yaşı silerek, "Seni özleyeceğim," dedi.

"Sadece bir seneliğine," dedim. Düğünden iki hafta önce New York'taki bir galeriden iş teklifi almıştım. Erik taşınma fikrine bayılmamıştı ama çalıştığı şirket geçici olması şartıyla onu transfer etmeyi kabul etmişti. "Ziyarete gelebilirsin," dedim.

Başını salladı ama bu teklifimin pek yardımının dokunmadığını anlamıştım. Keşke o da biriyle tanışsaydı. Bir ilişki ona iyi gelirdi. Şarkı bitti, babam bana el salladı. Beni uzak bir akrabayla, en son bebek bezi taktığım günlerde görüştüğüm ikinci dereceden kuzeniyle tanıştırmak istiyordu. Nazikçe gülümsedim ve ona el salladım. Gabby ve Erik'e, "Ben yokken siz ikiniz dans edin," dedim.

Erik reverans yaptı. Gabby güldü. Hızlı tempoda çalan bir şarkının başlamasını bekledim ama hoparlörlerden ağır tempolu bir piyano melodisi duyuldu. Billy Joel'dan *And So It Goes* çalmaya başladı. Kansas'taki kuzenin gelinliğim hakkında çene çalışını dinlerken onları izledim. *Vera Wang'ın tasarımı mı? Seçmeden önce bir sürü denedin mi?*

Ona dikkatimi vermeye çalışıyordum ama Erik ve Gabby bir şeye gülüyorlardı. Ne konuştuklarını merak ettim. Gabby saçlarını gözlerinin önünden çekti. Erik, Gabby'nin belindeki elini düzeltti. Şarkı bittiğinde bana el salladılar. Onlara doğru yürüdüm.

Gabby, "Neyseki senin bu kocan dans pistinde beni rezil etmedi," dedi.

Erik kolunu bana doladı. "Gördün mü Char, derslerimiz işe yaramış."

Gabby bir adım geriledi. "Neyse," dedi. "Ben gidip diğer kızları bulayım." Tekrar gülümsedi. "Birileri jartiyerini fırlatacak."

Odada yürüyüşünü izledim. "Onu her gün görmediğimi hayal bile edemiyorum," dedim.

Erik beni kendine doğru çekti. "Ziyarete gelir," dedi.

"Eskisi gibi olmayacak," dedim. Gabby ve ben on senedir ev arkadaşıydık. Bu bazı eyaletlerde resmi nikâhsız evliliğe eşdeğerdi.

Erik söylemek istediğimi anladı. Beni kendine doğru çekerek, "Bir devir kapanıyor," dedi. "Ama yenisi de başlıyor."

Başımı göğsüne yasladım. Kulağıma, "Hadi buradan çıkalım," diye fısıldadı.

Gülümsedim. Önce dans pistinin ortasına gittik. Jartiyer utancına tam altmış saniye dayandım. Sonra Erik elimi tuttu ve havadan yağan pirinçlerin arasından (kötü gelenek!) otoparka koştuk. Burada kötü bir limuzin bizi bekliyordu. Erik'in (ucuzcu) erkek kardeşi ayarlamıştı. Yakından bakınca arka camda beyaz danteller olduğunu gördüm. Ama sinirlenemeyecek kadar mutluydum. Erik'le birlikte limuzine bindik. Kollarında kahkahalara boğuldum.

"Eee, ne düşünüyorsun, Bayan Bellweather?"

"Bence bu harika bir düğündü, Bay Bellweather. Ama bir şey itiraf edeceğim: Bittiğine sevindim."

Bir şişe şampanya açtı. Otele giderken onu yudumladık. Mutluluktan başım dönüyordu. Âşıktım.

4. Bölüm

20 Ağustos 2007

Ertesi gün, saat birde New York City'ye vardık. Ertesi sabah gemiye binmeden önce kumsaldaki bir otelde rezervasyonumuz vardı. Erik balayımızı Meksika'da geçirmek istemişti. Ama büyükannemler balayı için gemi seyahatine çıkmışlardı. Bu fikir beni büyülemişti. Genç kızken onların kiralık bir teknede, arkalarında okyanus manzarasıyla çekildikleri fotoğraflara bakar dururdum. Büyükannemin şalı rüzgârda salınıyordu. İkisi mükemmel ve birbirilerine deli gibi âşık görünüyorlardı. İşte orada, evlenecek olursam balayımda gemi seyahatine çıkacağımın sözünü vermiştim kendime.

Erik'i deniz tuttuğu için o, bu plana bayılmadı ama düğünden üç ay önce pembe kurdeleli bir kutuyla beni şaşırttı. İçinde yolculuk biletimiz ve belgelerimiz vardı. O gece onu Sekizinci Cadde'deki barda tutkulu bir biçimde öpmüştüm.

Bana yolculuğumuzu daha lüks bir gemiden ayarladığını söylemişti. Seyahat acentesindeki broşürde, geminin süper-ultra-turbo motor sabitleyicilerinin deniz tutmasını engellediği yazıyordu. Taksi bizi otele götürürken bunları düşündüm ve Erik'in iyiliği için, bunun sadece bir pazarlama iddiası olmadığını, doğru olmasını umdum.

Erik bavullarımızı otelin lobisine taşıdı. Burada resepsiyonda sakız patlatan sarışın bir kadın, bir iş arkadaşıyla muhabbet ediyordu. Uzaktan bir televizyon sesi geliyordu. Kadın, "Tabii ki adam suçlu," dedi. "Hangi adam karısı öldükten sonra kaçar ki?" Kafasını salladı. "Sanki Scott Peterson vakası yeniden yaşanıyor gibi." Erik boğazını temizledi. Kadın bize döndü. Hemen gülümseyerek, "Pardon," dedi. "Biz de karısını öldüren adamdan bahsediyorduk. Haberlere çıktı. Muhtemelen duymuşsunuzdur."

Kafamı sallayıp gülümsedim. "Ben aylardır düğün planlaması modundaydım," dedim. Erik'e bilmiş bilmiş sırıttım. "Yeni yeni dünyaya dönüyorum."

Kadın, "Yeni evliler!" dedi. "Tebrikler."

Erik kredi kartını çıkararak, "Biz sadece bir gece kalacağız," dedi. "Sabahleyin bir gemi seyahatine çıkacağız."

"O zaman böyle kötü bir haberden bahsettiğim için kusura bakmayın," dedi. "İki aşk böceğinin duymak isteyeceği son şey bu."

Gülümseyerek, "Sorun değil," dedim. "Yeni kocamın beni öldürmeyeceğinden eminim."

Erik'e döndüm. "Yemekten önce Central Park'ta yürüyüş yapmak ister misin?"

Erik kafasını kaldırmadan başıyla onayladı. "Bir saniye," dedi. "Patronum mesaj atmış."

Kaşlarımı çattım. "Ne *istiyor?* Balayında olduğunu biliyor."

Erik birdenbire ciddileşti. "Charlotte, lütfen," dedi. "Bu konu önemli."

Ofladım ama Erik fark etmedi. Resepsiyondan odanın anahtarlarını aldım. Döndüğümde Erik hâlâ telefona yapışık durumdaydı. İlişkimiz neredeyse her açıdan mükemmeldi. Ama iş moduna girdiğinde ve gözlerini telefondan ayıramaz olduğunda çok sıkıldığımı itiraf edebilirdim. Keşke iş hayatının dengesini daha iyi kurabilseydi.

İç geçirerek, "Her şey yolunda mı?" diye sordum.

"Hayır," diye mırıldandı. "Kevin, cuma gününün raporunu istediğim gibi dosyalamamış. Bill'in şalterleri atmış." Bill, Erik'in reklam ajansındaki patronuydu. Şalterleri de *her zaman* atar dururdu.

"İş merkezi bulmam gerek," dedi. "Burada var mı?"

"Ciddi olamazsın," dedim. "*Balayımızda* gerçekten çalışacak mısın?"

Yanağımdan hızlıca öptü. "Kusura bakma, hepimiz *sanatçı* olamıyoruz." Bu sözcüğü Fransız aksanı ve komik bir el işaretiyle birlikte söylemişti ama bana hiç de komik gelmemişti.

Kaşlarımı çattım.

"Sana takılıyorum, bebeğim," dedi. "Gerçekten bu işi halletmem gerek. Ama söz, uzun sürmeyecek."

İç geçirerek, "Tamam," dedim.

"Sen git," dedi. "Ben de işimi bitirince geleceğim. Mesaj atarım." Bana ağlamaklı gözlerle baktı. İçimde bir alev hissettim. Artık kızgın değildim. "Tamam," dedim. "Ama Bay Bellweather, bunu telafi etmeniz gerekecek."

Yaramaz bir ifadeyle gülümsedi. "Peki, senin aklında ne var, Bayan Bellweather?"

"Ne ceza vereceğimi yürüyüş yaparken düşüneceğim," dedim. Sonra çarpık bir şekilde gülümsedim. Çantamdan güneş gözlüğümü buldum ve dışarı çıktım. New York bugün hareketliydi. Erik'le flört etmeye başladığımızda neredeyse buraya taşınacaktım. Bana oldukça yüklü bir taşınma paketi sunmuşlardı ama ben reddetmiştim. Sebep Erik'ti.

Derin bir nefes aldım. Serin bir gündü. Yürüyüş için harika bir akşamüstüydü. Seattle'dan beş saatlik bir uçak yolculuğundan sonra bacaklarımı esnetmek iyi gelmişti. Bir kafeye girdim ve *latte* söyledim. Sonra otelin yanında şık bir restoran fark ettim. Le Chat Noir. Lisedeki temel Fransızca bilgimden buranın adının *kara kedi* olduğunu anlamıştım. Bu gece için rezervasyon yaptırabilirsek Erik'le birlikte buraya gelmeyi aklıma yazdım.

Yirmi İkinci Cadde boyunca yürüdüm ve bir sonraki sokağa döndüm. Park karşımdaydı. Girişe ulaşana kadar kaldırımdan yürüdüm. Yarın gemi seyahatine çıkacağım için, Bermuda'yı göreceğim ve ayaklarımı kumlu sahillere basacağım için heyecanlıydım. Sahilde bir şeyler aramayı her zaman sevmiştim. Çocukken büyükannemlerin Seattle'ın yakınlarında olan Bainbridge Adası'ndaki evinde çok uzun zamanlar geçirmiştim. Kumsalda bir şeyler bulmaya çalışırdım. On yaşımdayken kaya midyesiyle kaplı bir taşın altında saklanan bir nişan yüzüğü bulmuştum. Pek güzel bir şey değildi. Üstünde minicik bir elmas olan basit bir altın halkaydı ama benim için beş karat filan sayılırdı. Yıllar boyu o yüzüğü düşünmüştüm. Sahibinin yüzüğü nasıl kaybettiğini merak ediyordum. Ya da bilerek denize atıp atmadığını.

Gözlüklerimi burnumda daha yukarı ittim. Parkta yürümeye koyuldum. Önümde esmer küçük bir oğlan çocuğu vardı. İki yaşından büyük değildi. Annesinin ve sanırım abisinin yanında yürüyordu. Erik'in bebeklik haline çok benziyordu. Üçünün yanından geçerken iç geçirdim.

Yakında Erik'le konuşmam gerekecekti. Bu teşhisi ondan sır gibi saklamak doğru değildi. Böyle bir planım da yoktu. Ama zamanlama trajikti. Düğünden altı ay önce yaptırdığım bir test sonucu doktor bana kısır olduğumu söylemişti.

Biyolojik saatim çalışmıyor filan değildi. Yeni bir doğum kontrol reçetesi için jinokoloğuma gitmiştim. O sırada regl dönemlerimin ağrılı geçtiğinden bahsetmiştim. Beni muayene etti, bazı sorular sordu. Bir baktım, bir masada uzanmışım, dört radyolog, ekranda rahmimin görüntülerini inceliyor. Birisi, "Bu kadar çoğunu daha önce hiç görmemiştik," dedi. Diğeri, "Sol yumurtalığın yanındakinin büyüklüğüne baksana," diye ekledi.

Üreme organlarımı yavaş yavaş ele geçiren yayılmacı bir fibroid tümör vardı. Hiçbir zaman çocuğum olmayacaktı. Gelecekte çekeceğim ağrıları azaltmak, hafifletmek için de rahmimin tamamen alınması gerekiyordu. Bunu Erik'ten saklamıştım. Ameliyatı Erik uzun bir iş seyahatindeyken gerçekleştirmiştim. Evliliğe başlamak için ne güzel bir yol ama.

Kafamı kaldırdım ve yaşlı bir kadının bana baktığını gördüm. Üstünde keten bir pantolonla çiçekli bir tunik vardı. Bana doğru yürüdü. Biraz da nefes nefese bir halde gülümsedi. "Bu sizin mi?" Bana bir cep telefonu uzattı.

Telefonun altın renkteki kasasını fark ederek, "Evet," dedim. "Neyseki fark etmişsiniz."

"Orada, parkın girişinde gördüm. Cebinizden çimlere düştü. Dikkatinizi çekmeye çalışıyordum."

"Çok özür dilerim," dedim. "Çok teşekkürler."

Birlikte yürümeye başladık. "Burada yaşamıyorsunuz değil mi?" diye sordu.

"Hayır," dedim. "Bir geceliğine buradayım. Sabahleyin balayımız için yola çıkacağız. Bermuda'ya gideceğiz, gemiyle."

"Kocanız nerede?"

"Otelde," dedim. "Çalışıyor."

Kaşlarını çattı. "Nasıl bir damat balayında gelinini bırakıp çalışır ki?"

Üzgün bir yüz ifadesi yaptım. "Biliyorum. Ben de ona böyle söyledim." Omuz silktim. "Aslında burada yalnız olmak güzel. Kendimi dinleyebiliyorum."

"Aklında çok mu şey var?" Bu sorudan çok bir tespitti.

"Sanırım evet," dedim. *Yabancılara karşı dürüst olmak ne kolaydı.*

Tıpkı büyükannem hayatta olsaydı yapacağı gibi kendinden emin bir şekilde, "Halledersin," dedi. Bir an durdu. Sanki sözcüklerini dikkatle seçiyor gibiydi. "Keşke uzun zaman önce öğrenseydim dediğim bir şey var. O kadar kalın kafalıyım ki anlamam yetmiş yılımı aldı." Gülümsedi. Sonra bana baktı. "Olay şu," dedi. "İstenildiği gibi olan ya da olmayan şeylere üzülmekle o kadar zaman harcıyoruz ki treni kaçırıyoruz. Hayat kendi yolunu bulur ve her şey olacağına varır. Sadece yaşa ve bırak olsun gitsin." Kendi kendine başını salladı. "Neyse, yıllar önce bilseydim keşke dediğim şey buydu." Bana göz kırptı. "En azından daha fazla zaman kazanırdım."

Telefonumu bu kez daha emniyetli bir şekilde arka cebime sokarak, "Vay," dedim. "Gerçekten çok güzel." Parkta her gün yürüyüş yapıp bu bilge düşüncelerini yayıyor mu diye merak ettim.

Bir an durdu ve çimleri gösterdi. "Bak."

"Nedir o?"

Eğildi ve çimenlerin içindeki bir taşa takılan kolyenin zincirinden tuttu. Kendi kendine, "İşte bu bir hazine," dedi.

Beklenti içinde eğildim. "Neymiş o?"

"Akuamarin taşından bir kolye," dedi. "Doğal taş. Denizcilere şans getirdiğine inanılır. Kesimine baksana. Biri düşürmüş olmalı." Kafasını salladı. "Baksana, klipsi hâlâ çalışıyor."

Elindeki açık mavi, gökyüzüne benzeyen küçük taşa baktım. "Harika," dedim.

Elime uzandı ve kolyeyi avucuma sıkıştırdı. "Bunu sen al," dedi.

Nazikçe kafamı salladım. "Bunu kayıp eşya bürolarına götürmemiz gerekmiyor mu? Belki birisi arıyordur."

Kafasını sallayıp gülümsedi. "Bu artık senin oldu. Senin şans kolyen olsun."

Erik'le ben Le Chat Noir'da güzel bir akşam yemeği yedik, erken yattık ve sabah taksiyle limana gittik. Gemiyi uzaktan gördüm. Kalbim pırpır etmeye başladı. Bu benim ilk gemi yolculuğumdu. Erik'in ikinciydi. Birincisi, denizin onu hasta ettiğini anladığı yolculuktu. O ve eski kız arkadaşlarından biri üniversitedeyken birlikte Akdeniz turuna çıkmışlardı. Ama bu konuyu düşünmemeye çalışıyordum. Sonuçta kız onunla evlenmemişti. Ben evlenmiştim.

Erik ceketinin cebini karıştırdı ve pasaportlarımızı, seyahat belgelerimizi çıkardı. Sonra elini bacağıma koydu.

"Yolculuğun ilk kuralı, Titanik'ten asla ama asla bahsetmemek," dedi.

"Tabii ki," dedim. "Diğer kural?"

Sırıttı. "Her geceyarısı çikolata standına uğramak."

"Bunlar benim uyabileceğim kurallara benziyor," dedim. "Deniz tutmayacak seni, değil mi?"

"Hayır," dedi. "Scopalmine aldım yanıma." Bir an için panikledi ve çantasına uzandı. "Şimdi bir tane alsam iyi olur, vücuduma karışması için."

Valizinin ön cebindeki şeyleri araştırmasını izledim. Sonra pes eder gibi geri çekildi. "Süper, sanırım oteldeki banyo tezgâhının üstünde bıraktım," dedi.

"Yapma ya," dedim. "Gemide Dramamine vardır bence. O işe yaramaz mı?"

Kafasını salladı. "Eh işte," dedi. "Ama o ilaç beni sersemletiyor."

"Gerçekten mi?"

Başını salladı. "*Zombiye* dönüşüyorum."

Kaşlarımı çattım. "Gemi yolculuğunun üçüncü kuralı, kocanı zombiye dönüşmekten kurtarmak için bir yol bul."

Başını omzuma yaslayarak, "Kusura bakma," dedi.

"Hey," dedim. "Yine de çok eğleneceğiz."

Zorlama bir şekilde gülümsedi. "Tabii ki."

Deniz tutmasını önleme iddiaları bir yere kadardı. Erik yolculuk başladıktan sonra dört saat içinde iki kere kustu. Bu yüzden pes etti ve bir Dramamine aldı. Bunun biraz faydası dokunmuştu. İkinci gün kusması geçti. Şöyle söyleyeyim: Yan kamaramızdaki çift adına gerçekten çok üzülmüştüm.

Denizde üçüncü günümüzde, Erik kendini güvertede benimle birlikte kokteyl içecek kadar iyi hissettiğine karar verdi. Önceki kırk sekiz saati güvertede yalnız volta atarak geçirdiğim için bu habere sevinmiştim.

Yaramaz bir gülümsemeyle, "*Pina colada* kokteylinin mide bulantısına iyi geldiğini okumuştum," dedim.

Erik, "O zaman en sağlamından bir tane söyle bana," dedi. Başına bir şapka takıp güverte kartını şortunun arka cebine soktu. Sonra elimi tuttu.

Koridordan asansöre doğru yürürken, "Bu kadar uzak kaldığım için kusura bakma," dedi. "Balayımızla ilgili romantik hayallerin muhtemelen böyle değildi."

Sabırlı bir gülümsemeyle, "Sorun değil," dedim. "Senin de elinde değil."

Barda durduk ve iki *pina colada* söyledik. Sonra bunları güvertede güneşli bir yere götürdük. İki şezlong boştu. Kokteylimden bir yudum aldım ve ılık minderlere uzandım.

Erik, "Burası harika, değil mi?" dedi.

"Evet," dedim. "Aslında eve gitmek bile istemiyorum."

"Büyükannen düğünde ne demişti?"

Büyükannemin sözcüklerini hatırlayınca kalbim hızla çarptı. "Hatırlamıyorum," diye yalan söyledim. Sonra içkime uzandım.

Erik sırıtarak, "Ben hatırlıyorum, dikkatli olmamızı, büyükbabanla balayı için gemi seyahatine çıktıklarında babana hamile kaldığını söylememiş miydi?"

Gergin bir şekilde gülümsedim. Sonra oradan geçen bir garsondan ikinci kokteyli istedim.

Yanımızdan çekici bir çift geçti. Kadının siyah kıyafetinin altındaki büyümüş karnını fark ettim. Erik bana doğru döndü. "Biliyorsun," dedi. "Bu meseleyi pek konuşmadık... Aile kurma meselesini. Açık açık konuşmadık. Ama olsa çok güzel olmaz mı?"

Teşhisimi düşündüm. Bunun Erik'i ne kadar yaralayacağını düşündüm. Seyahatimizi mahvetmek istemiyordum.

"Tatlım," dedim. "Bunlardan bahsetmek için çok zamanımız var. Bu anın tadını çıkaramaz mıyız?" Ufku gösterdim. Üç yunus suyun yüzeyinde oynaşıyordu.

"Ama ben birlikte kuracağımız gelecekten bahsetmekten de *keyif alıyorum,"* dedi. "Ayrıca ben senden çocuğum olmasını ne kadar istediğimi sana yeterince ifade ettiğimi de düşünmüyorum. Çok çalıştığımı biliyorum. Benim, çocuklarının beyzbol maçlarına gidemeyecek veya ödevlerine yardım edemeyecek kadar meşgul bir baba olacağımı düşünebilirsin ancak..."

"Erik," dedim. "Her gece eve akşam sekizde geliyorsun. Ayda iki veya üç kez seyahat ediyorsun. Babalık yapmaya nasıl zaman bulacaksın anlayamıyorum." Sesimde keskin, savunmacı bir ton vardı ve bu hiç hoşuma gitmiyordu.

Erik, "Biliyorum," dedi. "Ben sadece diyorum ki hamile kalırsan bunların hepsini değiştiririm. Ailemle daha fazla zaman geçirmek isterim."

Buna ne söyleyebilirdim ki? Gözlerimin yandığını hissettim. Başımı çevirdim. Keşke kitabımı getirseydim. Kendimi kitaba verebilirdim.

Erik uzun bir süre sessiz kaldı. Sonra yüzünde yaralı bir ifadeyle bana döndü. "Çocuk sahibi olmak istemiyor musun?" diye sordu. "Benim iyi bir baba olamayacağımı mı düşünüyorsun?"

"Hayır," diye inledim. "Hayır canım, hiç de değil. Sadece... Bu konuşmayı yapmadan önce birkaç sene geçse diyorum. Kariyer yapsak. Kendimize zaman ayırsak. Seyahat etsek. Köpek alsak."

Kolay pes etmeyecekti. "Bunları bebekle de yapamaz mıyız?"

En sonunda, ona teşhisten bahsetmek için ağzımı açmıştım ki gemi sallanmaya başladı. Erik inledi. "Midem bu *pina colada*'yla pek anlaşamadı," dedi. "Sanırım yine kusacağım. Ben kamaraya döneyim."

Gitmeden önce elini sıktım. Tam o sırada garson iki kokteyl daha getirdi. İkisini de kendim içecektim. Benden çocuk yapmak isteyen bu nazik, yakışıklı, başarılı adamın uzaklaşmasını izlerken yüzümü buruşturdum. Çünkü ona söyleyeceğim şeylerin kalbini kıracağını biliyordum. Benim kalbimi çoktan kırmıştı.

O gece ona, "Nasıl görünüyorum?" diye sordum. Geminin yemek salonunda resmi bir yemek vardı. Siyah pullu kokteyl elbisemi giymeye karar verdim. Kamaradaki boy aynasında yansımamı görünce utandım. Vegas'taki gösteri kızlarına benziyor gibiydim. Pulları çıkarabilmeyi isterdim.

Erik yataktan inledi. Smokini dolapta asılı duruyordu, kırışmıştı. Yanına koştum. "Ah tatlım," dedim. "Dramamine almak ister misin?"

Komodinin üstündeki ilaç şişesine baktı. Sonra suratını buruşturdu. "Ama eğer içersem uyurum. Sana yemekte eşlik edemem."

İlaç şişesini alıp kapağı açtım. "Benim için endişelenme," dedim. Ona bir Dramamine uzattım. "Al bunu. Gel seni yatırayım."

İlacı bir bardak suyla birlikte içti. Tam o sırada kamarada bir çan sesi duyuldu. "Dikkat dikkat, sevgili misafirlerimiz, ben kaptanınız Vandermost." Ağır bir aksanı vardı. Flemenkti belki? "Kötü hava koşullarının bizi beklediğini üzülerek söylemek zorundayım. Normalden biraz daha fazla dalgalanma yaşıyoruz ama endişelenmeyin, rotamızı biraz değiştireceğiz ve sabaha tekrar dalgasız sularda yol almaya devam edeceğiz."

Erik inledi. "Düşündüğüm şeyleri mi söyledi?"

"Ama uzun sürmeyecek," dedim. "Sabaha geçecekmiş. Dramamine'in de yardımı dokunur."

Erik ikna olmuşa benzemiyordu.

İsmi lazım değil kızla Akdeniz turunda da bu kadar mızmızlandı mı diye merak ettim ama sormadım. "Sana yemek getirmemi ister misin?"

"Hayır," dedi. "Açlıktan ölsem de asla bir şey yiyemiyorum."

"Ama bir şeyler yemen lazım," dedim. "Oda servisini arayabilir misin?"

Çekimser bir şekilde başını salladı.

Saate baktım. Akşam yemeği beş dakika içinde başlıyordu. Burada kalıp oda servisinden füme balık ve simit ısmarlamayı düşündüm. Ama son dört saattir Erik'le odaya tıkılıp kalmıştım ve sabırsızlanıyordum. Füme balıktan da bıkmıştım.

Erik, "Sen git," dedi. "Bütün gece burada benimle oturup kusuşumu izlemek için fazla güzelsin."

Yanağından öperek, "Tamam," dedim. Kapıya doğru yürürken çantamdaki romana uzandım. Yemeğimi yerken bir şeyler okuyabilirdim.

Yemek odasının parıltısı beni şaşırtmıştı. Tavandan kristal avizeler sarkıyor ve her şey parlıyormuş gibi görünüyordu. Keşke Erik de burada olup bunları görseydi. Garsona kamaramızın numarasını söyledim ve beni salonun uzak köşesinde boş bir masaya yönlendirdi. Pencere kenarında ve sakin olması beni rahatlatmıştı. Yabancılarla muhabbet edecek halde değildim.

Sandalyemde geriye doğru yaslandım ve kitabımı açtım. Bir garson geldi ve su bardağımı doldurdu. Sonra bana mönüyü uzattı.

"Bu gece yemeğinizi yalnız mı yiyeceksiniz, Bayan Bellweather?"

Başımı salladım. "Evet," dedim. "Kocamı deniz tutuyor da."

Garson, "Bunu duyduğuma üzüldüm," dedi. Bunu çok duyduğuna emindim. Bu sebeple kaç çiftin odada tek kaldığını merak ettim.

Yine de çevremdeki bütün masalar doluydu. Sol tarafımdaki masada oturan çift, fazla dar bir takım elbise giymiş ve New York Mets şapkası takmış bir adamla ateşli bir tartışma içinde gibi görünüyordu. İyi ki boş bir masa bulabilmiştim. Masada tekrar kitabıma gömüldüm.

Ancak bir dakika sonra kafamı kaldırdım ve birinin masama doğru yaklaştığını gördüm. Benim yaşlarımda, otuzlarının ortasında bir adamdı. Mavi bir takım elbise giyiyordu. Kravat takmamıştı. Beyaz gömleğinin kollarını düğmelememişti. Kum sarısı saçlarının kesime ihtiyacı vardı ama bu hal her nasılsa ona yakışmıştı. Masanın köşesindeki sandalyenin önünde durdu ve oturdu. Hiçbir şey söylemedi, bana bakmadı. Gözlerini mönüye dikti. Bu mesafeli davranışını dengeleyebilen bir karısı var mı ve gelecek mi diye merak ettim. Neşeli ve dışa dönük bir kadındı belki de. Sarışın olabilirdi. Mavi bir elbise giyer ve şaşaalı bir kolye takardı. Tıpkı partinin neşesi kızlar gibi. Ama birkaç dakika geçti ve ona katılan olmadı. O da benim gibi yalnızdı.

Konuşmasını bekledim ama o sadece pencereden bakıyordu. Gemide insanlar nasıl davranır bilmiyordum. *Bir şey söylemeli miydim? Kendimi tanıtmalı mıydım?*

Sessizlik iyice tuhaflaşmaya başladı. Ben de konuşmaya karar verdim. En sonunda, "Merhaba," dedim. Bir masayı paylaşacaksak birbirimizin varlığını kabul etmeliydik.

Başını salladı ve mönüsüne döndü.

Ne kadar kaba, diye düşündüm. Gemi şu anda daha fazla sarsılıyordu. Kaptanın kötü hava konusunda dediklerini düşündüm. Erik'i düşündüm ve Dramamine'in işe yaramasını umdum. Su bardağımla oynarken odadaki ışıklar titreşti. Odaya bir sessizlik çöktü. Ardından endişeli fısıltılar başladı.

Düşünmeden, "Fırtına yaklaşıyor sanırım," dedim.

Adam pencereden baktı ama hiçbir şey söylemedi. Deniz tedirgin ve gergin görünüyordu. Tıpkı benim hissettiğim gibi.

Ekmek sepetinden bir ekmek aldım ve ağzıma bir lokma ekmek attım. Sonra kitabıma döndüm. Garson tekrar göründü. Neşeli bir şekilde gülümsüyordu.

"Arkadaş bulmanıza sevindim, Bayan Bellweather," dedi.

Başımı salladım. *Evet, Bay Ürkütücü Sessiz Adam.*

"Efendim, size ne ikram edebilirim?" diye sordu.

"Bir martini," dedi adam. "Ekstra zeytinli."

Buzları kırmak ister gibi gülümsedim. "O benim içkim," dedim. "Ben de aynından alacağım."

Garson başını salladı ama masa arkadaşım beni umursamadı. Ben de omuz silktim ve pencereden dışarı baktım. İçkilerimiz geldi. Sessizlik içinde yudumladık. Tek düşünebildiğim, bu yemekte ileri tuşuna basıp Erik'e nasıl geri dönebileceğimdi. Ama gemi personeli bu geceyi bir gösteri misali uzatacak gibi görünüyordu. Bazen kafamı kitabımdan kaldırıyordum. Bakışlarımız buluştuğunda hemen gözlerimi kaçırıyordum.

Kitabın on dördüncü bölümündeydim ve ikinci martini kafamı biraz güzelleştirmiş, sersemletmişti. Yoksa fırtınadan mıydı? Gemi artık gerçekten sallanıyordu. *Zavallı Erik, mahvolmuştu herhalde.* Yemeğimi, çok pişmiş fileminyonumu yedim. Bir garsonlar ordusu en az bir düzine maytapla süslenmiş bir pastayla masaya yaklaşırken kafamı kaldırdım. Şarkı söylüyorlardı ama sözcükleri çıkaramıyordum. Sonra "yıldönümü" sözcüğünü duydum. *Ne? "Mutlu yıldönümleri size..."* Adamlar pastayı masaya koyduktan sonra tuhaf bir biçimde gülümsedim. Akşam yemeği yiyenler gülümseyerek bizi izliyordu.

"Hayır, hayır," dedim. "Bir hata yaptınız sanırım. Biz birlikte değiliz. Yani biz..."

Başka bir garson, "Ya," dedi. Ellerindeki bir parça kâğıdı inceledi. Sonra temkinli bir şekilde bana baktı. "Siz Bay ve Bayan..."

Masa arkadaşım coşkulu bir şekilde, "Hayır," dedi. Pastaya küçümseyerek bakıyordu. Ayağa kalktı, masaya peçetesini fırlattı. "Sizin neyiniz var?"

Başka bir garson, "Çok özür dileriz, efendim," dedi. Elindeki kâğıda baktı. "Sanırım bir hata yaptık. Hanımefendinin eşiniz olduğunu sandık."

Adam bana baktı. Bu defa gözlerinde acı gördüm. "Benim karım... öldü. Pastanızı götürebilirsiniz."

Adam dışarı çıkarken pastanın maytapları yanmaya devam ediyordu.

İçkimi bitirdim ve kamaramıza doğru ilerlemeye başladım. Hava çok güzeldi. Erik muhtemelen uyuyakalmıştı. Zavallı adam deniz tutmasından çok çekiyordu.

Güneş batalı çok olmuştu ama ufukta bir pembelik vardı. Manzaraya bakmak üzere bir an için durdum. Yanımda seksenli yaşlarında, hatta belki daha yaşlı bir kadın vardı. Cesaretine hayran kalmıştım. Onun yaşına gelince ben de bu kadar dinç kalmalıydım.

Bana doğru baktı. Gülümsedim.

"Güzel bir akşam," dedi.

"Evet," dedim.

Bana doğru geldi. "Kızımı ve torunumu deniz tuttu."

"Kocamı deniz tuttu."

İkimiz aynı anda, "Ama ben iyiyim," dedik. Ardından kahkahalara boğulduk.

"Sizi ilk günden tanıyorum. Balayınızdasınız, değil mi?"

"Nerden bildiniz?"

Gülümsedi. "Gözlerinizde o bakış var."

Başımı salladım.

"Ben balayımı hatırlıyorum da," dedi. "Tabii ki bu kadar lüks değildi. Britanya Kolombiyası'ndaki Vancouver'a ve Victoria Adası'na gitmiştik."

"Empress Oteli'nde kaldınız mı?"

"Hayır, nur içinde yatsın kocamın parası yetmedi. Biz de yakınlardaki bir pansiyonda kaldık." Gülümsemesi mutlu anılarla doluydu. "Ama beni bir sabah Empress Otel'de kahvaltıya götürmüştü. Bunu her zaman hatırlarım. Şampanyalı kokteyl içmiştik."

"Ne özel bir anı," dedim. "Bu gemide bir kutlama yapmak için mi geldiniz?"

"Tam olarak kutlama değil," dedi. "Anma diyelim." Boğazını temizledi. "Annem ve babam çok zorlu bir yolculuktan geçmiş. Sonsuza kadar annemde gizli kalacak sebepler yüzünden hiçbir zaman birlikte olamamışlar. Birlikte büyüleyici bir gece geçirmişler. Sonra babam, donanmaya ait bir gemiye binmiş. Gemi denizde kaybolmuş."

"Ah, hayır," dedim. "Çok üzüldüm."

Yaşlı kadının gözleri ufka kilitlenmişti. "Neler olduğunu kimse bilmiyor. Annem de, Amerikan donanması da. Ama gemi Bermuda yakınlarında bir yerde kaybolmuş ve bir daha da izine rastlanmamış. Annem hiçbir zaman aynı olamadı tabii. Ömrünün sonuna kadar, her gün onun yasını tuttu."

"Yaa," dedim. "Çok kötü olmuş."

"İnsanın annesinin sürekli yas tutması çok komik bir şey. Sanırım komik doğru kelime değil. Ama ben idare ediyordum. Hayatımın bir kısmını, babam belki de ıssız bir adada mahsur kalmıştır da bir gün kurtulup çıkagelir diye bekleyerek geçirdim. Annem de öyle tabii. Ama yıllar geçtikçe o anılar da solup gitti."

"Siz buradasınız çünkü..."

"Çünkü onun ruhunun yakınında olmak istedim," dedi. "Babam oralarda bir yerlerde. Ruhu buralarda. Hissedebiliyorum."

Kollarımdaki tüyler diken diken oldu.

"Bana bir bak," dedi. "Yaşlı bir kadın gevezelik ediyor. Seninse seni bekleyen bir kocan var. Kusura bakma."

"Özüre gerek yok," dedim.

"Kolyen çok güzelmiş," dedi.

"Akuamarin taşı," dedim.

"Biliyorum. Keşke gemisi batarken babamın cebinde de bunlardan bir tane olsaydı."

"Sizinle tanışmak ve hikâyenizi dinlemek bir onurdu," dedim.

Elini uzatarak, "Ben Rose," dedi.

"Ben Charlotte."

"Umarım tekrar karşılaşırız, tatlım."

"Umarım."

*

Odamıza döndüğümde Erik'i uyanık bulduğuma şaşırdım. Sersem gibiydi ama uyanıktı. Yatağın içinde yuvarlanarak, "Yemek nasıldı?" diye sordu. Saçları dağınıktı. Havada ekşi bir koku vardı. Herhalde adamcağız tekrar kusmuştu.

Omuz silktim. "Sensiz sıkıcıydı." Ona akşam yemeğindeki masa arkadaşımdan bahsetmedim. Ayrıca Erik kötü görünüyordu. Yatağın yanındaki torbayı gördüm. Banyoda çöpe attım. Hayallerimdeki gibi bir balayı değildi ama pek dert etmiyordum. Üstüme bir tişört ve tayt giyip balkona çıktım.

Hiddetli bir şekilde kıvrılan ve sıçrayan beyaz köpüklü dalgaları izledim. Ilık, tuzlu rüzgâr yüzümü okşuyordu. Bu gece tanıştığım insanları, Rose'u ve anılarını, bir de birlikte yemek yediğim kederli adamı düşündüm. O da fırtınayı izliyor mu diye merak ettim. Bir de karısını merak ettim. Ona ne olmuştu acaba?

5. Bölüm

Sabah olduğunda fırtına geçmişti. Erik kendini bana kahvaltıda eşlik edecek kadar iyi hissediyordu. Birlikte güverteye çıktık ve pencerenin kenarında bir masa bulduk. Onu tekrar gülümserken görmek güzeldi.

Çatalını sosise batırarak, "Yarın Bermuda'da olacağız," dedi.

Pencerenin ötesindeki mavi sulara bakarak, "Bu, şimdi Bermuda Üçgeni'nde olduğumuz anlamına mı geliyor?" diye sordum. Deniz neyseki çarşaf gibi ve sakindi.

"Bence bu sadece bir efsane," dedi.

"Öyle umalım," dedim.

"Antarktika'ya demir atsak da olur. Ben sadece bu gemiden bir süreliğine inmek istiyorum o kadar."

Gülümsedim. "Gerçek bir savaşçıydın. Seni bu gemiye mahkûm ettiğim için özür dilerim. Belki de Hawaii'ye gitseydik daha iyi olurdu."

"Hayır," dedi. "Sürekli mide bulantısı ve kusma dışında, gerçekten keyifli zaman geçiriyorum."

Kıkırdadım. "Seni seviyorum."

Gülümsedi. "Karaya indiğimizde ne yapalım?" Cebinden broşür çıkardı. "Burada iğneli vatozlarla yüzebileceğimizi söylüyor."

Kafamı olmaz der gibi salladım.

"Peki ya yunuslar?"

"Hayır," dedim. "Tek düşünebildiğim köpekbalıkları."

"Onlar köpekbalıklarına hiç benzemiyorlar, biliyorsun değil mi?"

"Doğru ama onlarda da şu yüzgeçlerden var." Suratımı buruşturdum. "Kendime güvenmiyorum. Bir *Jaws* anı yaşayıp kendimi kaybedebilirim."

Erik güldü. "O zaman yunusları geçelim. Ürkek karımın yerine dileyeceğim özürleri düşündüm de." Göz kırptı.

Sahanda yumurtadan koca bir çatal aldım, ketçaba buladım ve bir ısırık aldım.

Erik, "Şuna ne dersin," dedi. Broşürdeki fotoğrafı gösterdi. "Gerçek bir korsan gemisiyle tur, öğle yemeği, rom kokteylleri, kıyıdan birkaç kilometre uzakta şnorkelle dalış."

Başımı sallayarak, "Rom kokteylleri," dedim. "İşte şimdi konuşmaya başladın."

"Güzel. Kahvaltıdan sonra gidip yerlerimizi ayırtırım."

"Yo ho ho," dedim.

Erik, "Ve de bir şişe rom!" diye karşılık verdi.

Ertesi gün, Erik'le birlikte Bermuda'da zaman geçirmek için alt güverteye indik. Yanıma büyük bir su şişesi, güneş kremi, bir paket badem aldım. Öğle yemeğinin ne zaman servis edileceğini kim bilebilirdi. Yüzmek beni her zaman acıktırırdı. Ve şnorkelle dalmayı planlıyordum. Son anda, New York'taki parkta tanıştığım kadından aldığım akuamarin kolyeyi gördüm. Dün gece çıkarmış ve komodinin üstüne bırakmıştım. Kadın, "İyi şans getirsin diye," demişti. Kolyeyi tekrar taktım. *Neden olmasındı ki?*

Bermuda limanına baktım. Kıyıya binalar ve küçük evler sıralanmıştı. Pastel renkler bana, tebeşir kutularındaki sarı, yeşil, pembe renkleri hatırlatmıştı. Turkuvaz sular, bej rengi kumlara vururken parlıyordu. Kartpostal gibiydi.

Birlikte yürürken Erik parmaklarını parmaklarıma doladı. Karaya çıktığı için memnundu. Onu tekrar gülümserken görmek beni de mutlu etmişti.

Turumuz başlamadan önce iki saat vaktimiz vardı. King's Wharf'ı gezmeye karar verdik. Erik'in cep telefonu titredi. Çıkarırken, "Aaa," dedi. "Burada telefon çekiyor herhalde."

Erik'in aksine ben cep telefonumu getirmeye zahmet etmemiştim. Şu an haber almak istediğim herhangi birisi yoktu. Alyansımdaki pırlantalara baktım. Tropikal güneşin altında daha çok parlıyor gibiydi. Elimi Erik'in bronz, düz teninde gezdirdim. Elimi tutup öperken kaslarının esneyişi hoşuma gitmişti. Cep telefonuna döndü ve gülümsedi.

"Yine patronun değildir umarım," diye inledim.

"Hayır," dedi. "Gabby mesaj atmış."

Kafamı salladım. "Gabby mi?"

iPhone'unu göstererek, "Evet," dedi. Mesajı okudum: "Kasırga çıktığını duydum. İyi olduğunuzdan emin olmak istedim. Öptüm, Gabby."

"Kasırga mı?" dedim. "Bunun gerçek bir kasırga olduğunu duymamıştım. Biraz dalga var sanıyordum."

Erik başını salladı. "Ben de," dedi. "Eminim Gabby çok korkmuştur. Ne kadar düşünceli, bizi merak etmiş."

Sırıtarak, "Gemi personelinin kasırgayla karşı karşıya olduğumuzu söylememesi de çok düşünceli bir davranış," dedim. Aklım Gabby'ye takıldı. Neden bana mesaj atmadığını merak ettim. Sonra telefonumun gemiye bindiğimizden beri kapalı olduğunu hatırladım.

Erik, karşımızdaki bir dükkânı göstererek, "Bak," dedi. "Romlu kek!"

Pencerede, "Dünyadaki en güzel romlu kek," yazan bir tabela vardı. Sırıttım. "O zaman bu kekten biraz yiyeceğim."

Erik dükkânın önündeki bankta durdu. "Sen git," dedi. "Ben telefonum çekerken e-postalarımdan bazılarını halledeceğim."

"Tamam," dedim ve içeri girdim. Bermudalı bir kadın tezgâhın arkasından gülümsedi. "Günaydın," dedi. "Size nasıl yardımcı olabilirim?"

Satılık deniz kabuklarına, taşlara, biblolara, 5x7 kanvaslara elle yapılmış ada manzaralarına baktım. Doğruca, paketlenmiş romlu keklerin bulunduğu tezgâha yürüyerek, "Merhaba," dedim. "Bir tane romlu kek lütfen."

Başını salladı. Paketlerden birini naylon torbaya koydu. Kadına kredi kartımı uzattım. Sonra pencereden Erik'e baktım. Telefonuna eğilmiş gülümsüyordu.

Kadın, kredi kartımı uzatarak, "Buyur, canım," dedi.

Teşekkür edip dışarı çıktım. Erik telefonunu cebine soktu. "Aldın mı?" diye sordu.

"Evet," dedim. "Biraz yer misin? Bu sabah kahvaltıda bir şey yemedin."

"Yok," dedi. "Kendimi öğlene saklayacağım. Korsan gemisinde öğle yemeği vermeyecekler miydi?"

Kıyı turumuzu anımsadım. Keşke gitmesek diye düşündüm. King's Wharf'ı gezmeyi, plajda bir havlunun üstünde yanımda Erik'le uzanmayı tercih ederdim. "O tura gitmeyi gerçekten istiyor musun? Burada çok güzel plajlar olduğunu duydum. Oralara bakmak da eğlenceli olabilir."

Erik iç geçirdi. "Bir plajı görünce hepsini görmüş gibi oluyorsun zaten. Biz plana sadık kalalım. Gemi enkazı görmek eğlenceli olur bence. Sence?"

Erik'in korsanlara meraklı olduğunu biliyordum ama ısrar ettim. "Deniz tutmayacak mı seni?"

Omuz silkti. "Gemidekinden daha kötü olamaz," dedi. "Ayrıca Dramamine getirdim."

"Tamam," dedim.

"Gel buraya," dedi. Bankta beni kollarına aldı. Beni bir bebek gibi kucakladı. Başımı kollarına dayadım. Beni öptü. Bir süre böyle oturduk. Sonra birkaç sokak yürüdük. İhtiyacımız olmayan ya da istemediğimiz biblo ve hatıra eşyaları satan dükkânlara girdik. Ta ki bir saat kulesi çalana kadar.

"Limana gitsek iyi olur," dedi. "Gemi yakında kalkacaktır."

Kıyıya yürüdük. "Korsan Gemisi Şnorkelle Dalış Turu" tabelası taşıyan bir adam gördük. Bu rehberdi sanırım. Erik'e baktım. "Bu bizim turumuz mu?"

"Öyledir herhalde," dedi. Bakışları gergin bir şekilde etrafı inceliyordu. Denizin dalgalı olduğunu fark edip etmediğini ve tekrar deniz tutacak diye korkup korkmadığını merak ettim.

Adamın peşinden, teknenin yanaştığı yerdeki rampaya doğru yürüdük. Adam, kulağa Jamaikalı ve İngiliz karışımı gibi gelen yoğun bir aksanla, "Biletleriniz?" dedi. Erik'e döndüm. Cebinden biletleri çıkardı. Kafasını salladı, sonra cüzdanını karıştırdı. "Kahretsin," dedi. "Benim biletim nerede?"

"Nasıl yani?" dedim. "İki bilet almamış mıydın?"

"Aldım," dedi. "Tur ofisindekiler benimkini basmayı unutmuşlar sanırım."

Rehbere döndüm. "Biz bu tur için iki bilet aldık," dedim. "Ama gemidekiler bir sebepten biletleri basmamışlar. Bileti size daha sonra versek sorun olur mu?"

Kafasını salladı. "Kusura bakmayın, bayan," dedi. "Biletsiz yolcu alamam."

"Ama söz veriyoruz biz..."

Erik elini uzattı. "Canım," diye fısıldadı. "Tartışmanın bir anlamı yok."

"Ama Erik, sen..."

Adam, sanki bu düşünce ona acı veriyormuş gibi bir tavırla, "Yarım saat içinde kalkan bir tekne daha var," dedi. "Onda bir boş yer vardı." Bana sevimsiz bir biçimde baktı. "Sizinle orada buluşabilir."

Erik başını salladı. "Sen git," dedi. "Ben gemiye dönüp bileti alırım. Bir sonraki tekneyle gelirim."

"Hayır," dedim. "Sensiz gitmek istemiyorum."

"Ben sadece yarım saat geride olacağım," dedi. "Beni özlemeye bile fırsatın olmayacak."

Bu plan beni heyecanlandırmamıştı ama çok da önemli olmadığını biliyordum. Özellikle de yarım saat içinde tekrar bir araya geleceksek. "Tamam," dedim.

Fotoğraf makinesini bana verdi. "Makineyi sen alsana," dedi. "Gemiye kadar elimde taşımak istemiyorum."

Erik'in kıymetli Canon fotoğraf makinesinin çantasını aldım ve omzuma astım. Erik bana el salladı. Tekneye bindim. Arkalarda beyaz bir banka oturdum. Tekneyi kullanan adam bana naylon poşet verdi. Alnındaki terleri silerek, "Eşyalarınız için poşet," dedi.

Başımı salladım ve çantamı, Erik'in fotoğraf makinesini ve romlu keki poşete koydum. Poşeti de bana söylendiği gibi koltuğun altındaki sepete yerleştirdim. Teknede kaptanın dışında iki kişi daha vardı. Bana en yakındaki, altmışlı yaşlarında bir kadındı. Tenindeki beyazlığa bakılırsa daha yeni güneş kremi sürmüştü. Geniş beline pembe bir bel çantası takmıştı. İri gözlerle bana döndü. "Daha önce hiç gerçek bir korsan gemisi görmedim," dedi.

Kibarca gülümsedim. "Ben de," dedim. Geveze biri olması beni tedirgin etmişti. Limana, Erik'in gemiye döndüğü yere doğru baktım. Bu anlaşmayı kabul ettiğime pişman olmuştum. Keşke yüz doları yaksaydık da adada kalsaydık.

Kadın, "Ben Louise," dedi. "Arkansas, Little Rock'tan geliyorum." Denizi gösterdi. "Sizce orada köpekbalıkları var mıdır?"

Gülümsedim. "Olmadığını umalım."

"Köpekbalıklarıyla ilgili bir şeyler okudum," dedi. "Köpekbalığı gördüğünde kıpırdamamak gerekiyormuş. Yani sudaysanız. Hareket ederseniz heyecanlanıyorlarmış."

"İlginç," dedim. *Belki tek kelimelik cevaplar verirsem konuşmayı keser.*

Parmağını kaldırarak, kaptana, "Pardon," dedi. "Turda öğle yemeği de olacağını söylemişlerdi?"

Adam kadına uzun uzun baktı. "Evet, gemi enkazımıza ulaştığımızda yenilecek. Yemekler, diğer tekneyle getiriliyor."

Louise başını salladı ama memnun olmamışa benziyordu. Gururlu bir ifadeyle, "Oğlumuz aşçı," dedi. "Bu gemi seyahatini bize yıldönümü hediyesi olarak verdi."

Gülümsedim. Sonra kafamı kaldırdım ve üçüncü bir yolcunun oturduğu yere doğru baktım. Yolcu erkekti. Arkası dönüktü. Yüzünü göremiyordum. Bir dakika sonra döndü. Bu adamın, geçen gece yemekte gördüğüm adam olduğunu fark ettim. Garsonun gafına kızıp peçetesini fırlatışını ve fırtına gibi gidişini hatırlıyordum.

Gergin bir şekilde gülümsedim, bakışlarımı kucağıma, sonra denize çevirdim. Ona selam vermek çok garip olacaktı. Yemekte çok mesafeliydi. Ayrıca adını da bilmiyordum. Ama bakışlarımız buluştuğunda zorla gülümsedim. "Tekrar merhaba," dedim ama o beni tanımadı ve hiçbir şey demedi. Şaşırmamıştım. Yemekte de bana iyi davranmamıştı. Aynısı olmuştu. *Ne kadar kabaydı.* Dul veya değil, biraz görgü kuralı onu öldürmezdi.

Louise beni dürttü. "Şuna bak," diye fısıldadı. "Oradaki genç adam, Tom Cruise'un gençliğine benziyor."

Omuz silktim. Ben daha çok Ryan Gosling'e benzetmiştim ama neyse. Düzgün bir değerlendirme yapılamayacak kadar kendini beğenmişti. Kaptan motoru çalıştırırken saatime baktım. Korsan gemisinin ne kadar uzakta olduğunu merak etmiştim.

Teknenin motoru Louise'in sohbeti devam ettirmesini zorlaştırmıştı. Bu iyi olmuştu işte. Gizemli dulun bugün neden bu tura katılmaya karar verdiğini merak ettim. Daha önce karısıyla bu tura katılmayı mı düşünmüştü acaba. Artık karısının başına her ne geldiyse o yaşanmadan önce?

Yarım saat, hatta belki daha uzun süredir yol alıyorduk ki kaptan tekneyi durdurdu. Korsan gemisinin demirlendiği koya ne zaman varacağımızı merak ettim. Sabırsızlanıyordum. Ama Louise yolculuğu hiç önemsemiyor gibiydi. Kaptan motoru biraz yavaşlatınca kadın bana döndü.

Alyansına bakarak, "Kocam Earl bugün gemide kalmaya karar verdi," dedi. "Sana bir sır verebilir miyim?" Başımla onayladım. Bir yandan da kaptanın, on yedi yaşımdayken aldığım seyyar teybe benzeyen bir teybi karıştırmasını izliyordum. "Kendine biraz zaman ayırabilmek güzel bir şey. Ne demek istediğimi anladın mı?"

Kibarca gülümsedim ama içten içe, evlilikte, turlara hayat arkadaşıyla değil de tek başına çıkmak isteyecek kadar bıkacak bir duruma gelmemeyi umuyordum. "Evet," diye yalan söyledim. Ona balayında olduğumuzu, aksilik olmasaydı onun yerinde Erik'in oturuyor olacağını söylemedim. Bu, sohbetle dolu kara kutuyu açmak demek olurdu.

Kaptan taşınabilir teybine bir CD taktı ve anlamadığım bir dilde çalan hip hop müzik bangır bangır çalmaya başladı. Kaptan haritaya baktı, sonra kafasını kaşıdı. *Kayıp mı olmuştuk?*

"Anlaşılan yanlış yerden döndük," dedi. *Yanlış yerden mi döndük? Bu kaptan bu rotadan onlarca kez geçmemiş miydi?* Yüzümdeki endişeyi anlayarak, "Endişelenmeyin," dedi. "Geriye dönüp doğuya doğru gideceğiz. Buraya boşuna Bermuda Şeytan Üçgeni demiyorlar." Kendi kendine güldü, sonra teknenin vitesini artırdı. Motor canlanırken, "Bu bebek ne kadar hızlı gidebiliyormuş görelim," dedi. Öne doğru atıldık. Kendimi sağlama almak için teknenin kenarına tutundum. Louise'in yüzünde neşe vardı.

Kaptanın dikkatini çekmeye çalışarak, "Pardon," dedim. "Koya ne kadar kaldı?"

Motorun ve müziğin sesinden beni duymadı. Kafamı çevirdim. Görünürde hiç kara yoktu. Göz alabildiğine maviydi.

Birdenbire bir darbe hissettim. Bir şeye vurmuşuz gibi bir darbeydi bu. Oturduğum yerden en az otuz santim zıpladım. Boynumda bir acı hissettim. Kaptana, "O neydi?" diye bağırdım. "Ne oldu?"

Kaptan motoru yavaşlatarak, "Resife vurduk sanırım," dedi. "Resif gruplarının nerede olduğu kestirilemiyor. Ne kadar büyük olduklarını bilemiyorsun."

Telaşlandım ve cebimdeki akuamarin taşını tuttum. Louise ilk kez endişeli görünüyordu. Hız kazandık. Tekrar yerime oturdum. Koy fazla uzakta olamazdı. Tek istediğim bu lanet olası tekneden inmek ve Erik'i bulmaktı. Ama sonra bir darbe daha duyuldu, bu defa daha kuvvetliydi. Vücudum öne doğru savruldu. Teknenin içine düştüm. Deniz suyu gözlerimi yaktı. Başka bir resif miydi acaba? Louise'e baktım ve yanımda yattığını görünce nefesim kesildi. Burnundan kan geliyordu. Diz çöktüm ve elimi boynuna götürdüm. "Louise," diye feryat ettim. "İyi misin?" Tepki vermedi.

Tekne sürükleniyordu. Motor sesini duyamıyordum. Kafamı kaldırdım ama kaptanı göremedim. Sadece yemekteki adam vardı. Hemen bana doğru geldi. "İyi misin?" diye sordu. Yüzünde böyle bir endişe ifadesi gördüğüme şaşırmıştım.

Kafamı salladım.

"O nasıl?" diye sordu.

Telaşlanarak, "Bilmiyorum," dedim. "Burnu kanıyor."

Elini kadının boynuna koydu. Sonra kulağını göğsüne dayadı. Lisede kalp masajı dersi almıştık ama hiçbir şey hatırlamıyordum. "Nefes almıyor," dedi. "Kalp masajı yapmayı biliyor musun? Birimizin kaptanı kurtarması gerekiyor."

Kafamı sallayarak, "Nasıl yani?" dedim.

"Kaptan tekneden düştü."

Çaresizce, "Hayır, bilmiyorum," dedim. "Sen?"

Kadının kafasını geriye doğru yatırdı ve solunum yolunu kontrol etti. Sonra kalp masajına başladı. Dakikalar sonra Louise nefes aldı ve öksürmeye başladı. Kustu, hâlâ bilinçsizdi ama en azından nefes alıyordu. Göğsünün yükselişini görebiliyordum.

"Uyanırsa ayağa kalkmasına izin verme," dedi. "Bir yerlerini kırabilir."

Tişörtünü çıkarıp güçlü vücudunu ortaya koyarken ben de onu izliyordum. Sandaletlerini çıkardı ve denize daldı. Teknenin etrafında yüzerken onu bakışlarımla takip ettim. Kalbim gümbürdüyordu. Teknede yerde yatan baygın bir kadın, okyanusta bir yerlerde de bir adam vardı. Bütün bunlar gerçeküstüydü. İçinde Erik'in de olduğu ikinci bir tekne olduğunu hatırladım. Şakaklarımı ovuşturdum ve elime kan bulaştığını fark ettim. Benim kanım mı Louise'in kanı mı bilmiyordum.

Teknenin dışında bir ses duydum. Yemekteki adam ağzından su çıkarıyordu. "Anlamıyorum," dedi. "Buralarda bir yerlerde olmalı."

Teknenin diğer tarafına koştum. O taraf, sanki dalgalar arasındaki bir duba gibi yükselip alçalıyordu. İlerde suyun yüzeyinde birini görünce, "İşte orada," dedim. Adamın esmer teni suda parlıyordu. "İşte orada!"

Restorandaki adamın oraya doğru yüzüp kaptanı kollarına almasını izledim. Ağır ağır tekneye doğru geldi. Kaptanı belinden itti. Ellerimi adamın kollarının altına koydum ve bütün gücümle adamı tekneye çektim.

"Yaşıyor mu?.." Ellerim titriyordu. Kanaması olduğunu görebiliyordum. Kafasındaki kesik derindi.

"Nefes almıyor," dedi ve hemen kalp masajına başladı. Dakikalar sonra pes ederek çöktü. Kaptanın dudakları mordu.

Bir an orada öylece oturduk. Bir kişi baygındı, bir kişi ölmüştü. Dalgalar, sanki hiçbir şey umurlarında değilmiş, sanki bizimle dalga geçiyorlarmış gibi tekneye vuruyordu. Gözlerimi kırpıştırdım. Bir yabancıyla yapayalnızdım ve okyanusta kaybolmuştum.

6. Bölüm

Bir saat daha geçti, belki daha fazla. Louise hâlâ baygındı. Nefes alıp verişi artık daha sakindi. Onu, teknede gölgenin olduğu tarafa taşıdık. Elleri sıcaktan şişmişti. Altın alyansı, parmağındaki kan dolaşımını engelliyor gibiydi. Yüzüğü çıkardım ve çantasına koydum. Kocası Earl'den bahsedişi geldi aklıma. O neredeydi acaba şimdi? Karısının hayata tutunmaya çalıştığından habersiz, gemide *mai tai* kokteyli içiyor, üçüncü kez açık büfe sırasına giriyor, tabağındaki bifteğinden bir dilim daha yiyor olabilirdi.

Kaptan hâlâ yatıyordu. Yüzünü bir havluyla örttüm. Sonra yüzümü ellerime gömdüm. Omzumda bir dokunuş hissedince kafamı kaldırdım.

Adam, "İyi misin?" diye sordu.

"Evet, yani hayır," dedim. "Korkuyorum."

"Adın ne?"

"Charlotte," dedim.

"Ben Gray," dedi. "Gray..." Soyadını söyleyecek gibiydi ama söylememeye karar verdi. Gerçi bir şey de fark etmezdi.

Bakışlarımı Louise'den ayırmadan başımı salladım.

"Telsiz bozulmuş," dedi. "Darbeden kaynaklanıyor olabilir. Ya da en baştan beri hiç çalışmıyor olabilir." Bana döndü. "Cep telefonun var mı?"

Kafamı salladım. "Hayır," dedim. "Getirmedim."

Başını salladı. "Ben de gemide bıraktım." Oturdu. Bir an sessiz kaldı. En sonunda, "Kıyıya yüzmeyi deneyebilirim," dedi. "Buralarda bir yerlerde bir ada olmalı."

"Hayır," dedim. "Karadan çok uzakta olabiliriz. Ayrıca köpekbalıkları olabilir." Hepsi doğruydu ama içten içe aslında en büyük korkum, ölü bir adam ve ölmek üzere olan bir kadınla denizin ortasında bir teknede tek başıma kalmaktı.

Gray başını salladı. "Haklısın. Resife çarpmadan önce kaptan da kaybolmuş gibiydi. Rotadan kilometrelerce uzaklaşmış olabiliriz."

Pes etmiştim. "*Resife* çarptık. Bu, yakınlarda kara olabileceği anlamına gelmez mi?"

"Öyle düşünebilirsin," dedi. "Ama burası tuhaf bir deniz. Mantık yok. Anlamak mümkün değil."

Bunun ne demek olduğunu, bu sular hakkında neden böyle ürkütücü bir kesinlikle konuştuğunu sormak istiyordum ama sessiz kaldım.

Engin okyanusa bakarak, "Neyse," dedi. "Yakında başka bir tekne gelir eminim. Burada bir süre daha bekleyelim. Tek bir yerde kalalım. Bırakalım bizi bulsunlar."

Kafamı salladım. "Başka ne *yapabiliriz ki?*"

Gray kollarını çıplak göğsünde kavuşturdu. Derin düşüncelere gömülmüştü. Boğazım kurumaya başlıyordu. Su şişemden büyük bir yudum aldım.

"Yavaş git," dedi.

"Ne demek istiyorsun?"

"Bir süre daha burada olabiliriz. Az az içmen daha iyi."

"Yaa," dedim. Sözcükleri kafama dank etti. *Bir süre daha burada olabiliriz. Bir süre ne kadar uzun olabilirdi ki?*

Bir saat daha geçti. Gray tekneyi araştırmakla meşguldü. Acil durumda kullanabileceğimiz bir şeyler arıyordu. *Böyle bir acil durumda.* Koltuğun altındaki bölmeyi açarak, "Buralarda bir yerlerde bir cankurtaran botu olması lazım," dedi. Oraları karıştırdı ve buruşuk sarı plastik bir yığın buldu. "Çok şükür," dedi.

Sarı vinile kuşkuyla bakıyordum. Gray bunun şimdilik bir önlem olduğu konusunda ısrar etmişti. Erik'i düşündüm. Muhtemelen lagündeydi. Meraktan ölmüştü herhalde. Yetkililere haber verdiğini, herkesin şu anda bizi aradığını hayal ettim. Her an bir Sahil Güvenlik botu gelebilirdi. Böyle umuyordum. Louise çok iyi görünmüyordu. Benim de tuvaletim gelmişti.

Gray'e, "Saat kaç?" diye sordum.

"Beş," dedi.

Başımı salladım. Louise hâlâ nefes alıyordu. Az da olsa. Yüzünde güneş kremi olduğunu biliyordum ama suratı pembe görünüyordu. Ayrıca güneşin açısı değişmişti. Yanmasın diye şapkasının önünü biraz daha aşağı çektim.

Gray, "Ben sanırım yüzeceğim," dedi. "Şanslıysam karaya bu akşam ulaşırım."

"Bilmiyorum," dedim. "Peki ya?.."

"Köpekbalıkları mı?"

Başımı salladım.

"Evet," dedi. "Bu riski almam gerekecek."

"Fazla riskli."

"Dinle Charla..."

"Charlotte," dedim.

"Charlotte." Bakışlarını benimkilere dikti. "Dinle, eğer bir şey yapmazsak burada öleceğiz."

Kalp atışlarım hızlandı. Rüzgâr hızlanmıştı. Ilık bir rüzgârdı ama ürperdim. "Hayır, ölmeyeceğiz," dedim. "Kıyıya beş on kilometreden fazla uzak olamayız. Yakınlarda bir ada olması lazım. Bizi mutlaka bulurlar." Gözlerim doldu. "Bulmaları gerek."

Gray iç geçirdi. "Akıntı çok," dedi. "Fark ettiğimizden de hızlı bir şekilde sürükleniyoruz." Elini kum sarısı saçlarında gezdirdi. Rüzgârdan dağılmışlardı. Bir an sessizleşti. "Belki de haklısın. Bu riske girmemeliyim."

Sonraki birkaç saat sessizlik içinde oturduk. Bekledik, izledik, dinledik. Sık sık Louise'i kontrol ettik ama durumunda bir değişiklik yoktu.

"Bizi aradıklarını biliyorum," dedim. Şimdi güneş batmaya başlamıştı. Keşke ufkun ardında hareket edişini durdurabilseydim. Bu yaşadıklarımıza inanamıyordum.

Gray önüne baktı ve öksürdü. Bütün öğleden sonra su içmediğini fark ettim. Su şişesi getirmiş miydi? Benim şişemi uzattım. "Al," dedim. "Su iç."

Kafasını salladı. "Sende kalsın," dedi.

Başımı salladım. Artık *gerçekten* tuvaletimi yapmam lazımdı ama nasıl? Geminin burnuna doğru gittim. Gray'e, "Bakma," dedim.

Gray başını salladı.

Kot şortumu çıkardım ve yeşil bikini altımı bileklerime indirdim. Sonra çıkardım. Teknenin burnunda çömelirken çok utanıyordum. Fazla öne gitmemeye dikkat ediyordum. Mükemmelle uzaktan yakından alakası yoktu ama tek yol da buydu. Açık sarı idrarın teknenin beyaz zemininden denize doğru akışını izledim. Sonra bikinimi tekrar giydim. Şortumu da üstüme geçirdim.

Yerime geri döndüğümde Gray hiçbir şey söylemedi. Gökyüzünde yıldızlar belirmeye başlarken kafamı bir yastığa koydum. Teknenin sallanışıyla uykuya daldım.

Hemen gözlerimi açtım. Her yanım tutulmuştu. Ayaklarım üşümüştü, biraz ıslanmıştı. Güneş parlıyordu. Etrafımdaki şeyleri daha iyi görebilmek için ellerimi gözlerime siper ettim. Bir anda dün olanlar aklıma geldi. Gözlerimin önündeki sahne belirginleşti. Bozuk tekne, açık denizde sürüklenme, orada yatan bir beden, yanımda cansız bir kadın. Ayağa kalkarak, "Louise!" dedim. Eğildim ve soluğunu, nabzını kontrol ettim.

Gray bana doğru yürüdü. Duygusuz bir sesle, "Öldü," dedi. "Gece vefat etti."

Kafamı salladım. "Hayır!" diye bağırdım. "Hayır, onu kurtarmalıydık."

"Yapabileceğimiz her şeyi yaptık," dedi. "Kafasından yaralanmıştı."

Eğildim. Dizlerimi göğsüme çekip ağlamaya başladım. Gray yumuşak bir sesle, "Eğer kendini daha iyi hissetmeni sağlayacaksa," dedi, "en iyi hastaneler bile onun için bir şey yapamayabilirdi."

"Nereden biliyorsun?" dedim.

Ona ters davrandığım için kendimi kötü hissediyordum ama aynı zamanda korkuyordum, gergindim. Kendimi suçlu hissediyordum. Kadın gözümüzün önünde ölmüştü.

Gray cevap vermedi. Teknenin ön tarafında telsizle uğraşıyordu.

"Kısa devre yapmış," dedi. "Bunu tamir edecek araç gerecim yok."

Gerçekçi konuşuyordu. Erik'ten çok farklıydı. *Erik*. Kocamı düşündüm. Belki de şu anda gemide uyanmıştı. Ya da belki uyuyamamıştı. Ya da bütün gece beni aramıştı. *Neredeydi? Neden gelmemişti?* Korkuyla, "Ne yapacağız?" diye sordum.

"Bilmiyorum," dedi. "Gemi bu sabah yola çıkacaktı. Bizi bekleyecek değiller herhalde."

"Nasıl yani?" diye sordum. "Tabii ki bekleyecekler."

"Bu turlar önemli şeyleri hep küçük harflerle yazarlar," dedi. "Bir gün karada kaldıktan sonra gemiye dönmezsen senin için bir araştırma ekibi yollamazlar." Tecrübelerinden bahsediyor gibiydi. Sanki daha önce bunu detaylı bir şekilde araştırmış gibiydi.

"Ama kaybolduğumuzu biliyorlar," diye itiraz ettim. "Kendi isteğimizle gelmemeye karar vermiş değiliz ki. Kocam onlara söyler."

Gray boş boş baktı.

Kendimden emin bir şekilde, "Erik onların bizi bulmasını sağlar," dedim.

Öğlen, güneş gökyüzünde tepeye çıkmıştı. Çantamdaki güneş kremini çıkardım, omuzlarıma sürdükten sonra şişeyi Gray'e attım.

"Teşekkürler," dedi. Ellerine biraz sıktı. Omuzlarını, boynunu ovarken onu izledim. Birazını kulaklarına ve burnunun ucuna ayırdı. Su şişeme göz attı.

"Susadın, değil mi?" dedim. Su şişemi uzattım. "Lütfen, iç biraz."

Bu sefer kabul etti. Biraz içti. Daha fazla içmek istediğini biliyordum. Hepsini bir seferde içebileceğini biliyordum ama şişenin kapağını kapatıp şişeyi bana uzattı. "Su biriktirmenin bir yolunu bulmamız lazım. Yağmur yağarsa hazırlıklı olalım."

Haklıydı ama hayatta kalabilme konuşmalarından hoşlanmıyordum. Hele de ben yakında kurtarılacağımızdan bu kadar eminken.

Kaptanın oturağının yanından küçük metal bir kova çıkararak, "İşte," dedi.

Başımı salladım. Şimdi daha hızlı sürükleniyorduk. Geminin düdüğünü duymamıştım. Bu da Bermuda'dan ayrılmamış olabileceği anlamına gelirdi. Ya da biz düdüğü duyamayacak kadar uzaklaşmıştık.

Hava sıcaktı. Susamıştım. Sadece birkaç santimlik su kalmıştı. Bu yüzden su içme dürtüme direniyordum. Gray, Louise'in yanında diz çöktü ve onun sırt çantasını gösterdi.

Dehşete düşmüş bir halde, "Hayır," dedim. "Ciddi olamazsın."

"Belki su getirmiştir," dedi. "Ya da cep telefonu."

Ölü bir kadının eşyalarını karıştırmak çok yanlış geliyordu. Gray kadının çantasını açarken kafamı çevirdim. Ama gelip yanıma oturdu. Çantanın fermuarını açtı. Küçük bir su şişesi çıkararak, "Buldum," dedi. Bir yudum aldı. Sonra şişeyi bana uzattı. Ben de bir yudum aldım.

Biraz sonra pembe bir sakız paketi çıkardı. Dümdüz olmuş, erimiş bir Snickers paketi, vişneli dudak nemlendiricisi, bir ilaç şişesi, bir paket sigara ve çakmak buldu.

Gray ilaç şişesine baktı. "Vicodin," dedi.

"Geçen ay ayağından ameliyat olduğuyla ilgili bir şeyler söylediğini hatırlıyorum."

Gray başını salladı. "Bu ilaç bağımlılık yapar." Bunu nereden bildiğini merak ettim ama sormadım.

Snickers paketine uzandı ve açtı. Çikolata, parmaklarının arasından aktı. Parmaklarını yalayarak, "Bir ısırık ister misin?" dedi.

"Tabii ki," dedim. Sabahtan beri karnım guruldayordu. Ama umursamamaya çalışıyordum.

Akışkan çikolatadan biraz uzattı. Ağzıma attım. Güneşten erimişti. Yedikten sonra biraz daha istedim ama Gray kalanını çantaya attı. "Bunu daha sonrası için saklayalım. Uzun bir süre için sahip olduğumuz tek yiyecek bu olabilir."

Sonra bademlerimi hatırladım ve çantamdan çıkardım. "Bunlar da var," dedim.

Gray başını salladı. Starbucks'tan alınan bir paket badem ne kadar dayanır bilmiyordum. Az az yersek birkaç gün giderdi belki? Bu düşünceyi aklımdan çıkardım. *Erik yoldaydı.*

Ama güneş battığında hâlâ kurtarılmamıştık.

Ertesi sabah, "Bu koku ne?" diye sordum. Havada iğrenç, kötü bir koku vardı.

Gray, "Cesetler," dedi. "Olayın bu noktaya gelmesinden nefret ediyorum ama onları denize atmamız gerekiyor."

"Ama..." Bu çok zalimce, insanlık dışı görünüyordu. Ama Gray'in haklı olduğunu biliyordum. Okyanusta yanımızda iki çürüyen cesetle daha fazla sürüklenemezdik. Ayrıca kaptandan akan vücut sıvısını da fark etmiştim. Bu bizi hasta edebilirdi.

Gray, "Zamanı geldi," dedi. Kaptana doğru yürüdü. Yüzündeki havluyu kaldırdı. Sonra şortunu çıkardı.

Şoke olmuş bir halde, "Ne yapıyorsun?" diye sordum.

"Bu kıyafetlere artık ihtiyacı olmayacak," dedi. "Ama bizim olabilir."

Şortu kaptanın bacaklarına doğru indirdi. Adamın iç çamaşırı giymemiş olduğunu görünce kafamı çevirdim. Gray cüzdanına baktıktan sonra şortu bir kenara koydu. Sonra tişörtü çıkardı. Cesedi korkuluğa doğru kaldırdı. Çıplak bedenin denize dalışını izledim.

Gray sanki otomatik pilottaymış gibi Louise'e geçti. "Sen yapmak ister misin?"

"Nasıl yani?.."

Kadının şapkasını kafasından alarak, "Bulabildiğimiz her şeye ihtiyacımız var," dedi. "Güneşten korunmak ve ısınmak için." Kadının pembe tişörtüne ve beyaz kapri pantolonuna baktım. Bunlar beden olarak çok büyüktü ama yine de geceleri ısınmak için bir nevi battaniye olarak kullanılabileceklerini biliyordum.

Kaprisinin düğmesini açtım ve şişmiş, gergin, lekeli karnından aşağı doğru çektim. Bunu yapmaktan nefret ediyordum. Beyaz iç çamaşırının ağ kısmında bir delik olduğunu görmek iyi olmadı. Suratımı buruşturdum. Kaprisini bileklerinden çıkardım ve tişörtüne geçtim. Kolunun üst kısmında bir dövme gördüm. Bir kalbin içinde Johnny yazıyordu. O zaman aklıma Earl geldi.

Gray onu kaldırdı. Kaptana yaptığı gibi suya attı. Çıkardığı ses uzun süre kulaklarımda yankılandı. Bir zamanlar hayattaydı, yanımda oturuyor, korsan gemisini görmek için yapılan tur gezisinden bahsediyordu. Ama şimdi yarı çıplak bir halde denizde sürükleniyordu. Balıklara yem olacaktı.

"Bir dakika," dedim. Teknenin ön tarafına koştum. Orada, bir tahtaya yapıştırılmış yapma çiçekler görmüştüm. Pembe bir gülü çekip aldım. Tekrar korkuluğa koştum ve gülü denize, Louise'in sulara gömüldüğü yere attım. Sessizce, "Nur içinde yat," dedim.

Dördüncü gün, bademleri ve Snickers'tan kalanı yedik. Çok uzun zamandır sürükleniyorduk. Nerede olduğumuzu veya neyle karşılaşacağımızı hiç bilmiyordum. Çişimi teknede yapmaya alışmıştım ama büyük tuvalet iğrenç oluyordu. Özellikle de tuvalet kâğıdı yokken.

Gray, "Sen de hissettin mi?" dedi. Neden bahsettiğini bilmiyordum ama gülümsüyordu. Demek ki iyi bir şeydi.

"Neyi?"

"Yağmur damlası," dedi. Ağzını gökyüzüne doğru açmıştı.

Bir gündür susuzduk. Boğazım o kadar kuru ve hassastı ki sanki zımparalanmış ve saç kurutma makinesiyle kurutulmuş gibiydi. Yağmur yağıyorsa bu iyi bir haberdi. Çok iyi bir haberdi. Bir yağmur damlası yanağıma değince, "Hissettim!" dedim. "Kova nerde?"

Gray, "İşte burada," dedi. Yağmur hızını artırmıştı. Yavaş yavaş su birikirken kovanın başında bekledik.

Yağmur yarım saat sonra durdu ve güneş tekrar bulutların arasından çıktı. Gray kovayı bana uzattı. Bir yudum aldım. Taze su boğazımdan geçerken muhteşem hissettirmişti. Hepsini içmek istiyordum ama ancak iki üç santim kadar birikmişti. Gray'in de içmesi gerekiyordu.

O gece denize bakarken, "Anlayamıyorum," dedim. "Neredeyse beş gündür sürükleniyoruz. Neden hiç kara görmedik? Ya da uçak? Neden kimse gelmiyor?"

Gray kafasını kaldırdı. "Bermuda Şeytan Üçgeni diye bir şey var."

"Sana bir şey sorabilir miyim?" dedim.

Başını salladı.

Dikkatli bir şekilde, "O gece yemekte," diye başladım, "çok üzgün görünüyordun. Nedeni neydi?"

Kaşlarını çatıp uzun süre sessiz kaldı. Sonra ayağa kalktı ve teknenin ucuna doğru yürüdü. Orada kaptan koltuğuna oturdu ve geceyi izlemeye başladı.

Gray ertesi sabah, "Tekne su alıyor," dedi. Bu sinema filminden bir replik gibiydi. Bu üç sözcük, olaylar iyice karıştığında söyleniyordu. Ama biz burada olayları bizzat yaşıyorduk. Böyle bir senaryo bana kâbus gibi geliyordu. Bizim kendi kâbusumuz.

Gözlerimi açıp ayaklarımı teknenin zeminine koydum. Beş altı santim suya battılar.

"Olamaz," dedim. "Neler oluyor?"

"Daha ne olsun," dedi. "Kazanın bir hasar bıraktığını biliyordum ama ne kadar kötü olduğunu bilmiyordum. Gittikçe de kötüleşiyor."

"Kötüleşiyor mu?"

Teknenin sağ köşesini göstererek, "Oraya baksana," dedi. "Hızla doluyor. Bu teknede daha fazla kalamayacağız."

Kafamı sallayıp denize baktım. "Ne yapacağız?"

Cankurtaran botuna baktı. "Sen yapmak ister misin?"

"Ben mi?" dedim. "Benim *balon* şişirince bile başım döner."

Botu bana verdi. "Yapmak zorundasın," dedi. Sesinde mizah filan yoktu. "Benim astımım var."

"Ya," dedim. "Şeyin var mı?"

"Nefes tüpüm mü? Evet." Aleti cebinden çıkarıp gösterdi, sonra tekrar cebine soktu. "Burada ne kadar kalacağımızdan emin değilim." İç geçirdi. "Bana yetmesini sağlamak zorundayım."

Başımı salladım. "Tamam," dedim. "Ben başlayayım." Dudaklarımı tüpe yerleştirdim ve uyduruk bota hava üflemeye başladım.

Tekneyi terk etmekten nefret ediyordum ama Gray haklıydı. Su şimdi daha hızlı giriyordu. Neredeyse oturaklara ulaşmıştı. Daha uzun süre beklersek tekneyle birlikte batacaktık. Daha hızlı üfledim. Başım döndüğünde soluklanmak için duruyordum.

Gray, "Özür dilerim," dedi. "Keşke yardım edebilsem."

"Sorun değil," dedim. "Senin de elinde değil."

Yanaklarım yanıyordu. Kan damarlarım çatlayacak gibiydi. Tenimi saran örümcek ağı gibi damarların kırmızı kırmızı lekelendiğini hayal ettim. Bu üfleyerek şişirilecek tarzda bir bot değildi. Teknede pompa tarzı bir şey olması gerekiyordu ama Gray aramış bulamamıştı. Önemi de yoktu. Bu tek yoldu ve bu botu şişirmek zorundaydım. Şişirene kadar iki saat geçmişti. Geriye yaslandım. Su artık dizimize geliyordu.

Tekne batıyordu. Gray fazla kıyafetleri, kovayı ve iki su şişesini botun içine attı. Louise'in sırt çantasındaki şeyleri, kaptanın cüzdanını ve ne olur ne olmaz diye çantamı aldım. Bota bindim. Gray de geldi, yanıma oturdu. Bot teknede göründüğünden daha küçüktü. Bacaklarımın altındaki serin suları hissedebiliyordum ama hemen ısınacağımı biliyordum. Güneş yakıyordu. Kısa bir süre sonra terlemeye başlardık.

Gray küreği kullanarak botu itti.

"Bir dakika!" diye bağırdım. "Fotoğraf makinesi! Kocamın fotoğraf makinesini unuttum!"

Gray omuz silkti. "Böyle bir zamanda fotoğraf makinesi mi lazım olacak?"

Aslında doğru söylüyordu. Zaten fazla yüklenmiş cankurtaran botuna biraz daha yük ekleyecekti. Ama o makine beni hayata bağlayan şeydi. O varken Erik yakınımda gibiydi. Beni arıyordu, yoldaydı. O olmadan mı? Umutlarım tükenirdi.

"Lütfen," dedim. "Onu bırakamam."

Gray gözlerini devirdi. Sonra küreği tekrar tuttu ve tekneye doğru yanaştı. Tekne okyanusun sularına gömülmeye hazırdı. Teknenin ucunu göstererek, "Şurada," dedim.

Kolunu uzatıp çantayı aldı. Sonra bana uzattı.

Tekrar yanıma otururken, "Teşekkürler," dedim. "Çok teşekkürler."

Gray boş boş baktı.

Birkaç saat sürüklendik. Artık tekne görünürlerde değildi.

"Fotoğraf çekmeyecek misin?" diye sordu.

"Neyi çekeceğim?"

"Bunu," dedi. "Bizi. Burada elimiz kolumuz bağlı otururken."

"Neden?" dedim. Bu anı hatırlamak istemiyordum. Erik'in gelmesini, eve gitmemizi ve bu kötü tecrübeyi bir daha hiç düşünmemeyi istiyordum. Gray'i bir daha görmek bile istemeyeceğimi düşünüyordum.

"Çünkü bu çekileceğimiz son fotoğraf olabilir," dedi.

İşte o zaman jetonum düştü. Her şey buraya kadardı. Bu, ölüm ya da yaşamdı. Ona ilk kez gerçekten baktım. Bana buruk bir biçimde gülümsedi. Bu gülümseme, hem her şeyi anlatıyor hem de hiçbir şey anlatmıyordu. Bir an için, sadece bir an için bakışları daha önce görmediğim bir şefkati açığa vurdu. Fotoğraf makinesini çıkardım ve objektiften baktım. Arkasında güneş batıyordu. Omuzlarında bir ışık halkası oluşturmuştu.

Bir fotoğraf çekip makineyi bıraktım. "Çektim."

Gray, fotoğraf makinesini eline aldı. Ellerimi tuzdan ıslanmış sarı saçlarımda gezdirdim. Maskaram çoktan çıkmıştı herhalde. Ya da gözyaşları ve tuzlu su yüzünden akıp gitmişti.

Arkamızda turuncu ve pembe renklere boyanmış günbatımını göstererek, "Gökyüzüne bak," dedi. Dönüp ufka baktım. Bir yandan da makinenin sesini dinliyordum. Benim fotoğrafımı çekmediğine seviniyordum. Şu anda nasıl göründüğümü bilmek istemiyordum. Gözlerimdeki korkuyu, yenilginin çirkinliğini görmek istemiyordum. Gray, gökyüzünün iki fotoğrafını daha çekti. Sonra makineyi tekrar çantaya koydu. Güneş ufka doğru batarken sessizlik içinde oturduk. Belki bir gün daha görürdük. Ya da göremezdik. Kesin olarak bildiğim tek şey, burada olduğum, küçük bir cankurtaran botunun dalgalar üstünde inip kalkmasını dinlediğimdi.

7. Bölüm

Yedinci günümüzdü. En azından ben öyle sanıyordum. Aslında gün ve zaman kavramımızı yitiriyorduk. Çok uzun zamandır yemek yememiştik. Suyumuz da azalıyordu. Yağmurdan elde ettiğimiz su da bitmek üzereydi. Her saat, doğanın cömertliği için umut ederek, dua ederek gökyüzüne bakıyorduk. Ama o da pek eli açık bir gününde değildi. Suya çok ihtiyacımız vardı.

Erik'in neden bizi bulamadığını anlayamıyordum. Ona ihtiyacım vardı. Bermuda'da uykusuz geceler geçirdiğini, her gün denizi aradığını, geceleri telefondan Sahil Güvenlik raporlarını kontrol ettiğini hayal ettim. Muhtemelen annemi babamı ve Gabby'yi aramıştı. Ailemin aklı başından gidecekti. Gabby perişan olacaktı. Erik'e destek olmak için Bermuda'ya geleceklerdi. Belki de hepsi oradaydı. Bu düşünce bana umut verdi. Sonra Erik'in makinesini hatırladım. Düğün fotoğraflarımız muhtemelen hâlâ hafıza kartında duruyordu. Düğünün, birlikte yaşayacağımız hayatın fotoğraflarını görmek bana ihtiyacım olan güç ve umudu verecekti.

Gray'le çok fazla konuşmuyorduk. Arada bir havadan sudan işte. Ama bir sabah sanki vahiy inmiş gibi bana baktı. "Kocan neden teknede yanında değildi?" diye sordu.

"Bileti yoktu," dedim.

Gray kafasını salladı. "Çok tuhaf. Neden yoktu?"

"Tur görevlisi vermeyi unutmuş."

"Bileti alırken fark etmemiş mi?"

Gözlerimi kıstım. "Ne demek istiyorsun? Neden beni sorguya çekiyorsun?"

"Aklıma yatmadı sadece, o kadar."

"Aklına yatmadı mı? Ne demek istediğini anlamadım."

Gray omuz silkti. "Önemli değil. Söylediklerimi unut."

İç geçirip kafamı çevirdim. Ne demek istiyordu? Herhalde başına güneş geçmişti.

Çantadan makineyi aldım ve kaydedilen görüntülere bakmaya başladım. En son çekilen fotoğraflar en önce çıkıyordu. Küçük ekrandaki ilk fotoğrafı görünce nefesim kesildi. Ben. Gray'in gökyüzünü çektiğini düşünmüştüm ama aslında *beni* çekmişti. İlk fotoğrafta yüzümü yakınlaştırmıştı. Rüzgârda dağılmış saçlar, çillerle dolu bir burun. Bir sonrakinde gözlerime yakınlaşmıştı. Neden? Bir an gözlerimi inceledim. Bu yeşil gözleri zor tanımıştım. Bu gözler karmaşık, endişeli, derin düşünceliydi ama kararlıydı. Gray'in fotoğrafı çektiğini bilmesem bu gözlerin bana ait olduğuna inanmazdım. Fotoğrafa, azimli, korkmayan o kadına tekrar baktım.

Gray'e baktım. Ona bir şeyler söylemek istiyordum ama kestiriyordu. Geçen bir uçağı veya gemiyi kaçırmamak için nöbetleşe uyumaya karar vermiştik. Nefes alıp verişini dinledim. Kolları uyurken bile güçlü görünüyordu. Gabby, Gray'i görseydi ağzı açık kalırdı. Tam onun tipiydi. Yakışıklı. Gizemli. *Tehlikeli.* Bizi kurtardıklarında ikisini tanıştırmayı aklıma yazdım. *Kurtarılırsak.* İç geçirdim. Gray'in göğsü hırıldıyordu. Bu astımın gitgide kötüleşmemesini umuyordum. Bunu hem onun için hem kendim için istiyordum. Yoksa ben burada tek başıma ne yapardım?

Tekrar makineye döndüm. Şarj ışığı yanıyordu ama yine de fotoğrafları açtım. Şarj bitmeden görebildiğim kadar çok fotoğraf görmek istiyordum. Fotoğraflar arasında gezinmeye devam ettim, Erik'in kamaramızın balkonunda çektiği fotoğrafıma bakmak için durdum. Kitap okuyordum. Geminin fotoğrafı da vardı. İlk günümüzde üstümde bornozla poz vermiştim. Bir diğerinde beyaz bir elbise giyiyordum.

Sonra düğün. Çoğu Gabby tarafından çekilen bu fotoğraflar gözlerimi yaşlarla doldurmuştu. İşte gelin çiçeğimi atıyorum. Erik'le ilk dansımızı ediyoruz. Ah Erik. Gabby'nin yeğenim Connor'ın pastanın kremasından alış anını yakalaması beni gülümsetti.

Diğer fotoğraflar Seattle'daki evimizdendi. Biri düğünden bir hafta önce ben pazardayken çekilmişti. Elimde hasır bir sepet vardı. En üstten pazı ve havuçlar görünüyordu. Karnım guruldadı.

Hepsi bu kadardı. Keşke daha fazla olsaydı. Fotoğraflar beni hiç beklemediğim bir şekilde ısıtmıştı. Makinenin dahili hafızasında dolaştım. Erik'in bir yerlere başka fotoğraflar kaydettiğini umuyordum. Evimizi görmem lazımdı. Bu cankurtaran botunun ötesinde harika bir hayatım olduğunu hatırlamam lazımdı. 12 Şubat tarihli bir dosya görünce kalbim pır pır etti. Erik'in beni Canlis'te götürdüğü Sevgililer Günü yemeğinden hemen önce. Hevesli bir şekilde dosyaya tıkladım ama ekranda beliren ilk fotoğrafı görünce nefesim kesildi.

Bir havuzun kenarından sarkan bir çift ayak. Benim değil, bir başkasının ayağı. Pembe ojeler. *Bunlar benim ayaklarım değildi.* Biraz sonra kırışık mavi bir elbise çıktı. Bir sonraki fotoğrafı görünce ellerim titredi. Aynı kadındı, bu sefer açık mavi bir elbise giymişti. Sırtı makineye dönüktü ama yine çoğu yerini görebiliyordum. Bronzlaşmış tenini, sağ omzundan düşen beyaz sutyen askısını. Yürürken savrulan elbisesini. Kimdi bu kadın?

Bir sonraki fotoğrafa bakmaya dayanamayacaktım neredeyse. Aynı kadındı ama bu sefer dantel bir gecelik giymişti. Nerede olduğunu çıkaramıyordum. Bir otel odası mı? Bir kanepe mi? Durdum ve belki de halüsinasyon gördüğümü düşündüm. *Bunlar gerçek olamazdı. Erik'in makinesinde neden böyle fotoğraflar olsundu ki?* O başka birisiyle asla olmazdı. İpucu bulmak için fotoğrafı inceledim. Sonra köşede bir gazetenin kenarının çıktığını gördüm. İyice baktım. *Chicago Tribune* gazetesi. Şimdi hatırlamıştım. Erik Sevgililer Günü'nden iki gün önce Chicago'ya iş seyahatine gitmişti. 14 Şubat sabahı dönmüştü. Onu almaya havalimanına gittiğimde beni bir buket kırmızı gülle karşılamıştı. Nefesim kesildi. *Hayır, bu düşündüğüm şey olamaz. Deliriyor muyum?*

Gray, "Bak," diye bağırdı.

Makineyi bıraktım. Fotoğraflara o kadar odaklanmıştım ki Gray'in uyandığını fark etmemiştim. "Ne o?" diye sordum.

"Bir uçak!" dedi.

Bu keşif, hissettiğim bütün acıyı unutturmuş, tıpkı bir tahta silgisi gibi silip süpürmüştü. Tek düşünebildiğim bu bottan inmek, kurtarılmaktı. Uçağı ben de duyuyordum. Uzaktan motorunun sesi geliyordu. Sonra onu gördüm. Bu muhtemelen bir adadan diğerine gitmek için kullanılan küçük bir uçaktı. Gray'le ellerimizi çılgınlar gibi salladık. Ciğerlerimiz patlayana kadar bağırdık. Louise'in çakmağını kullanarak bir şeyleri yakıp göstermek geldi aklıma. Ama çakmağı bulduğumda uçak geçip gitmişti bile.

"Belki bizi gördüler ve dönüp gelecekler," dedim. Kalbim hâlâ adrenalin akınıyla gümbürdüyordu.

Gray başını salladı. Uzun bir süre bakışlarımızı gökyüzünden ayıramadık. Boynum tutuldu. Ama saatler sonra uçak hâlâ geri dönmemişti. Fotoğrafları hatırladım. Makineyi tekrar elime aldım. Belki de bir şeyler kaçırıyordum. Belki bunların hepsi bir hataydı. Bir daha bakmaya, albümdeki diğer fotoğrafları da incelemeye karar verdim ama ekran karardı. Açma kapama düğmesine tekrar tekrar bastım ama şarjın bittiğini anladım.

Gray, "Sen iyi misin?" dedi.

Ne söyleyeceğimi bilemiyordum. Konuşmayı unutmuştum sanki ya da içimde bir şeyler donmuştu. Ağlamaya başladım. Bu yoğun, insanın derinlerinden bir yerden gelen, ruhunu sarsan bir ağlamaydı. Çok uzun zamandır kilitli olan bir odanın açılması gibiydi. Küf kokulu, bastırılmış duygular gün yüzüne çıkıyordu.

Gray beni kollarına alıp bir bebek gibi tuttu. Yapabileceğini bile bilmediğim bir nezaketle, "Şişştt," dedi. "Ağlama, Charlotte." *Charlotte.* Bana ilk kez ismimle hitap ediyordu. Daha doğrusu ilk kez doğru isimle hitap ediyordu. "İyi olacağız. Sen ve ben, iyi olacağız, göreceksin. Kısa bir zaman sonra karaya ulaşacağız. Biliyorum." Bu yabancının omzunda ağlarken başımla onayladım. Ona, kalbim kırıldığı için ağladığımı söylemedim. Ona artık karaya ulaşıp ulaşmamayı önemsemediğimi söylemedim. Pes ettiğimi söylemedim. Tekrar tekrar, "Ağlama, Charlotte," dedi. Sesi sakinleştiriciydi. Yorgunluk beni esir aldı. Gözlerimi kaparken, "Lütfen Charlotte, dayan. Biraz daha. Dayanmana ihtiyacım var," diye fısıldadığını duydum.

Gözlerimi açtığımda güneş doğuyordu. Gray yanımda uyuyordu. Kollarında uyuyakaldığım için utanıyordum. Beni bunca zaman kollarında tutmasına, beni bırakmamasına şaşırmıştım.

Gözlerimi ovuşturdum. Dün gece bir rüya, daha doğrusu kâbus gibiydi. Makinedeki fotoğrafları düşündüm ve bunların bir başkası tarafından çekildiğine karar verdim. O fotoğraflarda Erik yoktu. Hatta belki o çekmemişti bile. Muhtemelen reklam ajansındaki işiyle ilgiliydi.

Gray yanımda esnedi, sonra gülümsedi. "Bir gün daha," dedi.

Başımı salladım.

"Düşünüyordum da," dedi. "Alg yiyebiliriz."

"Alg mi?"

"Evet," dedi. "Yosun benzeri bir şey."

Kaşlarımı çattım. "Böyle şeyler yenilir mi?"

"Whole Foods pazarında satmıyorlar mı onu?"

Şüpheci bir gülümsemeyle, "Satıyorlar sanırım," dedim.

"O zaman neden okyanustan toplayıp taze taze yemeyelim?"

Omuz silkerek, "Tamam," dedim. Açıkçası o kadar açtım ki her şeyi yiyebilirdim. Yemiştim de. Dün Gray'le Louise'in vişneli dudak nemlendiricisini paylaşmıştık.

Onun tadı bile çok kötü değildi. Hatta bize birkaç kalori kazandıracağını bile düşünmüştük.

Gray botun kenarına doğru gitti ve küreği kullanarak bir tutam algi bota çekti. Uzun, yeşil ve ince bir bitkiydi.

En üstteki soğanımsı şeye bakarak, "Önce sen başla," dedim. Soğanımsı kısmı sıktım, bir damlalığa benzediğini fark ettim.

Gray bir parçasını çekip aldı ve ağzına attı. Ağır ağır çiğnedi. "Aslında," dedi. "O kadar kötü değil." Bir parça daha aldı ve bana uzattı. "Al," dedi. "Aslında tadı biraz... tavuğa benziyor. Dene hadi."

Tuzlu, biraz da balıksı tadını hemen aldım. Tuhaftı ama açlıktan öldüğüm düşünülürse garip bir şekilde tatmin ediciydi. Geri kalanını paylaştık. Sonra Gray biraz daha var mı diye baktı. Çeşitli deniz bitkilerinden topladı. Bazıları uzun ve kıvraktı. Bazıları balona benzeyen organlarıyla sertti. Bir süre bunları yedik. Sonra geri kalanının güneşte kuruyup çıtırlaşmasına karar verdik.

Yağmur yağdı. Kovada su biriktirdik. Botta biriken suyu da ellerimizle kovaya aktardık. Biraz su içtim. Gray de öyle. Ne kadar zaman geçti bilmiyorum ama karnımda bir ağrı hissettim. Belki birkaç saat geçmişti, belki daha fazla. Kramplar hızlı ve güçlüydü. Sanki birisi eline bir bıçak almış da bağırsaklarımda gezdiriyor gibiydi. Gray de karnını tutuyordu. "Alglerden oldu," dedi. "Yemememiz gereken bir türünü yemiş olabiliriz."

Ona kötü kötü baktım. Fikri öneren oydu. Başka bir kramp daha gelince inledim. Bir tuvalet, Imoidum ilacı ve biraz mahremiyet isterdim.

"Tuvalete gitmem lazım," dedim. O günden önce büyük tuvalet için bir kez girişimde bulunmuştum. O da hiç iyi gitmemişti.

Gray'i arkasına döndürdüm. En kolay ve güvenli yolun direkt ellerime yapmak olduğuna karar vermiştim. Avuçlarımı açtım ve çıkacak şeyi bekledim. Denize atacak ve ellerimi yıkayacaktım. Ama hiçbir şey çıkmadı. Sadece gürültülü bir gaz sesi. Gray'in veya başka bir insanın bu sesleri duymak zorunda kalması korkunçtu. İtibarımdan ödün vermek canımı sıkıyordu.

"Benim de tuvaletim var," dedi.

"Nasıl yapacağız?" diye sordum.

"Suya atlayalım," dedi. "Sırayla atlayalım. Böylece bot sabit kalır."

"Hayır," dedim. "Ben o suya girmeyeceğim. Köpekbalıklarından korkuyorum."

Pembe bir tişört fırlattı. Louise'in tişörtüydü. "O zaman bunu kullan," dedi

Başımı salladım. O suya girdi. Dakikalarca botun yanında kaldı. Ben de tişörtü kalçamın altına doğru tuttum ve pisliği elimden geldiği kadar toplamaya çalıştım. Kramplar daha iyi gibiydi. Gray bota geri dönerken ben de tişörtü denize attım. Bota biraz su girdi ama suyun çoğunu hemen dışarı aktardık.

"Nasıl hissediyorsun?" diye sordum.

"Çok daha iyi," dedi.

"Ben de," dedim. Ama bir yandan da kendimi boş, bomboş hissediyordum. Sözlerden öte bir şeydi. Çok fazla zamanımız kalmamıştı. Bunu ikimiz de biliyorduk.

8. Bölüm

Hava karanlıktı. Sabahın erken saatleri miydi yoksa gece-yarısı mı bilmiyordum. Uyku sersemiydim, zayıftım. Sayıklıyor gibiydim. Gray'e baktım ve bir an için Erik'in yüzünü gördüm. Sonra bunun bir göz aldanması olduğunu anladım. Yanımda uyuyordu. *Ben neden uyanıktım? Bir şey mi duymuştum?* Sonra uzaklarda bir ışık gözüme takıldı. Suyun altında dans ediyordu. İlk başta suyun üstünde parlayan bir el feneri gibiydi. Bu yakınlardaki bir tekne miydi? Gray'i kolundan tutup sarstım. Ama kılı kıpırdamadı. "Uyan," dedim. Artık konuşmak bile tüm enerjimi alıyordu. "Bir şey gördüm."

"Ne gördün?" diye mırıldandı.

"Şu ışıkları görüyor musun?"

Gray gözlerini ovuşturdu, sonra başını salladı. "Evet, ne onlar?" diye sordu.

"Bilmiyorum," dedim.

Küreği aldı ve ışıklara doğru yaklaşmaya başladı, ancak ışıklar değişiyordu. Sanki onları takip etmemizi istiyorlarmış gibi hareket ediyorlardı.

Gray ışıkları yakından inceledi. Sonra bana döndü. "Bu yakamoz herhalde."

"Yakamoz mu?"

"Suda gerçekleşen kimyasal bir reaksiyon," diye açıkladı. "Bakteriler ya da küçük deniz hayvanları yapabiliyor. Okyanustaki ateş böcekleri diyebiliriz."

"Vay canına," dedim.

Gray başını salladı. "Bu olayı büyükannemlerin Catalina Adası'ndaki evinin yakınlarında geceleri görürdüm," dedi. "Bu sanırım karaya yakın olduğumuz anlamına geliyor."

"Gerçekten mi?" dedim. Karanlık geceye baktım. Ay bir bulutun arkasındaydı. Bu yüzden kıyıya yakın mıyız ya da okyanusun ortasında sürükleniyor muyuz göremiyordum. *Lütfen karaya yakın olalım. Lütfen.*

Gray, "Olabilir," dedi. Işıkları takip ederek daha uzağa kürek çekti. Bir saat belki daha uzun süre sonra yoruldu. Bunu soluk alıp verişinden anlıyordum. Zorlanıyordu ve nefesi hırıltılıydı.

"Bırak ben yapayım," dedim. Gönülsüz bir şekilde küreği bana uzattı. Ben daha hızlı kürek çektim. Bir o taraftan bir bu taraftan. Bu tekrar, omuzlarımı yaktı, kollarıma kramp girdi. Susamıştım, suyumuz da bitmişti. Açlık her zaman vardı. Karnımdaki bir köpekbalığı gibi içimi kemiriyordu. Başım ağrıyordu. Bir Advil'e hasret kalmıştım. Pek çok şeye hasret kalmıştım. Küreği suyun sağ tarafına doğru batırdım ve bu sefer bir şeye çarptım.

"Gray!" diye bağırdım.

Doğrularak, "Ne oldu?" dedi.

"Kürekle bir şeye çarptım."

Gray Louise'in sırt çantasından çakmağı buldu ve kürekle çarptığım yere doğru tuttu. Çakmak yandı, sonra söndü ama ne olduğunu anlamamıza yetecek kadar ışık sağlamıştı.

Gray, umutsuz bir şekilde, "Dal parçaları," dedi.

"Yaa," dedim. Ne beklemiştim bilmiyorum. Resif mi, kaya mı, belki de kara?

Kürek çekmeyi bıraktım. Tuhaf yakamozlar teknenin etrafındaydı. Sanki devam etmemi bekliyor gibiydiler. Ama çok yorgundum, yılmıştım. Her yerim ağrıyordu. Umudumu kaybetmiştim. Gray de aynı durumdaydı. Tam onun yanına çökecekken bulutlar biraz ayrıldı ve gökyüzündeki ayı ortaya çıkardı. Ay bir an için karanlık bulutların arkasından çıktı. Tıpkı bir işaret feneri gibi, uzun zamandır görünmeyen bir arkadaş gibi. Ama daha çok, tepemizde geceyi aydınlatan dev bir spot ışığı gibi. O zaman sol tarafıma baktım ve önümüzdeki şeyi görünce nefesim kesildi.

"Gray!" diye bağırdım. "Gray! Kalk! Bak!"

Gray tekrar doğruldu. Hâlâ uyku sersemiydi. İşte karşımızda güzel bir kara parçası vardı. Kumsal birkaç metre ötedeydi. Kıyıya vuran dalgaların sesini duyabiliyordum. Gray küreği benden aldı ve hızla kürek çekmeye başladı. Ta ki altımızdaki su sığlaşana kadar. Bottan indi ve botu kıyıya doğru çekti. Ben de sığ suya atladım. Gray botu kuma çıkardı. Kum sıcak ve yumuşaktı. Gray'in yanına çöktüm. Çok yorgundum ve üşüyordum. Titredim. Gray, sıcak kolunu bana doladı. İçimde hiç enerji kalmamıştı. Bir daha uyanamam diye uykuya dalamayacağım hissine kapıldım. Ama yine de gözlerimi kapattım. Başka bir seçeneğim yoktu.

Rüyamda yüzüyordum. Gray ve ben denizde bir yerde suyun içindeydik. Uzaktaki botu görebiliyorduk. İçinde Erik vardı. Yanında tuhaf bir kadın. Kadının sırtı bana dönüktü ama kırmızı bikinisini görebiliyordum. Onlara el salladık ama onlar bizi görmedi. Dalgalar yüzüme çarparken, "Yardım edin," dedim. "Yardım et Erik!"

Gözlerimi açtım. Gündüz vaktiydi. Tepemizde güneş parlıyordu. Kumlu bir plajda uzanıyorduk. Su yakınımıza kadar geliyordu. Gray hareket etmiyordu. Su, yaklaşıyor, sonra tekrar çekiliyordu. Çok geçmeden bizi tamamen kaplardı. "Gray," diye bağırdım. "Uyan. Sudan uzağa gitmemiz lazım."

Gray hareket etmedi. Telaşlandım. Nefes alıyor muydu? Elimi ağzının üstüne getirdim. Zar zor nefes alıyordu. "Gray," dedim. "Lütfen uyan." Tepkisizdi. Ellerimi kollarının altına soktum ve onu yukarı doğru çektim. Onu, yemek tabağı büyüklüğünde mumsu yeşil yaprakları olan küçük bir ağacın altına götürdüm. Ağırdı, kilosu benimkinin neredeyse iki katıydı. Dalgalardan uzaklaşınca ben de yanına çöktüm. Yüzümün önünde sinek vızıldadı. Kovaladım. Gözlerimi tekrar kapatmak istiyordum ama panikledim. "Bot!" Hemen kalktım ve kıyıya doğru koştum. Botu orada, beş metre uzakta gördüm. Bırakmayı düşündüm ama içinde eşyalarımız vardı. İlaç, sakız, birkaç tişört. Benim fotoğraf makinem. Sahip olduğumuz tek eşyaları da denizin bizden almasına izin veremezdim. Suya girdim. Hemen derinleşiyordu. Botu yakalayabilmek için yüzmek zorunda kaldım. Arada bir kafamı denize sokup çıkarıyordum. Mücadele ettim ama üç seferden sonra en sonunda botu tuttum ve kumsala doğru çektim. Soluklanmak için durdum, sonra tekrar daha yukarı, Gray'in yanına kadar taşıdım.

Kum değişikti. Şimdiye kadar gördüklerimden farklıydı. Sanki tuz ve biberden oluşuyor gibi görünüyordu. Bir tropikal kuşak kumsalında görebileceğiniz beyaz kum taneleri vardı ama bunlar, güneşte siyah pırlantalar gibi parlayan küçük, kara, kristale benzeyen şeylerle karışmıştı.

Gray'in yanına çöktüm. Hayatta kalmak istiyorsak su bulmak zorunda olduğumuzu biliyordum ama o kadar çok, o kadar çok yorgundum ki. Başımı Gray'in yanına koydum ve tekrar gözlerimi kapattım.

Yanağıma yağmur damlası düştüğünde uyandım. Güneş gökyüzünde yükselmişti. Gün ortasıydı, muhtemelen öğlen on iki veya birdi. Gray yanımda uyuyordu. Tepemizde kapkara bir bulut vardı, güneşe doğru yaklaşıyordu. Bota doğru gittim ve kovayı aldım. Yağmur yağarken kovayı havaya doğru tuttum. Yağmur başta çiselerken sonra bir fırtınaya dönüştü. Şiddetliydi. Deniz kasvetli ve bulanık görünüyordu. On dakika geçti. Birkaç santim suyumuz vardı. Botta daha çok birikmişti. Fırtına boyunca uyanmayan Gray'in yanına gittim. Ağaç onu şiddetli fırtınadan çoğunlukla korumuştu. Boynunu kaldırdım ve kovanın kenarını ağzına doğru tuttum. "İç," dedim. "Hadi. İç yoksa..." Devamını söylemeye dayanamıyordum.

Gözlerini kırpıştırdı ve hafifçe araladı. Kovayı eğdim, ağzına biraz su girdi. Suyu yuttu, aynısını tekrar ettim. Birazı göğsüne dökülmüştü ama en azından içebilmişti. Başını tekrar kuma koydum. Ben de biraz içtim ve tekrar kuma yattım. Uyanıklıkla uyku arasında tepemizde bir kelebek uçtuğunu gördüm. Maviydi, çok güzeldi. Sanki başka bir zamanı, daha mutlu zamanları hatırlatıyor gibiydi ama hafızam iyi değildi. Rüya mı görüyorum yoksa gerçek mi emin olamıyordum. Kelebek kısa bir an için yakındaki bir ağaç dalına kondu, sonra uçup gitti.

Koluma hafifçe dokunulduğunu hissettim. Gözlerimi açtım ve Gray'e doğru döndüm. Hâlâ yanımda yatıyordu. Bana uyku sersemi, yorgun bir biçimde gülümsedi. "Selam," dedi.

Gözlerim hemen açıldı. "Uyanmışsın!"

"Suyumuz var mı?" diye sordu. Sesi zayıftı, hırıltılıydı.

"Evet," dedim. Kendimi zorlayarak ellerimin ve dizlerimin üstünde ayağa kalktım. Kovayı bota götürdüm ve çeyreğini suyla doldurdum. Kovayı Gray'e getirirken bir kısmı yere döküldü. Neredeyse ağlayacaktım.

"Önce sen iç," dedi. Dediğini yaptım. Yağmur suyundan bir yudum aldım. Bütün sabah güneşin altında botta durduğu için ısınmıştı ve plastik tadı geliyordu. Ama tek suyumuz buydu. Kovayı Gray'e verdim. Kafasını geriye attı ve kalan suyu bitirdi.

"Yiyecek bir şeyler bulmamız gerek," dedi.

Başımı salladım. "Bir fikrin var mı?"

Ayağıyla kumda bir şeye vurdu. Sonra ağır ağır doğruldu. "Karınca," dedi. "Karınca yiyebiliriz."

Kafamı salladım. "Ne kadar aç olduğum umurumda bile değil. Böcek *yemeyeceğim*."

Gray bir karıncayı parmaklarının arasına aldı ve ağzına attı. Bir dakika sonra, "Dene bir tane," dedi. Kumdan bir karınca alarak bana uzattı. "Susam tadı var."

Karıncayı gönülsüz bir şekilde dilimin üstüne koydum ve hemen yuttum. "Pek iyi değil," dedim. "Ama çikolatayla kaplılarmış gibi yapacağım."

Sonraki bir saati karınca yakalayıp yiyerek geçirdim. Tuzla daha lezzetli olacaklarına karar verdim. Ben de suyun kenarına gittim, geniş bir istiridye kabuğu buldum ve içine deniz suyu doldurdum. Tekrar Gray'in yanına oturarak, "Al bakalım," dedim. "Karıncaları deniz suyuna batırabiliriz. Daha lezzetli olabilir."

Sonraki bir saat karınca yedik. İkimiz de yarım fincan kadar yemiştik herhalde. Karnımın içinde dolaştıklarını düşünmemeye çalıştım. Onları yutmadan önce hepsinin ölmüş olduğunu umuyordum.

Koluma konan sineğe vurarak, "Adayı dolaşsak mı?" dedim. "Belki de burada birileri yaşıyordur?"

Gray kendini daha iyi hissediyordu. Başını salladı ve ayağa kalktı. Kumsalı takip edip nereye varacağına bakmaya karar verdik.

Gray'e, "Nerede olduğumuz hakkında bir fikrin var mı?" diye sordum.

"Bermuda'dan çok uzakta olamayız," dedi. "Bu çevrede yüzlerce küçük ada var. Bazıları haritada bile yok."

"Burası tuhaf bir ada," dedim. "Böyle bir kum görmüş müydün hiç?"

Kafasını hayır anlamında salladı.

"Sence buna neden olan ne?"

"Bana manyetit gibi geldi."

"Manyetit mi?"

"Manyetik özellikleri olan siyah bir mineral."

Ansiklopediye benzeyen cevabına şaşırarak burnumu kırıştırdım. "Nereden biliyorsun?"

Hemen gülümsedi. "Jeolojiye Giriş dersinden, nereden olacak?" Ona Jeolojiye Giriş dersinden *hiçbir şey* hatırlamadığımı, hatta bir sefer laboratuvarda uyuyakaldığımı söylemedim. İşte kayalar benim ilgimi bu kadar çekiyordu.

Kumsal biraz kıvrıldı. Kıvrım boyu kumsalı takip ettik. Sonra kara değişmeye başladı. Yemyeşil palmiye ağaçlarının yerini sivri uçlu kayalar aldı.

Kayalardan ağır ağır tırmandık ve kumsalın diğer tarafına geçtik. Hemen önümüzde yeşil meyvelerle dolu bir ağaç gördüm. Hemen oraya koştum. Alçaktaki bir dalına uzandım.

Gray'e, "Bak," dedim. Meyvenin yeşil kabuğunu soydum. Yumuşak turuncu eti elime bulaştı. "Sanırım bu bir mango ağacı." Meyveyi Gray'e uzattım. "Denemek ister misin?"

Etli kısımdan yeşil kabuğu ayırdı ve bir ısırık aldı. "Kesinlikle mango," dedi. Her bir ısırığın keyfine varmak için kuma oturdu. Bir tane de kendime aldım ve ona katıldım. Dörder mango yedik. On dört tane daha yiyebilirim gibi geliyordu ama Gray onunla birlikte yola devam etmemi söyledi.

Kumsal boyu yürüdük. Önümüzdeki büyük bir ağacı gösterdim. Gövdesi rahat bir metre çapındaydı. Büyük, güçlü dalları suyun üstüne kadar uzanıyordu. "Bu ağaç bana *İsviçreli Robinson Ailesi*'ndeki ağacı hatırlattı," dedim. "Çocukken o kitabı çok severdim."

Gray, "Ben de," dedi. "Her zaman Fritz olmak isterdim."

Adanın bu tarafında sineklerin daha az olduğunu fark ettim. "Bence botumuzu bu tarafa taşısak daha iyi olur," dedim. "Ayrıca mangolara da yakın oluruz."

Gray de benimle aynı fikirdeydi. Botu almak için geri döndük. Botu yırtmamak için sivri kayalara dikkat ettik.

Gray, "Hava kararmadan önce baraka tarzı bir yer bulmaya çalışmamız lazım," dedi.

"Bu ağacın altı nasıl olur," diye önerdim. "Bir yer bulana kadar dallar bizi yağmurdan korur."

Gray başını salladı. Eşyalarımızı tek tek botun içinden çıkardık. "Su biriktirmek için botu burada bırakalım."

Birden kalbim çok hızlı atmaya başladı. Oturdum ve elimi kalbime götürdüm.

Gray, hemen yanıma gelerek, "Ne oldu?" diye sordu.

"Kalbim çok hızlı atıyor," dedim. "Neden bilmiyorum."

Elini göğsümün, bikinimin üstüne koydu.

"Taşikardi," dedi.

"Ne?"

"Kalp ritim bozukluğu," dedi. "Sebebi çoğunlukla beslenme bozukluğudur."

"Nereden biliyorsun?" diye sordum.

Açık bir şekilde, "Ben bir doktorum," dedi.

"*Doktor* musun?" Kafamı salladım. "Yani, botta bunca zaman senin benim hayatımı kurtarabileceğini bilmeden mi geçti?"

"Bu konuyu açmak için bir neden göremedim," dedi.

Bunun Gray hakkında öğrendiğim üçüncü şey olduğunu fark ettim. Karısı ölmüştü. Çocukken Catalina Adası'nda zaman geçirmişti. Bir doktordu.

"Uzmanlığın ne?" diye sordum.

"Kalp cerrahıyım," dedi.

"Vay canına."

Omuz silkti. "Bu gecelik baraka yapabilmek için neler bulacağız bir bakalım."

Bir saat araştırmadan sonra dalları ve kuru palmiye yapraklarını ağaca getirdik. Gray onları ağaca doğru yasladı. Sonra palmiye yapraklarıyla üstlerini kapattı. Geriye çıkıp eserine hayranlıkla bakarak, "İşte sana klasik bir sundurma," dedi.

Burası ikimizin de sıkışabileceği kadar büyüktü. Botta kalan eşyalarımızı alıp ilkel barınağımıza götürdüm.

Gray, "Karınca arayalım mı?" dedi.

Kafamı salladım. "Ben mangoları düşünmüştüm."

"Tamam," dedi. Mango ağacına yürüdük ve barakaya elimizden geldiği kadar çok meyve getirdik.

"O zaman Vicodin'i de oradan biliyordun," dedim.

Gray anlamamış gibi başını salladı. Kafası karışmıştı.

"Louise'in eşyaları arasında bulduğumuz Vicodin," dedim. Louise'in okyanusta yüzen cesedini düşünmemeye çalıştım.

"Ha o mu, evet," dedi. Sesi kesildi.

Kumda Gray'in yanına oturdum. Karısını, geçmişini düşündüm. Birçok şeyi bilmek istiyordum ama başka bir şey söylemek için enerjim yoktu. Kumsalda yüksek bir yere yattık ve gözlerimizi kapattık. Hemen uykumuz geldi.

Ertesi sabah Gray sivri bir taşla ağaca çentik attı. "Kaç gün burada olacağız bakalım," dedi.

Başımı sallayıp kıyıya doğru yürüdüm. Gelgit uzaktaydı. Elime bir sopa aldım.

Gray, "Ne yapıyorsun?" diye sordu.

"Kuma İMDAT yazacağım," dedim.

Sırıttı ve dirseklerine yaslandı.

"Ciddiyim," dedim. "Belki birisi bizi uçaktan görür."

"Belki," dedi. Ses tonunda alay vardı. Kaşlarımı çattım.

Geri çekildim ve kuma yazdığım İMDAT yazısına baktım. *Balayımı geçirmek için ne harika bir yol.*

Daha sonra biraz daha mango yedik. Gray biraz kurt buldu. Bunlar siyah başları olan beyaz kurtlardı. Deniz suyuna batırıp yiyordu. Bana da uzattı ama ben reddettim.

"Ateş yaksak mı?" dedim. "Uçak filan geçerse diye?"

"Çakmağı pişirecek bir şeylerimiz olduğu zamana saklasak iyi olur," dedi.

Mantıklı konuşuyordu ama ilk önceliğim akşam yemeği pişirmek değil adadan kurtulmaktı. "Pek kurtarılmak istiyor gibi bir halin yok," diye mırıldandım.

"Dinle," dedi. "Ben sadece *hayatta kalmaya* çalışıyorum, o kadar."

Başımı sallayıp sopamı kuma batırdım. Yalnız kalma dürtüm ağır basıyordu. Ayağa kalkarak, "Ben yürüyüşe çıkacağım," dedim.

Gray hiçbir şey söylemedi.

Kumsalı takip ettim. Gelgite yakalanmamak için suyu da takip ediyordum. Aynı yönde yürüdüm, sonra kıyıda bir parça odun bulup oturdum. Ayaklarımı sıcak kuma batırdım. Sandaletlerimi uyduruk kamp yerimizde bırakmıştım. Erik'i son görüşümün üstünden neredeyse iki hafta geçmişti. Parmağıma iyice bol gelen alyansımla oynamaya başladım. Kilo verdiğimi biliyordum. Muhtemelen kötü bir şekilde veriyordum. Erik'in şu anda ne yaptığını merak ettim. Hâlâ Bermuda'da mıydı? Beni aramayı bırakmış mıydı? Belki de Sahil Güvenlik, kaptanın veya Louise'in cesedini bulmuştu. Belki de birisi batmış tekneyi görmüştü. Belki de hepimizin boğulduğunu söylemişlerdi.

Fotoğraf makinesindeki kadını düşündüm. Yanaklarım öfkeyle yandı. Erik bana bir başkasının olduğunu nasıl söylemezdi? Kendimi ihanete uğramış ama daha çok da aptal yerine konmuş gibi hissediyordum. Onunla hâlâ görüşüp görüşmediğini merak ettim. "Patronundan" gelen acil durum mesajlarının o kadından gelip gelmediğini merak ettim. Adının Lauren, Lisa ya da Kelly olduğunu hayal ettim. Muhtemelen bir modeldi ya da kokteyl garsonuydu. Tıpkı Erik'in en yakın arkadaşının her zaman flört ettiği kadınlar gibi. İri göğüsler, ince bel, tiz bir kahkaha. Muhtemelen lisedeyken amigo kızdı. Derin bir nefes aldım. Ama *benimle* evlenmişti. Aralarındaki şey bitmiş olmalıydı. Başka birini seviyorsa benimle neden evlensindi ki?

Denize baktım. Şu anda hiçbir şey bir anlam ifade etmiyordu. Kalp atışlarım hızlandı ve Gray'i düşündüm. Bir doktor. Biriyle ıssız bir adaya düşeceksen bari bu kişi doktor olsun.

Önümde daha sivri kayalar vardı. Bu kayaların istiridye kabuklarıyla dolu olduğunu gördüm. Daha yakından bakınca sebebini anladım. Kuşlar gelip istiridyeleri kayalara atıyorlardı. İstiridye kabuğu açılıyordu ve kuşlar kabuğun içindeki eti yiyordu. En son ne zaman istiridye yediğimi düşündüm. Erik'le birlikte Seattle'daki en sevdiğimiz restoranda yemiştik. Şef, istiridyeleri beyaz şarap, limon, tereyağı ve sarımsaklı bir sosta pişiriyor ve üstüne maydanoz ve yeşil soğan serpiyordu. Ağzım sulandı. Çabuk olursam kuşun attığı istiridyeyi yakalayabilirdim.

Çömelip bekledim. Kuş uçtu ve ağzında bir istiridyeyle döndü. İstiridyeyi gagasından bırakınca hemen öne atıldım. Kuş beni görünce ciyaklayarak uzaklaştı. Bana da kayaların üstüne düşüp açılan istiridyeyi almak kaldı.

Dikkatli bir şekilde kabuğa uzandım. Restorandaki kadar temiz görünmüyordu. Şeftali rengi kabuk dört parçaya ayrılmıştı. Kabukları kenara çekerek yumuşak, kirli beyaz yumurta sarısını andıran özü buldum. Çok lezzetli görünmüyordu ama çok açtım. Kaybedecek bir şeyim olmadığını fark ettim. Eti elime almak için parmaklarımı kullandım. Yapışkan, çiğ yumurta benzeri bir şeydi ama biraz daha yoğundu. Eti ağzıma koydum ve hemen yuttum. Ağzımda tuzlu, tuhaf bir tat kaldı ama kötü değildi. Gray'e götürmek için başka istiridyeler de bulabilir miyim diye merak ettim. Sonra kıyıda toplanan bir kuş sürüsü gördüm. Daha yakına gittim. Hemen kanatlarını açıp ciyakladılar. Uzun süredir, belki de hiç, insan görmedikleri-ni düşündüm.

Kuşların kıyıda gagaladıkları yeri gördüm. Eğildim ve ellerimi kullanarak kumu kazdım. Bir dakika sonra bir istiridye buldum. Sonra bir tane daha. Birinin kabuğunda derin kabartılar vardı. Diğeri düzdü, ortası beyaz, kenarları ten rengiydi. Şortumun ceplerinin aldığı kadarını doldurdum. Daha sonra tekrar gelebilirdik.

Yürümeye devam etmek istiyordum ama gelgit başlamış gibiydi. Ben de geri döndüm. Sahile sıralanmış palmiyelerin ötesinde bir hatmi ağacı gördüm. Kırmızı çiçeklerinden koparmak için durdum. Çiçek hangi kulağın arkasına takılıyordu unutmuştum. Evli kadınlar bir kulağına, bekârları diğer kulağına takıyordu. Erik'in fotoğraflarını düşündüm ve çiçeği kuma attım.

Bir süre sessizce yürüdüm. Sonra arkamda bir dalın çıtırdadığını duyunca durdum. Biri veya bir şeyler yakınımdaydı. Hayvan mıydı? İnsan mıydı? Kumsala geri dönerken kalbim gümbürdüyordu. Kayaların üstünden tırmandım ve adımlarım karıştı. Sivri bir kayanın üstüne düştüm. Kaya dizimi çizdi. Her adımda yüzümü buruşturuyordum. Kesik derindi ama Gray'i görene kadar durmadım. Taş toplamıştı. Ateşi yakacağı yerin kenarına taşlar diziyor gibiydi.

Yaklaştığımda kafasını kaldırdı. "Ne oldu?"

Nefesim kesilmişti. Konuşamıyordum. Yanına çöktüm.

Dizime bakarak, "Yaralanmışsın," dedi. "Onu temizlemen lazım. Burada enfeksiyon kapma riskine giremeyiz." Ayağa kalkıp elimi tuttu. "Hadi."

Suya doğru ilerledik. Yaranın her yerine deniz suyu döktü.

"Tuz biraz acıtır ama antiseptik özelliği vardır," dedi.

Yaradan kan akıyordu. Bu kadar dikkatsiz ve sakar olduğum için kendime kızdım. "Kumsalda arkamda bir ses duydum," dedim.

"Ne duydun?"

"Bilmiyorum," dedim. "Belki bir hayvandır. Ama beni gerçekten korkuttu. Buraya bu kadar hızlı koşarak gelmemin sebebi buydu."

Gray barakaya gitti ve elinde bir kumaş parçasıyla geldi. Bunun kaptanın tişörtünden bir parça olduğunu fark ettim. Bacağımı sabit tutup bez parçasını yaraya sardı. Sonra sabit kalsın diye ucundan bağladı. Bacağımı sabit tutarken kollarının ne kadar güçlü olduğunu fark etmiştim. Dokunuşunun verdiği hissi, daha doğrusu Erik'in dokunuşunu özlediğimi fark etmiştim.

"Sence burada yalnız mıyız yoksa başkaları olabilir mi?" diye sordum.

Omuz silkti. Elini yaranın üstüne koyarak, "Bilmiyorum," dedi. "Kanaması geçene kadar baskı uygulamamız lazım. İyileşmeye başlayana kadar birkaç saatte bir bandajı değiştireceğiz. Tişörtten başka parçalar da koparacağım."

Başımı salladım. "Sana istiridye getirdim," dedim.

"İstiridye mi?"

"Evet," dedim. Az önce kuma koyduğum yumuşakçaları gösterdim. Yaram Gray'in dikkatini o kadar dağıtmıştı ki onları görmemişti. "Onları kıyıya yakın bir yerden topladım. Kuşların bunları kayalara atarak kırdığını gördüm. Biz de aynısını yapabiliriz diye düşündüm."

Gray gülümsedi. "Teşekkürler. Ben ateş yakıyorum. Akşam yemeğinde onları kızartabiliriz."

Çakmak olsa bile gazete veya çıra olmadan ateş yakmanın zor olduğunu anlamıştık. Bulabildiğimiz bütün çalı çırpılar ıslaktı. Ne zaman bir ateş yakabilsek titreyip sönüyordu. Kumsalın ilerisindeki çalılığa girdim ve birkaç ince dal buldum. "Belki bunlar işe yarar," dedim.

Gray bunları ateşe ekledi. En uzun dalın ucunu yaktı. Dal tutuşup diğerine sıçradı. En sonunda daha büyük parçaları tutuşturdu. Hemen koşup istiridyeleri getirdim ve onları alevlerin yanındaki kayaların üstüne koydum.

İstiridyelerin kızarışını izledik. Ta ki kabukları ayrılmaya başlayana kadar. Gray birine uzandı ama hemen elini geri çekti. "Ah," dedi. "Çok sıcak."

Tekrar denedi. Bu sefer istiridyeyi sıcak patates gibi elinde hoplattı. Sonra ateşin yanındaki bir taşın üstüne soğumaya bıraktı. İçindeki sert ve buruşmuş eti alıp ağzına attı.

Gray, "Karıncalardan daha iyi olduğu kesin," dedi. Bir tane daha aldı.

İlk kızarmış istiridyemi yedikten sonra, "Kesinlikle," dedim. Kızarmışları, kumsalda yediğim çiğ istiridyeden daha çok sevmiştim.

Kurtarılışımızı düşünmeden edemedim. Ateş de yakabilmiştik.

Gray, "Dizin nasıl?" diye sordu.

"İyi sanırım," dedim.

Cebindeki kumaş parçasından bir tane daha çıkardı ve bana yaklaştı. "Bandajı değiştirmem gerek," dedi.

Dizimdeki kumaşı çıkarırken irkilmemeye çalıştım. Kanlı kumaşı kuma koyup yeni kumaşı yaraya sardı.

"İşte oldu," dedi. "Enfeksiyon işaretlerine dikkat et. Şişme, kızarıklık veya ağrının artması gibi."

Başımı salladım.

"Ben paydos ediyorum," dedi. Bota doğru yürüdü ve kovayı bota daldırıp biraz su içti. Sonra barakamıza geçti.

Yorgundum ama uzun bir süre alevlere baktım. Ta ki gözlerim ağırlaşana kadar. Sonra barakaya yürüdüm. Bir yatağı, tabii buna yatak diyebilirseniz, bir yabancıyla paylaşmak bu şartlar altında bile tuhaftı. Yanına kıvrılırken, "Pardon," dedim. Hiçbir şey demedi ama uyanık olduğunu biliyordum. Nefes alıp verişi sessizdi. Daha önce uyuduğu geceler böyle değildi.

Kıpırdamadan yattım ve Gray'in neler düşündüğünü merak ettim. *Kimi* düşündüğünü. Rahmetli karısını mı? Bir başkasını mı? İşini mi? Ona nereli olduğunu hiç sormadığımı fark ettim. Hayatta kalmaya çalışmakla o kadar meşguldük ki onun hakkında neredeyse hiçbir şey bilmiyordum. Nefes alıp verişini dinledim. Yavaş yavaş değişiyordu. Soluğu daha gürültülü, daha ritmik bir hal aldı. Tıpkı Erik uykuya dalarken olduğu gibi.

Gözlerimi kapattım ve zihnimde Erik'in yüzünü gördüm. Üzüntü, geride bıraktığım hayata duyduğum özlem beni esir almıştı. Onu, o hayatı bırakmayı hiç istememiştim. Peki şimdi? Şimdi onun, düşündüğüm adam olup olmadığını merak ediyordum. Gözlerimin dolmaya başladığını hissettim. Dört gün önce ağlamış olamazdım. Daha doğrusu *olabilirdim* de yaş filan akmamıştı muhtemelen. Şimdiyse botta biriken sular sayesinde vücudum suya kavuşmuştu ve gözlerime yaşlar dolmuştu. Yaşları veya ardından gelen hıçkırıkları durduramadım.

Hıçkırıklarımı Gray'in yastık olarak koyduğu yapraklarla bastırmaya çalıştım. Onu uyandırmak istemiyordum. Ama sonra elini sırtıma koyduğunu hissettim. Kolunu bana doladı ve beni kendine çekti. "Her şey yoluna girecek," diye fısıldadı.

İçime bir sıcaklık yayıldı. Derin bir nefes aldım. Dışarıda dalgalar kıyıya vuruyordu. Korkuyordum, hâlâ biraz açtım ve dizim acıyordu. Eve dönebilecek miyiz bilmiyordum. Hayatta kalabilecek miyiz onu bile bilmiyordum. Ama şu an hissettiğim huzur duygusu, bu geceyi atlatmam için gereken tek şeydi.

9. Bölüm

Gözlerimi açtığımda Gray yanımda yoktu. Bir gece önce beni nasıl teselli ettiğini hatırlayıp gülümsedim. Biraz utanmıştım.

Barakadan çıktım ve esnedim. Gray'i görmüştüm, ateşin üstüne doğru eğilmişti. "Daha çok çalı çırpıya ihtiyacımız var," dedi. Biraz endişeli, tedirgin görünüyordu. Dün gece hissettiğim sıcaklık buz gibi oldu.

"Ateş sönecek."

Başımı salladım ve peşinden kumsalın ötesindeki çalılığa doğru yürüdüm. Burada çalı çırpı aramaya başladık. Düşmüş bir dalı almak için eğildiğinde, "Dün gece beni neşelendirdiğin için teşekkürler," dedim. "Benim için çok önemliydi."

Cevap vermedi. Bu konuyu açtığım için kendimi aptal gibi hissetmiştim.

"Sanırım yeterince topladık," dedi.

Ciddi ses tonuna uygun bir tonla, "Güzel," dedim. Ayağa kalkıp peşinden kumsala doğru yürüdüm.

"Yardıma ihtiyacın var mı?" diye sordum.

Kafasını kaldırmadan, "Hayır," dedi.

"Tamam," dedim. *Belki de sabahları huysuz oluyordur.* "Bugün banyo yapmak için bir yer bulmaya çalışayım diyorum. Adada bir yerde tatlı su vardır, değil mi?"

Gray omuz silkti. "Ateşi yakayım da," dedi. "Kahvaltı edelim. Sonra seninle yürüyüşe çıkarım."

"Tamam."

Mango ve istiridyeleri çoktan topladığını gördüm. Kumun üstünde duruyorlardı. Yakında mango-istiridye mönüsünden bıkacaktık ama şu anda karnım beklenti içinde guruldayordu.

Gray'in ateşi yakmasını izledim. Çalı çırpıları, kumsaldan topladığı odunların karşısına yığdı. Sonra çakmağı çıkardı. Kıvılcım bu kez ilk seferde tutuştu. Gray onu dikkatli bir şekilde yelledi.

Mangoların kabuklarını soydu. Sonra onları büyük çubuklara dizdi ve ateşin üstüne tuttu. Duman ve tatlı bir koku ortalığa yayıldı. İstiridyeler taşın üstünde kızarıyordu. Hatta bir tanesi açılmıştı bile. Benim de bir şeyler yapmam lazımdı. Ben de bottan su aldım ve kovayı ateşin yanına getirdim.

Kahvaltı hazır olduğunda sessizce yemeğimizi yedik. Gray konuşacak havada değildi. Ben de onu zorlamadım. Neden heyheylerinin üstünde olduğunu merak ettim. Onu dün gece o kadar sıcakkanlı ve bu sabah bu kadar soğuk yapan şey neydi?

Dirseklerine yaslandı. Çıplak teni, teknedeki ilk günümüzden bu yana daha çok bronzlaşmıştı. Göğsünde sinek ısırıkları vardı. Birden, "Botta bir kalıp sabun buldum," dedi.

"Gerçekten mi?" dedim. "Nerede? Nasıl?"

Ayağa kalkıp barakaya yürüdü. Yan tarafında kırmızı bir çarpı işareti olan siyah bir plastik poşet çıkardı. Ağzını açtıktan sonra Crest seyahat boyu diş macunu, diş fırçası, bir tıraş bıçağı, bir kutu konserve et, iki fıstık ezmesi ve çikolatalı tahıllı gofret, iki paket konserve mandalin, bir paket antibakteriyel mendil, seyahat boyu şampuan ve küçük bir Ivory sabun kalıbı çıkardı.

"Bunu nasıl oldu da görmedik?" dedim.

"Yandaki bölmedeydi," dedi.

Gray bana sabunla şampuanı uzattı. Sanki Noel sabahıymış gibi hissetmiştim.

"Sihirli çantanda saç kremi de yoktur, değil mi?"

Sırıttı. Torbayı tekrar barakaya götürdü. Kovayı suyla doldurup kumsalda ilerlemeye başladık.

"Bugün düşünceli görünüyorsun," dedim.

Omuz silkti. Birkaç dakika sessizlik içinde yürüdükten sonra tekrar konuştum. "Bak, konu dün geceyse ben gerçekten özür..."

"Seninle alakası yok," dedi.

Kayaların üstünden tırmandık. Kumsala giden köşeyi dönerken aramızdaki mesafe artmıştı. Durdu ve dalgaların içinden bir şey aldı. Taştı belki de. Cebine soktu.

Adada şimdiye kadar en ufak bir yaşam belirtisi bulamamıştık. Hem rahatlamış hem hayal kırıklığına uğramıştım. Güneş yakıyordu. Kovadan su içmek için durduk.

Gray arkamızdaki çalılıkların girişini gösterdi. "Oradan girebiliriz," dedi. "Adanın içini görelim. Belki bir kaynak filan vardır."

"Tamam," dedim. Dikkatli bir şekilde kumsaldan uzaklaştım. Kumsaldan ayrılmakta insanı huzursuz eden bir şeyler vardı ama Gray'in yanında kendimi güvende hissediyordum. Güneş ışığı gölgelere dönüştü. Gray, bir patika oluşturmak için filiz ve dalları uzaklaştırmaya çalışıyordu.

Yirmi dakika yürüdükten sonra Gray durup bana döndü. "Ne düşünüyorsun?" dedi. "Devam edelim mi?"

Kafamı sallayıp hayır demek istiyordum. Kumsala geri dönmek istiyordum. Sinekler akın etmişti ve ben yorgundum. Dizim acıyordu ama Gray'e söylemedim. Onu endişelendirmek istemiyordum. Ama sonra kulaklarım dikildi. Sesi Gray de duymuştu. Akarsu. Bir sızıntı benzeri bir şey. Belki bir dere veya çay olabilirdi.

Gray, "Duydun mu?" dedi.

Başımı salladım. "Fazla uzakta olamaz."

Sese doğru ilerledi. Ben de onu takip ettim. Dakikalarca yürüdük. Ses yakınlaşmıştı ama kaynağı bulamıyorduk.

"Bence bu taraftan," dedim.

Gray kafasını salladı. "Ama daha şimdi o yönden geldik."

Kafam karışmaya başlamıştı. Sanırım Gray de aynı durumdaydı. İşte o zaman aşağı baktım. İyi ki de bakmışım. Çünkü ayaklarımın birkaç santim ötesinde aşağı inen bir vadi ve bunun dibinde küçük bir havuz vardı. Su, denizdeki gibi mavi değildi. Zümrüt yeşiliyle karışık şeffaf bir maviydi. Hiç düşünmeden Gray'in kolunu tuttum. "Bak!" dedim. "Bak!"

O çoktan küçük göle nasıl ulaşacağımızı düşünmeye başlamıştı. Buraya göl diyebilirseniz tabii. "Oradan gidemeyiz," dedi. "Orası ölüm tuzağı. Eğime baksana. Oradan bu ayakkabılarla inebilmene imkân yok." Sandaletlerime baktım. Bunları balayından önce Zara'dan almıştım. Tur gemisine bindiğim sabah, ıssız bir adaya düşeceğimi hiç hesap etmemiştim tabii.

"Çevresinden dolaşmayı deneyebiliriz," diye önerdim. "Belki adanın diğer tarafında bir giriş vardır."

"Bence tek yol bu," dedi.

Onun peşinden çalılıklardan ve bir tepeden geçtim. Sonra küçük, ağaçsız bir alana geldik. Dalgaların sesini duyabiliyordum. Kumsal yakındı.

Tekrar kuma çıktığımızda adanın bu kısmının daha rüzgârlı olduğunu fark ettim. Saçlarım yüzüme savruluyordu. Düzeltmeye çalıştım ama pek başarılı olamadım. Bir yönde yürüdük. Rüzgâr dinmişti. Suyun sesini tekrar duymuştum. Yaklaştığımızı biliyordum. Önümüzdeki boş alanı gösterdim. Gray beni takip etti. Palmiyeden sarkan çiçek açmış bir dalın altından geçtim. Geçerken pembe bir çiçek yanağımı öptü.

Önümüzdeki küçük gölcüğü görünce ikimizin de nefesi kesildi. Evlerin arka bahçesine yapılan yuvarlak havuzlar kadar vardı. Suyun kenarına koşarak, "Çok güzel," dedim. Elimi suya daldırıp dilimle tattım. "Tatlı su," dedim.

Gray, yarık boyunca kayalardan akan suyu gösterdi. "Yağmur sırasında orada toplanıp buraya akıyor herhalde." Yanımda diz çöktü. "Kesinlikle durgun su değil, yani içebiliriz."

Adada yürüyüş yapmaktan terlemiş ve susamıştım. Kovayı göle daldırdım ve doldurdum. İçtikten sonra, "Vay," dedim. "Bottaki sudan çok daha iyi."

Gray de içti. Sonra önümüzdeki kayaları gösterdi. Kenarından su akıyordu. Bu bana tatil merkezlerindeki içinde hem yüzebileceğin hem de bar bulabileceğin, havuzun kenarında elinde kokteylle takılabileceğin yerleri hatırlatmıştı. "Bir mağara," dedi. "Bana Vegas'taki otellerden birini hatırlattı."

İkimiz de güldük. Sandaletlerimi çıkarmaya başladım. Gray'in önünde soyunduğum için biraz utanmıştım. Bu yüzden bikinimi çıkarmamaya karar vermiştim. Aslında çıkarmayı çok istiyordum. Arka taraftaki kopça tenimi tahriş etmişti.

Gray aniden doğruldu. "Sen... banyonu yaparken ben de kumsala gideyim."

"Tamam," dedim.

Biraz mahremiyete sahip olabilmek beni rahatlatmıştı. Hemen tişörtümü kafamdan çektim. Sonra şortumu çıkardım. Bikini üstümün kopçasına uzandım. Bir süre çekiştirip durdum. Keşke Erik burada olsaydı. O şu lanet kopçayı açmama yardım ederdi hep. *Erik.* Tekrar denedim ve en sonunda açtım. Tenimin *ahhh* dediğini duyar gibiydim. Göğüslerime baktım. Sönük görünüyorlardı. Dikiş yerlerinin tahriş olmuş tenimle buluştuğu yerlerde su toplamış kırmızı küçük izler vardı. Bu bikiniyi daha fazla giyemeyeceğimi biliyordum ama başka ne giyecektim ki? Hindistancevizi kabuğu mu? Kendi kendime güldüm. Ayakparmağımı suya değdirdim. Sabunla şampuanı kenardaki bir taşın üstüne koydum.

Hemen suya girdim. Suyun bu kadar derin ve sıcak olması beni şaşırtmıştı. Kenarda ayakta durabiliyordum ama ilerde su boyumu geçiyordu. Sabuna uzandım ve iyice köpürttüm. Kokusuna bayılmıştım. *Temiz* kokuyordu. Önce yüzümü, sonra göğsümü ve kollarımı ovuşturdum. Suyun kenarından yürüdüm. Ta ki sığ bir yere gelene kadar. Burası vücudumun geri kalanını sabunlamak için harika bir yerdi. Köpükle vücudumun her yanını sardım. Bir an için çok fazla sabun kullandığımdan endişe ettim. Sonuçta tek bir kalıp vardı. Biraz daha tasarruflu olmam lazımdı. Gray'le uzun süre bunu kullanmak zorunda kalabilirdik. Ama endişelenmemeye karar verdim. Akla hayale gelmeyecek şeylere dayanmıştım. Güzel bir banyoyu hak etmiştim. Kulaklarımı ve kollarımı tekrar ovdum. Sabun dizimi biraz yaktı.

Sabunu taşa koyup şampuana uzandım. Avucuma küçücük bir damla sıkıp saçımı köpürttüm ve duruladım.

Günün geri kalanında burada kalmak istiyordum ama Gray'in beni beklediğini biliyordum. Muhtemelen o da banyo yapmak istiyordu. Çıkıp kıyafetlerimi topladım. Bu kısmı düşünmemiştim. Havlu yok, kirli kıyafetler vardı. Keşke biraz deterjanım olsaydı. Kıyafetlerimi burada yıkardım. Şampuanı kullanmayı düşündüm ama boşa harcamak istemedim. Temiz kıyafetler, bizim yokluğuyla idare etmemiz gereken bir lüks gibi görünüyordu. Şortumu ve bikinimi göle soktum. Tişörtüm de pis görünüyordu. Onu da suya attım. Hepsini birlikte tüm gücümle çitiledim. Sonra da elimden geldiği kadar sıktım.

Yakındaki çalılıkta bir çıtırtı duydum. "Bekle," diye bağırdım. "Daha giyinmedim."

"Tamam," dedi. "Gözlerimi kapatacağım."

Gerçekten de bir dakika sonra bir eliyle gözlerini kapatmış bir halde geldi.

"Ben gidip kumsalda kuruyacağım," dedim. "Sen acele etme. Kıyafetlerimin biraz güneşte kuruması lazım."

Başını salladı. Elimdeki ıslak kıyafetlerle vücudumun önemli noktalarını kapatarak kumsala doğru yürüdüm. Sandaletlerimi unutmuştum ama kumsal birkaç adım ötedeydi. Bu yüzden sandalete gerek yoktu. "Şampuanla sabun orada, kayanın üstünde," dedim.

Kumsalda bikinimi ve kıyafetlerimi bir kayanın üstüne güneşe serdim. Orada çırılçıplak bir halde dikilirken kendimi gülünç hissediyordum ama kimse görmüyordu nasılsa. Yine de bir havlu ya da örtü olsun isterdim. Ben de ne olur ne olmaz diye düşmüş bir palmiye yaprağını elime aldım.

Bu adadaki çelişki şuydu. Burası şimdiye kadar gördüğüm en güzel yerlerden biriydi. Hayır, gördüğüm en güzel yerdi ama yine de tek istediğim buradan gitmekti. Gray'in banyo yaptığı açıklığa doğru döndüm. Biraz daha yakına gittim. *Ya ben?..* Hayır. Kayadaki ıslak kıyafetlerime baktım. Hâlâ nemliydi. Birkaç dakika daha gerekti. Sağ başparmağımın tırnağını ısırdım ve tekrar göle doğru döndüm. Su sesi duydum. Bu sefer zihnimi dinlemedim. Parmaklarımın ucunda kıyı boyu yürüdüm ve bir palmiye ağacının arkasında durdum. Gray'i görebiliyordum. Bana arkası dönük bir halde dikiliyordu. Gülümsedim. Bacakları kaslıydı, kalçası da öyle. Erik'i banyo yaparken görmemiştim hiç. Bu şekilde görmemiştim. O her zaman benden önce kalkar, benim alarmım çalmadan önce duş alıp giyinmiş olurdu.

Gray önünü döndü. Ağacın arkasına saklandım. Bunun sebebi hem onu izlediğimi göreceğinden korkmamdı hem de onu orada çırılçıplak, her şeyiyle görmekten utanmamdı. Sabunu erkeksi bölgelerinde gezdirirken dudağımı ısırdım. Bir süre durdu, sonra bacaklarına geçti. Gabby'nin soracağı şeyleri düşündüm. Ben anlatırken onun nefesi kesilecekti. Tekrar başımı çevirdim. Kendimi suçlu hissediyordum. Çünkü evliydim. Çünkü başka bir sürü neden vardı. Gray şampuana uzandı. Suçlu bir şekilde kumsala geri döndüm.

Bikinim yeterince kurumuştu. Hemen giydim. Tişörtümü ve şortumu giymek üzereyken Gray geldi. Beni daha önce bikiniyle görmemişti ama pek umurumda değildi.

"Merhaba," dedi. Saçlarını biraz geriye yatırmıştı.

Biraz gergin bir şekilde, "Merhaba," dedim. "Farklı görünüyorsun."

"Temiz mi görünüyorum?"

Çenesine dokunarak, "Hayır," dedim. Sonra hemen elimi çektim. *Benim neyim vardı?* "Tıraş olmuşsun."

Gray, "Ha, evet," dedi. "Tıraş bıçağı getirdiğimi unutmuşum. Bottaki poşetin içinde buldum."

Ellerimi bacaklarımda gezdirdim. "Keşke onu bacaklarımı alabilmek için kullanabilseydim."

Sırıtarak, "Bacaklarını dert etme," dedi.

"Şimdi böyle diyorsun ama şaka değil bak, birkaç gün içinde kıllı bir mamuta benzeyeceğim," dedim.

Gray, "Ne güzel," dedi. "Geceleri seni sıcak tutar." Sırıttı. Sonra kumsala doğru döndü. "Geri dönmeye hazır mısın?"

"Evet," dedim.

Kampa dönerken durdu ve kumsaldan bir şey aldı.

"Ne topluyorsun?" dedim.

"Ne?" dedi.

"Orada," dedim. "Cebine bir şey koydun."

Sırıttı. "Hiçbir şey."

10. Bölüm

Günler ve haftalar geçiyordu. Dizimin bu kadar çabuk iyileşmesi ikimizi de rahatlatmıştı. Yara korkunç ve iğrenç görünse de enfeksiyon kapmamıştı. Kayaların üstüne düştüğümden beri gizliden gizliye kangren olup öleceğimi düşündüğüm için şimdi yaramın iyileşmesine şükrediyordum.

Bu sabah hava ılıktı, her zamankinden daha nemliydi. Çarşamba, pazartesi, cumartesi. İkimiz de haftanın hangi günü olduğundan emin değildik. Gray'in ağaca attığı çentikler, dört aydır burada olduğumuzu gösteriyordu ama ikimiz de denizde geçirdiğimiz günlerin sayısını bilmiyorduk. Gray adaya geldiğimiz ilk günün bir pazartesi günü olduğuna yeminler ediyordu. Bense pazar olduğunu söylüyordum. En sonunda ikimiz de her güne perşembe demeye karar verdik.

Gray kahvaltıdan sonra, "Ben balık tutmaya çalışacağım," dedi. "Kahvaltı" sözcüğünü tabii ki sembolik olarak kullanıyorum. Ateşi canlı tutmayı öğrendiğimizden beri (eğilmek, ateşe odun atmak, izlemek ve endişelenmekle geçen detaylı ve saplantılı bir süreçti) yemek pişirme işini ben devralmıştım. Aslında Erik için tek bir kez bile yemek pişirmediğim düşünülürse bu çok ironikti. Tek bir kez bile. Eve o kadar geç gelirdi ki ya dışarıda yerdik ya da eve sipariş verirdik. Cep telefonumun rehberinden Happy Dragon restoranının numarasını bulup Erik'le haftada en az iki gün sipariş verdiğimiz Çin restoranının sahibi Chen'in cana yakın sesini duymak ne güzel olurdu diye düşündüm. İki tane tofu ve vegan Mu Shu ile Kung Pao Chicken. Ama hayır, bu sabahın kahvaltısı biraz daha yaratıcıydı. Gerçi Gray'i güldürmüştüm. Mönüde şunlar vardı: Biraz ekstra deniz suyuyla tatlandırılmış kızarmış istiridye, mango kızartması. Közlerin üstüne taş koymanın bir yolunu bulmuştum. Böylece taşlar iyice ısınıyordu. İstiridyenin etini taşların üstüne koyuyor ve biraz cızırdamaya bırakıyordum. Gray bir ısırık aldığında bana bir ilahmışım gibi bakmıştı.

İkimiz de zayıftık. En azından önceki halimizden daha zayıftık. 38 beden gelinliğimin içine girebilmek için düğün öncesi üç kilo vermiştim ama artık gelinliğimin kalça kısmının bol geleceğini biliyordum. Düğün sabahı olduğu gibi bedenimi sarmayacaktı. Gabby'nin alt düğmeleri kapatamayacağından korkmuştum ama o sabah kahvaltıda kruvasan yemeyince sorun kalmamıştı.

Gray de kilo vermişti. Yanakları çökmüştü ve göğüs kafesinin altındaki yerde bir çukur vardı.

"Balık mı?" dedim. Somon ve ton balığını düşündüm. Bu bana suşiyi anımsattı ve ağzım sulandı. "Nasıl tutacaksın?"

Sivri uçlu bir sopa gösterdi. "Bunu kumsaldaki sivri kayalarda keskinleştirdim," dedi. Tam olarak bir zıpkın değildi ama denediği için onu suçlayamazdım.

Gray kumsalda ilerlerken ona el salladım ve ateşle uğraşmaya başladım. Barakamızın yanındaki zulamızdan biraz çalı çırpı aldım ve ateşe ekledim. Sonra kuma çöktüm ve okyanusa baktım. Yumuşak dalgalar kıyıya vuruyor, önümde köpüklü bir kreşendo oluşturuyordu. Gözlerimi kapattım. Bir an için Bach'ın, "Sheep May Safely Graze" adlı eserini duydum. Dörtlü grup, kısa bir süre önce düğünümde bu eseri çalmıştı. Ama benim kafama taktığım şey düğünüm değildi. Kafam, düğünümüzden önceki ay Erik'le birlikte gittiğimiz bir konsere takılmıştı.

Erik, "Gitmek zorunda mıyız?" diye sormuştu. Bütün hafta gece geç saatlere kadar çalışmıştı. Sonra bir akşam eve altıda gelince beni senfoniye götürmesini istemiştim. Ama sorun onun gönülsüzlüğü değildi. Sorun benim hissettiğim şeyleri hissetmeye gönülsüz oluşuydu. Ateşi besledim ve tekrar gözlerimi kapattım. Beynim müziğin akışına vermişti kendini. Melodi beni okyanus gibi esir aldı. Beni bitirdi. Tıpkı o gece olduğu gibi yine beni büyüledi. O gece Erik'e dönüp bakmıştım. Onun da benim gibi hissetmesini, hissettiklerimin birazını olsun hissetmesini beklemiştim. Ama o telefonuna gömülmüş birine mesaj atıyordu. Çalışıyordu.

Erik'in benim sevdiğim her şeyi sevmesini beklemek tabii ki saçmalıktı. Sorun bu değildi. Müzikti. Erik bunu hissetmemişti. Güzel olduğunu bile bilmiyordu. Telefonuna bakıp duruyordu. O gece yaptığım gibi kendi kendime iç geçirdim.

Ateşi tekrar besledim ve zihnimin, hatta kalbimin şu anda güvenilmez olduğunu düşündüm. Başıma gelenlerden sonra durum böyleydi. Memleketlerine travma sonrası stres bozukluğuyla dönen savaş gazileri olduğunu bir yerlerde okumuştum. Bu kişiler, kendilerini en çok seven insanlara bile bazen nedensiz yere çıkışıyorlardı. Evet, bana da böyle olmuştu. Sınırlarımı zorlamıştım. Hayatta kalsam bile bunun bu şekilde devam edip etmeyeceğini bilmiyordum. Belki de insan vücudu hayatta kalma moduna girince böyle oluyordu. Belki de böyle bir durumda herkes hakkında her şeyi sorguluyordun. Belki de sevdiğin kişilerden bile uzaklaşıyordun.

Gray pestili çıkmış bir halde geri döndü. Bana doğru topalladı ve "zıpkınını" kuma attı. Ateşin önüne koyduğumuz kütüğün üstüne oturdu.

"Pek iyi gitmedi," dedi.

"Topallıyorsun," dedim.

Omuz silkti.

Ona doğru yaklaşarak, "Doktorsun ama kendi sağlığın konusunda çok ilgisizsin," dedim.

Sol ayağının tabanına göz atarak, "Küçük bir çizik," dedi.

Önünde diz çöktüm. Ayağını kaldırdı. İşte o zaman ayağının tabanında hâlâ kanayan büyük bir kesik olduğunu fark ettim. "Gray," dedim. "Bu *derin* bir kesik. Dikiş atılması gerek."

"Mercanların kıyının bu kadar yakınında olduğunu fark etmedim," dedi. "Jilet gibi keskinmiş."

"Botta bulduğumuz ilkyardım çantasında dikiş seti var," dedim. "Sen kendine?.."

"Kendime dikiş atabilir miyim? Evet." Ona, yani bir doktora böyle bir soru sorduğuma mı kızıyordu yoksa keskin bir mercana bastığı ve eli boş döndüğü için kendisine mi kızıyordu emin değildim.

Barakaya koştum ve ilkyardım çantasını Gray'e getirdim. "Al," dedim. "Ben bakamayacağım. Beni kan tutar."

Gray küçük çantayı elimden aldı ve kafasını kaldırarak gülümsedi. "Teşekkürler," dedi.

Ben de gülümsedim ve kumsala yöneldim. Onu duyamayacağım kadar uzağa gidene kadar yürümeye devam ettim. Doktorun muayenehanesinde kan aldırmaya bile zor dayanıyordum. İnsanın kendisine uyuşturulmamış bir halde dikiş attığını düşünmeye başlamak bile istemiyordum. Her adımımda ayaklarım serin, ıslak kuma battı. Ilık meltem tenimi yalıyor, beni kucaklıyordu. Tepemde bir kuş ciyakladı. İşte tam o anda ayaklarımın altında bir şey olduğunu hissettim. İlk başta kumdaki bir taş sandım. Ama kenarının köşeli olduğunu ve koyu kahverengi deriden yapılmış gibi durduğunu gördüm. Eğildim ve ellerimle kenarlarını kazdım. İşte o zaman bunun kuma gömülmüş bir sandık olduğunu fark ettim. Erik'in her gün yanında işe götürdüğü deri çantayı anımsadım ama bu, daha çok valize benziyordu. Kenarlardaki kumları atmaya devam ettim. Ta ki valizi kenarlarından tutup çekene ve çıkarana kadar.

Bu, eski moda bir valizdi. Orası kesindi. Eski deriden ve pirinç malzemeden yapılmıştı. 1930'lardan kalma gibi görünüyordu. Kumsalda oldukça yukarıdaydı. Onlarca yıldır burada dokunulmamış bir halde kalmış olabilirdi. Ama kaç yıldır buradaydı ve buraya nasıl gelmişti?

Valize uzun süre baktım ama sonra Gray'le açmaya karar verdim. Ya içi kurtlarla, böceklerle, kemiklerle veya ürkünç başka bir şeyle doluysa? Evet, Gray'i bekleyecektim. Valizi kaldırdım ve kampa doğru taşımaya başladım. Beklediğimden ağırdı.

Gray'in sahilde dikildiğini gördüm. Ayağını suya batırıyordu. Yüzümü buruşturdum. Muhtemelen kanı temizliyordu. Ona doğru yürüdüğümü görünce dönüp bana baktı ve el salladı.

Elimdeki bavulu görünce, "Yolculuğa mı çıkıyorsun?" diye sordu.

İronik bir şekilde, "Çok komik," dedim. "Bunu kumun içinde buldum. Kuma gömülüydü ama kazıp çıkardım."

"Açtın mı?"

Kafamı salladım.

"Hayır, henüz açmadım. Sen görene kadar beklemek istedim."

Ateşe, valizi koyduğum yere doğru topalladı.

"Dikiş nasıl gitti?" diye sordum.

Gülümseyerek, "Neyseki ayağımı kesmek zorunda kalmadım," dedi.

Gülümsedim.

"Ama artık hastaları daha iyi anlıyorum." Ayağına endişeli gözlerle baktı.

"Sence iyileşecek mi?"

"Enfeksiyon kapmasın diye dikkat etmem gerekecek," dedi. "Niyeyse biraz fazla şişti."

"Ya?" Ona doğru yürüdüm ve içgüdüsel olarak ayağına uzandım ama geri çekildi.

"İyileşecek," dedi. "Hadi, şu valize bir bakalım."

Kafamı sallayarak, "Sen aç," dedim.

Gray, beni kızdırmaya çalışarak, "Neyden korkuyorsun?" dedi.

"Bilmiyorum," dedim. "Eski bir valiz olmasında ürkütücü bir şeyler var. İçinde her şey olabilir."

"Burada oturup bütün gün bakacak mıyız yoksa açıp içinde ne varmış görecek miyiz?"

Gray valizi açarken kalbim pır pır ediyordu. Kapağı yukarı kaldırırken bir gıcırtı duyuldu. Tropik iklimde geçen yıllar yüzünden menteşeleri paslanmıştı ve sertleşmişti. Yıllar mı yoksa aylar mı geçmiş bilmiyordum.

Valizin içindekilere baktık. Bir zamanlar renkli ve düz olan ipek astar sararmış ve su lekesi olmuştu. Üstünde kırışmış kıyafetler vardı. Erkek kıyafetleri. Gray güve yemiş bir pantolonla çizgili bir kravat çıkardı. Bir sürü delikli beyaz tişört bir top haline getirilmişti. Kahverengi bir kemerle bir çift siyah, deri ayakkabı vardı. İçindeki etikete baktı ve gülümsedi. "Benim ayak numaramdan," dedi. Sonra cüzdana uzandı. Aldı ve açtı, içinden bir kimlik çıkardı.

"Adı Edward E. Gunther'mış," dedi. "Tarih atılmış." Harfleri okuyabilmek için gözlerini kıstı. "1951. Bu valiz uzun zamandır buradaymış."

Gray bir sigorta kâğıdıyla hayat sigortası poliçesi buldu. Bunlar o kadar sıkı şekilde katlanmışlardı ki neredeyse ellerinde parçalanıp gidecekti. "Eddie kendine yüz binlerce dolar yatırmış gibi görünüyor," dedi. Sonra yırtık banknotlardan birkaç tanesini, bir beşlik ve birkaç birliği eline aldı. Cüzdanı bana verdi. Kimliğe baktım. Kaliforniya'dandı. Fotoğraftaki adam koyu renk saçları ve kederli gözleri olan bir adamdı. Zayıftı, güçlü bir çenesi vardı. Atletik, hırslı görünüyordu. Biraz Erik'e benziyordu. Bu adamın ya da valizinin bu adaya nasıl ulaştığını merak ettim.

Gray, deriyle bağlanmış bir günlük veya defter tarzı bir şey buldu ve açtı. İçinde kâğıtlar vardı. En üstteki yazıda siyah mürekkeple şunlar yazıyordu:

Kaliforniya West Bankası Müdür Yardımcısı E. E. Gunther'ın Makamından

Gray, "Adam Kaliforniyalı bir bankacı," dedi.

Bir süre kâğıda baktım. Bay Gunther'ın San Francisco'da havalı bir ofiste rahat bir döner koltukta oturarak sigara içtiğini hayal ettim. Köşede de güzel bir sekreteri olmalıydı. "Sence buraya nasıl gelmiş?"

Gray omuz silkti.

"Bizim gibi gelmiştir belki. Kazayla."

Başımı sallayıp bir yün süveter çıkardım. "Tropikal kuşak için hazırlanmadığı belli."

Gray, "Uçak kazası olabilir," diye önerdi.

"Ama o zaman enkazı görürdük."

"Şimdiye kadar adanın daha üçte birini gördük." Sağ tarafı gösterdi. "Diğer tarafta ne olduğunu kim bilir?"

İşte o zaman, uçak kazasına ait eski bir sahnenin şimdi nasıl görüneceğini düşünerek ürperdim. Cesetler. Kemikler. Korkuyla büzüldüm.

Gray, "Adanın kalan kısmına da bakmamız lazım," dedi. "Eski bir uçak varsa kullanabileceğimiz şeyler de olabilir."

Defteri kucağıma koydum. Gray tam valizi kapatacaktı ki bir şey fark etti. "Gördün mü?" dedi. "Burada bir bölme daha var." Valizi ters çevirdi. Açarken onu izliyordum. Gizli bölmede ne olduğunu görünce ikimizin de nefesi kesildi: Yüz dolarlardan oluşan en az bir düzine para koçanı. Bir zamanlar lastiklerle tutturulmuş düzenli para koçanları artık nemden çürümüş ve kıvrılmıştı.

"İşte şimdi bu valizin neden bu kadar ağır olduğunu anladım." Gray bir koçanı eline aldı ve parmağıyla kenarından tutup çekti. Gülümsedi. "Zengin olduk! Hadi alışverişe gidelim."

"Nordstrom'a gidelim," dedim. "Yeni ayakkabı almam lazım."

Gray alnını ovuşturdu. "Belli ki kaçıyormuş. Yoksa kim valizinde bu kadar para taşır ki? Belki de firaridir."

Defterin içindeki kâğıtlara baktım. Bir mektup olduğunu gördüm. Mühür veya pul yoktu. Bu yüzden mektubun gönderilememiş olduğunu düşündüm. Kâğıdı açtım, mektup Kaliforniya, Sacramento'daki Bayan May Gunther'a yazılmıştı. Hevesli bir şekilde zarftan kâğıtları çıkardım ve yüksek sesle okudum:

9 Mayıs 1952

Sevgilim May,
Sen bu mektubu aldığında ben binlerce kilometre uzağında olacağım. Canım, seni ne çok özledim ve ömrüm boyu özlemeye devam edeceğim. Seni terk etmek hiçbir zaman planımın bir parçası değildi ama Patricia'yı düşünmek zorundayım. İkimiz de düşünmek zorundayız. May, mali işlerimizle iyi ilgilenemedim. İçinde bulunduğumuz bu durumun suçlusu benim. Yanlış hisselere yatırım yaptım. Çok uzun bir süre boyumdan büyük işlere kalkıştım. Sana Sevgililer Günü'nde aldığım pırlanta kolyeyi hatırlıyor musun? Kolyeyi boynuna takmıştım. Sende ne kadar güzel durduğunu düşünmüştüm ama bir yandan da utanıyordum. Çünkü bu, kolyeyi aldığım mağazadaki kredi limitimizin sınırını aşan bir hediyeydi. Bu sana son hediyem olacaktı. Kendimi ve seni içine soktuğum mali batağı kısa zaman sonra sen de öğrenecektin. Bu konuda benimle yüzleştiğin gün, gözlerindeki nefreti, ihaneti görecektim. Sen bana güvendin ve ben seni hayal kırıklığına uğrattım. Patricia'yı hayal kırıklığına uğrattım. Kızıma ihtiyaç duyduğu tıbbi bakımı sağlayamadım.

Sevgili May'im, küçük kızımıza artık iyi bakılacağının sözünü veriyorum. Sana bunu nasıl yaptığımı söyleyemem ama bazı fonlar buldum. İhtiyaç duyduğun tüm paraya sahip olacaksın. Parayı ortanca çalılıkların dibine gömdüm. Kazınca fark edeceksin. Orada Patricia'nın ihtiyaç duyacağı bütün ameliyatları, tedavileri veya tıbbi bakımı karşılayacak kadar para var. Lütfen en iyi doktorlara git ve en iyi hastanelerde tedavi görsün. Umarım her şey için çok geç kalınmamıştır.

Umarım büyüdüğünde ona benden bahsedersin. Umarım benden nefret ederek büyümez. Onu çok seviyorum. Umarım benim bazı çok kötü hatalar yaptığımı ama en sonunda ailem için doğru şeyi yapmaya çalıştığımı kabul eder.

Tek istediğim beni affetmen. Sana, birbirimize âşık olduğumuz o yere, bana güvendiğin o yere dönmeyi hayal ediyorum. Bir gün, o güzel yüzünü tekrar görebilmeyi hayal ediyorum.

Sonsuz aşk ve sevgilerle; ömür boyu en derin özürlerimle,

Ed

Mektubu elimden bırakarak, "Vay canına," dedim. "Bu çok üzücü."

Gray, "Küçük kızını kurtarmak için bankayı soymuş," dedi.

Gözlerimin dolduğunu hissederek, "Öyle görünüyor," dedim. "Ama karısı bu mektubu hiçbir zaman alamadı. Sence kızları..."

Gray iç geçirdi. "İnsanlar bugün sahip olduğumuz tıbbi tedavilere o gün sahip değildi," dedi. "Fakirsen veya paran yoksa insanların bugün sıradan bulduğu yaşam kurtaran pahalı ameliyatlara ulaşamıyordun."

"Ben diğer türlüsünü düşünmeye katlanamadığım için karısının parayı bulduğuna ve kızlarının yaşadığına inanacağım," dedim. Kafamı salladım. "Sence buraya nasıl gelmiştir?"

Gray omuz silkti. "Belki de bizim gibi. Tekne kazasıyla."

Başımı salladım. "Sence kurtarılmış mıdır? Ya da sence..."

Gray iç geçirdi. "Sence kurtarılsaydı paraları da yanında götürmez miydi?"

Kafamı salladım. Ed'i merak ediyordum. Bu adadaki hayatını merak ediyordum.

O da bizim gibi istiridye pişirmiş miydi? Yıllarca yalnız mı kalmıştı? Nasıl ölmüştü? Kuşlar yalnızca kemikleri kalana dek didiklemiş miydi etlerini?

Ürperdim. Sonra aklıma bir şey geldi. Kafamı kaldırarak, "Belki hâlâ yaşıyordur," dedim.

Gray, "Kim?" diye sordu. İnce bir dalla kuma sekiz şekli çiziyordu. Bir zamanlar Robbie Shelton'a duyduğum sonsuz aşkı sembolize etsin diye bir ağaca aynı şekli çizdiğimi anımsadım. Bir parça da dram katarak, "RS'yi sonsuza dek seviyorum," diye de eklemiştim.

"Küçük kız," dedim. "Patricia. Belki de eve döndüğümüzde gidip onu buluruz ve bu mektubu veririz. Böylece babasının onu ne kadar çok sevdiğini ve ne kadar üzgün olduğunu göstermiş oluruz."

Gray okyanusa doğru baktı. Gelgit başlamıştı. Sular kıyıya doğru geliyor, ağır ama düzenli bir şekilde bize yaklaşıyordu. Issız bir adada birlikte mahsur kaldığım bu adamı çok az tanıdığımı biliyordum. Önceki hayatı konusundaki her sohbet fiyaskoyla sonuçlanıyordu. Adadan önceki yaşantısıyla ilgili söyleyecek çok az şeyi olduğu belliydi. Ama bunun nedeni neydi?

"Bence burada bir yaşam kurma fikrini düşünmeye başlamalıyız," dedi. "Burada düşündüğümüzden de uzun süre kalabiliriz. Biz..."

"Sen neden bahsediyorsun?" dedim. "Eve gitmek istemiyor musun? Kurtarılmak istemiyor musun?"

Gray iç geçirdi. "Ben sadece burada uzun süre hayatta kalabilmek için bir şeyler düşünelim diyorum. Yiyecek saklamak, mango kurutmak gibi şeyleri nasıl yapacağımıza bakalım. Ayrıca yağmur sezonu gelmeden önce daha iyi bir baraka yapmamız gerek."

Beklediğimden de daha savunmacı bir tavırla, "Yağmur sezonunda burada olmayacağız," dedim. Gözlerim yaşlarla doldu. Ona bağırıyor, çığlık atıyor gibiydim. Adadaki her bir palmiye ağacına, beni dinleyecek her kuşa bağırmak istiyordum.

Gray elini hafifçe bileğime koydu. "Özür dilerim," dedi. "Seni üzmek istemedim."

Hiç düşünmeden başımı sıcak omzuna koydum. Teni, kum ve deniz suyu kokuyordu. "Ben sadece eve gitmek istiyorum," diye hıçkırdım. "Eve o kadar çok gitmek istiyorum ki canım yanıyor." Gray hiçbir şey demedi. Sadece gözyaşlarım durana kadar saçlarımı okşadı. Ondan sonra da beni uzun süre o şekilde tuttu.

Mavi bir kelebek yanımızda kanat çırptı ve sanki bizimle alay eder gibi denize doğru uçtu.

11. Bölüm

2 Ağustos 1999

New York City

Evan, tüm sabahını şefe soğan doğramakla geçirdi. Bayağı da ilerlemişti, neredeyse dört kovayı dolduracak kadar tatlı soğanı ince ince kıymıştı. Şef, öğlen gibi gelecekti. O zamana kadar Evan bu işi bitirmeliydi. Soğanları tam da şefin istediği gibi küçük kareler halinde güzelce doğramalıydı. Evan, şefinin iyi bir ruh halinde olmasını umuyordu. Hoş şef bu günlerde hiç iyi bir ruh halinde olmuyordu.

Mutfak, eski kumtaşından bir binanın bodrumuydu. Klima yoktu, sadece arka kapı ve bir fan. Evan'ın gözleri o kadar çok sulanıyordu ki artık kanlanıyordu. Bundan şikâyet etmemesi gerektiğini biliyordu. Ne şefin ruh halinden ne soğandan ne sıcaktan ne de başka bir şeyden şikâyet edebilirdi. Aşçılık okulundan hemen sonra New York'un en iyi restoranlarından birinde iş bulabildiği için şanslıydı. Michelini's üç yıldızlıydı ve eğer şanslıysa daha da yükselebilirdi, başka bir yere geçebilir ve hatta kendi yerini bile açabilirdi. İşte o zaman artık soğan doğramak zorunda kalmazdı.

Evan soğanları doğrayıp dilimlerken sürekli kapıyı gözlüyordu. Sokağa bağlanan girişin köşesinde küçük bir şey gözüne çarptı.

Bıçağını indirdi, önlüğüne sıkıştırılmış havluyla elini kurulayıp kapıya doğru yürüdü.

"Seni gidi küçük kedicik," dedi Evan, ayaklarının arasına tüneyen kısa siyah tüylü sokak kedisine eliyle uzanarak.

Kedi sanki ona bir şey anlatmak istiyormuşçasına mırlamaya başladı.

"Ne diyorsun, küçük dostum?"

Evan her zaman hayvanları severdi. Küçük bir çocukken Little Rock'ta evcil hayvanları olmuştu ama hiç kedisi olmamıştı. Annesi Louise'in kedilere alerjisi vardı.

Kedi yine mırlamaya başladı ve bacaklarına sürtündü.

"Çalışmalıyım, dostum," dedi, kesim tahtasına dönerek, sonra da buzdolabına yöneldi. Şefin düzenlediği özel bir yemekten kalma bir parça et buldu arkalarda. Sonra küçük bir kâse aldı eline.

"İşte," dedi, kedinin yanındaki girişe koyarak. "Şimdi başımı belaya sokma, tamam mı?"

"Tatlım, ama nereye gidiyorsun, hiç anlamadık gitti." Evan'ın annesi hiçbir zaman oğlunu anlamıyordu. Sekizinci doğum gününde oğlu kendisinden dikiş makinesi istemişti, on yaşındayken ondan daha iyi kek yapabiliyordu ve şimdi de restorandaki işini bırakmak istiyordu. Ama neden?

"Bermuda'ya gideceğim," diye açıkladı. "Boston'dan bir çift yatlarında şef olmamı istedi."

"Peki güvenli mi?" diye sordu annesi. Eğer Evan dikkat kesilirse uzaktan bir trenin düdüğünü duyabilirdi. Çocukluğunun geçtiği ev demiryoluna uzak değildi. Öğleden sonraları orada öylece durup trenleri seyrederken kasabanın dışında yaşamın nasıl olduğunu hayal eder durur, oradan kaçmak isterdi.

"Elbette, anne," dedi.

"Neden eve dönmüyorsun anlamıyorum," diye devam etti annesi. "Kasabadaki güzel bir restoranda iş bulursun. Papa's Italian Pizzeria'nın nesi var? Orada çalışabilirsin."

"Orada çalışmak istemiyorum anne."

Hattın diğer ucunda bir süre sessiz kaldı annesi.

"Anne, üzgünüm, seni üzmek istememiştim," dedi Evan.

"Tamam, tatlım," dedi annesi. "Senin kumaşın başka. Bunu hep biliyordum." Derin bir nefes aldı. "Seni özleyeceğiz, benim dert ettiğim mesele bu."

Evan, Manhattan'daki küçük dairesinden dışarı baktı. Sihirli saatlerdi. Yani hemen günbatımının sonrası, artık gün sona ermişken, tam da gece değilken. Kedisi yanında mırlıyordu. Evan numaraların işlendiği karnındaki noktaya dokundu. Bir kediye neden dövme yaparlardı ki? Evan bunu hiç anlayamıyordu. Kedi de onun gibi uyumsuzdu, bir yerden başka bir yere geçen bir gezgin. Evet, diye düşündü Evan kendi kendine, yeni bir maceraya atılma zamanı geldi.

Pegasus teknesi marinada parıldıyordu. Bay ve Bayan Caldwell, Evan yaklaşırken ona el salladı. Onlarla şefin verdiği yemeklerden birinde tanışmıştı. Bayan Caldwell çoğu yaşlı zengin kadının yaptığı gibi onunla ilgilenmişti.

"Canım," dedi, iki defa onu öpüp selamlayarak. Bay Caldwell başıyla onayladı, sonra ağzında purosu kaptana bir şeyler homurdandı.

Evan'ın elindeki kedi taşıma kabını görünce sesli bir kahkaha koyverdi.

"Hayvan getirmişsin," dedi.

"Umarım sorun olmaz, efendim," diye cevapladı Evan. "İyi bir kedidir."

"Benim için sorun yok," dedi adam omuz silkerek. "Belki de Delores'i oyalar."

Evan başıyla onaylayıp teknedeki ilk yemeği hazırlamak için mutfağa geçmeden önce kalacağı yeri buldu.

Evan o gece ve ertesi sabah kahvaltıda Delores'in ona bakışlarını fark etti. Ertesi haftanın yemek programını yapmak üzere yiyeceklere bakmak için ara verdiğinde üst güvertede ona bakmamaya çalışmıştı ama Bayan Caldwell onun yanında şezlongda uzanmış ve ondan sabah Benedict yumurtası yapmasını istemişti. Bikinisinin askısını ayarlayarak Benedict yumurtasına bayıldığını söyledi. Bayan Caldwell hiçbir zaman bikini giymemiş olan annesinden daha yaşlıydı.

"Evet, efendim," dedi nazikçe, doğrulup ayağa kalkmaya çalışarak. "Elbette."

Delores eliyle ona uzanıp hafifçe kalçasına dokundu. "Teşekkür ederim, canım," dedi ufak bir gülümsemeyle. "Ve, tatlım, bana efendim demek zorunda değilsin."

Delores onu geriyordu ama kendini tutup gün için güzel yemekler yapmaktan başka yapabileceği bir şey yoktu.

Haftalar geçti ve sonra fırtınalı bir pazar gecesi, Evan kaburga ve fırında patates hazırlarken, Delores mutfağın girişinde belirdi. Üstündeki beyaz tül, altındaki çıplak bedenini kapatamıyordu.

"Bu gece alt güverteye gel," dedi, kedisini kollarında tutarak. "Seninle konuşacaklarım var."

Yemekten sonraki görüşmeye mümkün olduğu kadar geç gitmek için yemek servisini uzatmaya çalıştı ama Bay Caldwell erkenden kalktı. Karısı Evan'ın her hareketini izleyerek pişmiş kelle gibi sırıtıyordu.

"Tamam," dedi son tabağı da temizledikten sonra. "Çok yorgunum, efendim. Sanırım doğrudan odama gideceğim."

"Bana efendim dememeni söylemedim mi sana?" dedi kadın, şakayla karışık bir ciddiyetle.

"Üzgünüm," dedi Evan oradan ayrılırken. Köşeyi dönerken avuçlarının içi terlemişti, karşısına bir anda Bay Caldwell çıktı.

"Nereye kaçıyorsun, oğlum?" dedi adam sinsi bir sırıtmayla.

"Ben sadece..."

"Git ona," dedi. "Utanma."

Evan'ın gözleri büyüdü. "Ama ben..."

"Bizim ihtiyaçlarımızı karşılaman için sana para ödüyoruz ve onun ihtiyaçlarını da karşılamanı istiyorum."

"Ben öyle değilim ama."

"Nasıl değilsin, oğlum?" Kıkırdamaya başladı. "1965'te Miss Texas güzeliydi. Şimdi öyle gibi görünmeyebilir ama olsun. Gözlerini kapat ve onu düşün."

Evan sadece Bayan Caldwell'e değil, hiçbir kadına ilgi duymadığını söylemedi ona. Hiçbir zaman ilgi duymamıştı da. İyice panikleyip korktu.

"Hadi," dedi Bay Caldwell, kolundan tutup onu alt güvertenin girişine götürerek. "Seni bekliyor."

Alt güverteye inen merdivenlerden yürürken Evan'ın dizleri titredi. Güverte soluk bir şekilde aydınlıktı ama Bayan Caldwell'in koltuğun üzerinde uzandığını görebiliyordu. Açık yeşil bir gecelik giymişti.

"İşte geldin, canım," dedi. "Seni bekliyordum."

Evan koltukta mümkün olduğunca ondan uzağa oturdu.

"Buraya gel," dedi. "Hadi biraz eğlenelim."

"Efendim..."

"Kaç defa dedim sana bana Delores de diye?"

"Delores," dedi, "Ben... ben yapamam."

"Neden, tatlım, nonoş musun?"

Bayan Caldwell geceliğinin bağcığını gevşetip el ve bacaklarının üstünde sürünerek ona yaklaşırken Evan yutkundu.

"Lütfen," dedi, göğsüne dokunduğunda sinerek. "Lütfen dur."

Evan'ın kedisi Bayan Caldwell'le arasındaki boşluğa zıpladı.

"Kahrolası kedi," dedi kadın. "Al şunu buradan."

Evan ayağa kalktı ama ona ulaşamadan önce Bayan Caldwell kediyi yakaladı. "Bu gece ya benimle kal ya da bu kediyi bu tekneden atarım."

Evan kafasını salladı. "Lütfen," diye ağladı. "Bunu yapmazsın, değil mi?"

"Ah, evet yaparım."

Evan kendini kötü hissetti. "İhtiyaçlarınızı o şekilde karşılayamam, efendim."

"O zaman küçük kedine elveda de," dedi kadın gülümseyerek.

Evan o gece küçük bir çocukken yaptığı gibi dua etti. Kilisedeyken arkadaşlarının yanlış dediği içindeki arzuyu bastırması için Tanrıya yalvarırdı. Şimdi de kedisi için yalvarıyordu. Pegasus'tan bir an önce kurtulmayı ve Pegasus'un okyanusun dibine gömülmesini diledi.

Sabah uyandığında kedisinin gittiğini gördü. Bayan Caldwell kahvaltı servisinde onun ağladığını görmedi. Bir daha da onu rahatsız etmedi.

12. Bölüm

Uyandıktan kısa bir süre sonra, "Diş ipini hatırlıyor musun?" diye sordum.

Gray güldü. "Evet."

"Şu anda kulağa çok güzel gelmiyor mu?"

Dişlerine dokundu ve başını salladı. "Evet."

"Kanıksadığımız onca şey, ne komik."

"Manavlar gibi," dedi. "Manav alışverişi yapmaktan nefret ederdim."

"Ben de."

"Yastıklar."

"Deterjan."

"Tuvalet kâğıdı."

İkimiz de güldük.

Gray kumsalda sabah yürüyüşüne çıktı. Geri döndüğünde ona bakıp gülümsedim.

"Yeni görünüşüm hakkında ne düşünüyorsun?" diye sordu.

Üstünde Bay Edward Gunther'ın 1950'lerden kalma güve yemiş pantolonu, buruşmuş, delikli ve bir zamanlar beyaz olan ama artık sarı renkteki gömleği vardı. Boynuna kravatı öyle bir bağlamıştı ki hayatı boyunca hiç kravat taktı mı merak ettim.

Bir açlık ağrısı hissediyordum ama kostümünde bir şeyler içimi açtı. Gülümsedim ve boğazımı temizledim. "Kredi başvurusu yapmak istiyorum," dedim. Kravatını düzeltmek için ayağa kalktım. Kravatı tıpkı Erik'in kravatını bağladığım şekilde bağladım.

"Eee, ne alacaksınız han'fendi?"

Gözlerimi devirerek, "Amma meraklı bir bankacısınız," dedim. "Ama illa bilmeniz gerekiyorsa bir tekne almak istiyorum. Gördüğünüz gibi kendimi ıssız bir adada buldum. Bir hız teknesi işimi görür diye düşünüyorum."

Oyuna devam ederek, "Kredi notunuz nasıl?" diye sordu.

"Mükemmel," dedim. Aslında bu doğruydu. Erik'inki benimkinden kötüydü ve ben bunu unutmasına asla izin vermiyordum. Özellikle de üniversite ikinci sınıfta (benimle tanışmadan önce) yaptığı alkol dolu bir Meksika seyahatinden sonra. Bu seyahat, SUV model limuzinle gezmeler, Meksika barında herkese içki ısmarlamalar ve limiti dolmuş bir kredi kartını içeriyordu.

Gray gülümseyip kütükte yanıma oturdu. Ateşin yanındaki kayaların üstüne kurumaya bıraktığım mangoları göstererek, "Bak," dedim. "Bunların birkaç ay dayanmasını sağlayacak bir yol bulabileceğimizi düşünüyorum."

Bir tanesini ağzına atarak, "Çok güzeller," dedi. Turuncu renkte bir damla su çenesine damladı. Tişörtünün koluyla sildi. "Banyo yapmam lazım," dedi.

"Evet," dedim. "Benim de."

"Havuza kadar yürüyelim, sonra adanın geri kalanına da bakalım. O kadar da büyük değil. Günbatımına kadar döneriz."

"Tamam," dedim. "Ben öğle yemeği hazırlayayım."

Bilmiş bilmiş sırıttı. "Öğle yemeğinden kastın yengeç pastası ve erişte, değil mi?" İkimiz de mönümüzün şimdilik karıncalardan ve Gray'in bulduğu diğer böceklerden (ben hâlâ böcek ve kurtları yemeyi reddediyordum), alg, mango ve istiridyeden oluştuğunu biliyorduk.

Göz kırparak, "Hayal gücünü kullan," dedim.

Bu sefer başka bir yol kullanmaya ve adanın güneyini keşfetmeye karar verdik. Gray, ileriyi göstererek, "Şansımız varsa," dedi, "oradan geçer ve geri döneriz. Belki daha yakında bir su kaynağı vardır."

Yola çıkarken, "Ayağın nasıl?" diye sordum.

Gray dönüp bana baktı. "Tamamen iyileşti."

"Vay," dedim. "Hızlı bir iyileşme."

"Biliyorum," dedi. "Aslında olağandışı bir şey."

"Sen düşünmüştün ki daha..."

İkimiz bir ağızdan, "Uzun sürecek," dedik.

"Evet çünkü nemli ve pis bir ortamdayız. Tıbbi açıdan bakıldığında bunlar bir yaranın resmen kâbusudur. Ama," dedi ve durdu. Kafasını salladı. "Charlotte, bu adada bir şey var bence."

"Nasıl yani?"

"Öncelikle," dedi. Büyük bir ağaç kökünün üstünden atladı. "Dizin çok hızlı bir şekilde iyileşti. Sonra benim astımım var." Dönüp bana baktı. "Ama en ufak bir belirtim bile kalmadı."

"Belki buna sıcak hava sebep olmuştur," dedim.

Kafasını salladı. "Geçen sefer beni tropikal kuşakta görecektin. Sürekli hırıldıyordum."

"O zaman söylemek istediğin şey," dedim. Sırtımdaki ilkyardım çantasını ayarladım. Bu çantayı, yenebilir bir şeyler bulursak geri getirebilelim diye yanıma almıştım. "Bu adada sihirli bir şeyler olduğu."

Gray, "Bilmiyorum," dedi.

Yürümek ve önümüzdeki çukurlu araziyi takip edebilmek için uygun bir sopa buldum. Eğim dikleştikçe dengemi sağlamaya dikkat ettim. Ayaklarımı ağaç köklerine basıyor ve bitkilerden güç alıyordum.

"Burası Jurassic Park'a benziyor," dedim.

Gray, söylediklerime katılarak, "Evet," dedi. "Çalıların arasından bir T-Rex çıkacak gibi gelmiyor mu sana da?"

"Kesinlikle," dedim. Bir an durup soluklandım. Karnım açtı ve adada geçirdiğim zamanlardan, en iyisinin bu açlığı görmezden gelmek olduğunu öğrenmiştim.

Gray bir an kıpırdamadı. "Duydun mu?"

Kafamı salladım ve sonra donup kaldım. Uzaktaki çalılıklar hışırdadı. Bir dalın çatırdadığını duyunca bakıştık.

Telaşlanarak, "O neydi?" diye fısıldadım.

"Endişelenme, muhtemelen sadece bir hayvandır," dedi.

Kollarımdaki tüyler diken diken olmuştu. "Nasıl bir hayvan?"

Gray temkinli bir şekilde yürümeye devam etti. Ben de arkasındaydım. Bir dakika sonra çalıların içinden bir şey fırladı. Şeklini çıkaramadım ama kürkünü görebildim. Gray elimden sopayı kaptı ve korumacı bir şekilde geri çekildi.

Kalbim o kadar gürültülü atıyordu ki ayağımın altındaki mırıldayan şeyi fark etmemiştim.

Gray, "Kediymiş," dedi. Ayaklarımızın dibindeki dost canlısı hayvanı incelemek için eğildi.

Derin derin nefes aldım. "Çok şükür," dedim. "Ben de şey sanmıştım..."

Gray gülerek, "Aslan mı?" dedi.

"*Olabilir!*"

Küçük kara kediye uzandı. Kedi hemen eline doğru sokuldu ve daha yüksek sesle mırıldandı. "Buraya nasıl geldiğini merak ediyorum?"

Omuz silktim. Gabby'nin çok uzun zamandır sahip olduğu kedisini anımsadım. Annabelle on altı yaşında mıydı on yedi mi neydi? Gabby, kedi arka bahçesine gelince onu eve alıp beslemeye başlamıştı. Bir kutu ton balığı vermişti. İkisi, o zamandan beri birlikteydi.

Gray ayağa kalktı. Adanın derinliklerine doğru yürümeye devam ettik. Kedi de peşimize takıldı.

"Eğer onu besleyeceğimizi düşünüyorsa yanılıyor," dedim. Kedi, büyük bir ağaca atlayıp üst dalına çıkınca kafamı kaldırıp baktım. Bir salkım yeşil meyveye pati attı.

Gray, "Bir dakika," dedi. "Bu *fındık* ağacı mı?"

Alt dallardan birine uzandım ve küçük yeşil meyvelerden kopardım. Sonra dikkatli bir biçimde ısırdım. Acıydı. Yana döndüm ve ağzımdakileri hemen tükürdüm.

"Ben buna yenebilir demezdim pek," dedim. Küçük yuvarlağı elimde birkaç kez çevirdim. "Ama şu yeşil tabakayı kırarsak belki içinde bir şey olabilir."

Ben kabuğu çıkarırken Gray beni izliyordu. İçinden kahverengimsi fındık benzeri bir şey çıktı. "Makademya fındığı," dedim. "Ya da ona benzer bir şey. Daha sonra ateşte kızartır lezzetli olup olmadıklarına bakarız."

"Her şey karınca ve istiridyeden daha lezzetlidir."

Sırıtarak, "Bunda haklısın," dedim.

İkimiz de ağaca döndük ve gizemli fındıklardan toplayabildiğimiz kadar çok topladık. Annemin her sene Noel'de yaptığı sütlü çikolatalı makademya fındıklarını hatırlayınca ağzım sulandı. Evimi özlemiştim. Derin bir hasret duyuyordum. Bu hasret, elektrik akımı kadar kuvvetliydi. Bunu Gray de hissediyor muydu acaba? Arada bir ev özlemi tutuyor muydu? Evini özlüyor muydu? Merak ettiğim birçok şey vardı.

Gray plastik torbayı bağladı, sonra ayağının dibinde oturan kediye döndü. Kedi sırtüstü yattı ve karnını gösterdi. Cinsiyeti erkekti. Karnını sevince mırıldandı. Kedinin teninde dövme gibi görünen şeyi göstererek, "Bu ne?" diye sordum.

Gray yakından baktı, sonra kafasını salladı. "Ben Washington Üniversitesi'ndeyken içinde maymunların olduğu bir araştırma laboratuvarı vardı. Şebek maymunlardı sanırım. Bazıları HIV, bazıları hepatit B virüsü taşıyordu. Tartışmalı bir konuydu, hâlâ öyle. Neyse, orada bir arkadaşım çalışıyordu ve bazı hayvanları görmüştüm." Kedinin belindeki izleri ve 36987 numarasını gösterdi. "Maymunlarda da böyle numaralar vardı."

Kafamı salladım. "Çok tuhaf."

Gray omuz silkti. "Ona 36987 adını da verebiliriz, başka bir isim de."

"Tamam ne verelim?"

Bir an düşündükten sonra, "*Maka* nasıl olur?" dedi. "Makademya fındığının kısaltılmışı."

Sırıttım. "Fena değil."

Başını salladı. "Maka olsun o zaman."

*

Adanın diğer tarafına gidene kadar kaç saat geçti bilemiyordum. Uçurumdan, kıyının daha taşlı olduğunu görebiliyordum. Dalgalar arka arkaya geliyordu. Tepemizde kara bir bulut vardı. Yanağıma bir yağmur damlası düştüğünü hissettim.

Gray bana su şişesini uzattı. Bir yudum aldım. "Fırtına geliyor gibi görünüyor," dedi. Gökyüzüne sanki güvenmediği bir insana bakar gibi bakıyordu. "Geri dönmemiz lazım."

Başımı salladım. Onun peşinden patikadan indim. Çatalda durdu ve iki tarafa da baktı. "Bir dakika, sağ mıydı, sol muydu?"

"Sağ," dedim. "En azından bence."

İlerledik. Uzun bir süre geçtikten sonra daha önce hiç görmediğim bir kayanın yanından geçtik. O zaman hiçbir şeyin tanıdık olmadığını fark ettim. "Gray, bence yanlış geldik."

"Sanırım haklısın," dedi. "Ama devam etmekten başka şansımız yok. Geri dönersek kampa ulaşmamız daha da uzun sürer diye korkuyorum. Yakında hava kararacak. Burada kalmak zorunda kalabiliriz."

Hâlâ peşimizde olan Maka, sanki plan ona uyuyormuş gibi ilk kez miyavladı.

Bir saat daha yürüdük. Gökyüzü gittikçe kararıyordu. Yağmur damlalarının koluma değdiğini hissedebiliyordum. Önce on saniyede birdi, sonra gittikçe arttı. Ta ki gökyüzü yarılıp da içindeki her şeyi sadece bizim küçük adamıza boşaltıyormuş gibi görünene kadar.

Gray, "Yürümeye devam edelim," dedi.

"Ne?" dedim. Yağmurun sesinden Gray'i duymuyordum. Saçlarım ıslanmıştı. Kıyafetlerim de öyle. Bir zamanlar sert, katı gibi görünen zemin kaygan, çamurlu bir hale gelince attığım her adıma dikkat etmeye başladım.

Gray daha yüksek sesle, "Devam et," dedi. "Suyun kenarına varabilirsek kıyıyı takip ederek kumsala ulaşabiliriz."

Birkaç dakika sonra akşam karanlığı neredeyse bütün güneş ışığını tüketmişti. Maka'yı göremiyordum. Gray'i de zor görüyordum. Vücudu uzakta bir siluet olarak görünüyordu. Bir adım attım ve doğruca sert bir şeye çarptım. Alnımda keskin bir acı hissettim ve acıyla inledim.

Gray, hemen yanıma gelerek, "Ne oldu?" diye sordu.

"Sanırım bir ağaca çarptım."

Gray yarama baktı. "Kanıyor. Seni barakaya götürmemiz lazım."

Gözlerimdeki suyu sildim. Belki de kandı.

İleriyi göstererek, "Orada," dedi. Neyi gösterdiğini göremedim ama onu takip ettim. Başım dönüyordu, midem bulanıyordu. Karşımda tahtalardan oluşan bir şey görebiliyordum sadece. Önce ilkel bir barakaya benzeyen şey aslında... bir geminin pruvasıydı.

Gray, kafasını salladı. Hayretler içindeydi. "Nasıl ya..."

"Bu nasıl?.."

Gray, "Bilmiyorum," dedi. "Fırtına buraya kadar sürüklemiş olabilir."

"Kasırga da olabilir," dedim.

Gray geminin pruvasındaki bir boşluktan girdi. Ben de onu takip ettim. İçerisi karanlık olsa da ve çevremizde dolaşan elim kadar büyük örümcekler olduğundan emin olsam da yağmurdan korunmak güzeldi. Ağrıyan başımı duvara dayadım.

"Sanırım çakmağı getirmiştim," dedi ve çantayı aradı. "Evet, burada." Bir şey göremiyordum ama çakmağı yakmaya çalıştığını duyabiliyordum. Birkaç kez çakmaya çalıştı ama ya çok ıslaktı ya da gazı bitmişti.

Gray, "Kahretsin," dedi.

"Ne oldu?"

"Düşürdüm."

Geminin zeminini el yordamıyla araştırdım. Tahtaların arasında boşluklar ve pürüzler vardı. İç geçirerek, "Muhtemelen aşağı düşmüştür," dedim. "Sabaha kadar beklememiz gerek."

Gray ilerleyip kafasını dışarı doğru çıkardı. "Hayır," dedi. "Sana ilkyardım çantasını getirmem gerek. Kesiğinin dikişe ihtiyacı olabilir."

Uyuşturucu ilaç olmadan dikiş atıldığını düşününce dudağımı ısırdım. Yutkundum. Yürüyüşe çıkmadan önce ilkyardım çantasını da yanıma almadığıma pişman olmuştum. Bulacağımız şeylere yer açmak istemiştim ama yanlış bir seçim olmuştu.

"Yağmur dinmeye başladı," dedi. "Dışarıda biraz ayışığı var. Kamptan bir kilometreden fazla uzakta olamayız. Kıyıyı takip eder ilkyardım çantasını alırım ve geri döner seni bulurum."

"Olmaz," dedim. "Çok karanlık. Ya..."

"Bana bir şey olmaz," diye güvence verdi.

"Ya ben? Sen... beni burada böylece bırakacak mısın?" Kalp atışlarım hızlandı.

Gray geminin kenarına dokundu. "Yürüyecek durumda değilsin. Burada bir şey olmaz. Bu şey adaya nasıl gelmiş olursa olsun uzun zamandır burada ve buradan bir yere gittiği yok. Burada otur, hemen geleceğim. Söz veriyorum."

Başımı salladım. "Tamam," dedim. Ayak sesleri uzaklaştı. Ama ben hiç de iyi değildim. Beynim zonkluyordu. Hayatımda hiç korkmadığım kadar korkuyordum.

*

Bir saat geçti, belki de daha fazla. Yağmur tekrar hızlanmıştı, rüzgâr da öyle. Dizlerimi göğsüme çektim ve kanayan başımı bacaklarıma gömdüm. Gray'in gelmesine daha ne kadar vardı? Burada karanlıkta tek başıma daha ne kadar oturacaktım?

Zihnim içinde oturduğum gemiye takıldı. Askeri bir gemi miydi? Özel bir gemi miydi? Yoksa korsan gemisi miydi? Mürettebata ne olmuştu? Hepsi yok mu olmuşlardı? Gök gürültüsü duydum. Vücudum titredi. Ayaklarıma bir şeyin değdiğini hissettim ve bacaklarımı daha çok çektim. Rüzgâr kuvvetliydi. Sanki geminin veya benim ya da ikimizin peşine düşmüş gibi geminin yan tarafına vurduğunu hissedebiliyordum.

Başka bir gök gürültüsü daha duyuldu. Sonra şimşek çaktı. Öyle parlaktı ki teknenin içinde oturduğum küçük mağara gibi alanı aydınlattı. Bir an için gözümün önünde korkunç bir görüntü belirdi. Oturduğum yerden bir iki metre uzakta bir iskelet vardı. Dehşet dolu bir çığlık attım. O sırada Maka kucağıma atladı. Hareket etmeye korkuyordum. Başım zonkluyordu. Dışarıda baraka filan yoktu ama gemiden çıkmak zorundaydım. Burada bir dakika daha kalamazdım.

Kendimi dengeleyerek geminin girişine doğru emekledim. Yağmur çok şiddetliydi. Kafam karışıktı, sersem gibiydim. Maka da yanımda olmalıydı. Sol bacağıma sürtündüğünü hissedebiliyordum. Yürürken birkaç dakika zorlandım. Ta ki yağmur hafifleyene ve bulutlar biraz da olsa ayrılıp yolumu aydınlatacak kadar ayışığı ortaya çıkana kadar. İlerde büyük bir ağaç görünce çok sevindim. Saçaklarının altına geçtim. Maka da koltuğumun altına kıvrıldı. Gözkapaklarım ağırlaştı. Çok çabalamama rağmen yorgunlukla baş edemedim. Beni bir dalga gibi vurdu.

18 Mart 2008, Seattle

Beni ameliyat öncesi bir odaya alırlarken Gabby elimi tutuyordu. "Erik'e söyleyeyim mi?" diye sordum.

Bakışları benimkilerden bir saniye uzaklaştı. Sonra tekrar bana döndü. Kendinden emin bir şekilde, "Hayır," dedi. "Hazır olduğunda söylersin."

Hastane önlüğümün kenarını çekiştirerek iç geçirdim. Ameliyatı ve iyileşme sürecimi Erik'in, şirketinin yeni şubesinin açılışına yardım etmeye New York'a gittiği zamana ayarlamıştım. Dün uçağa binerken, "Beni görmeye gel," diye yalvarmıştı. "Denerim," diye söz vermiştim ama gitmeyeceğimi biliyordum. Önümde altı haftalık bir iyileşme süreci vardı. Seyahat etmemin uygun olmayacağını biliyordum.

Ameliyattan birkaç aydır haberim vardı. Hayatımı sonsuza kadar değiştirecek ultrasonu çektirdiğim o korkunç sabahı hatırlıyordum: *Doktor Lanister gözlüklerini burnunda iyice yukarı doğru itti. Sonra karnıma jel döktü. Sol elimdeki telefon titredi. Erik'ten bir mesaj gelmişti. Cevap vermedim ve telefonu çantama tıkıştırdım.*

Doktor, uzun bir kabloya bağlı cihazı karnıma bastırdı. Soğuk jeli minik hareketlerle tenimde dolaştırdı. Ben de duvardaki ekrana bakıyordum.

"Şurayı görüyor musun?" dedi. "Benim korktuğum da buydu." Kafasını salladı. "Burada da, rahim duvarı boyunca. Her yerdeler. Böyle bir şeyi daha önce hiç görmemiştim."

Tümör. İyi huylu tümörler ama tümör sonuçta. Onlarcası üreme organımda tohum gibi büyüyordu. Doktor Lanister regl dönemlerimin bu yüzden ağrılı geçtiğini söylemişti. Karnımdan sırtıma kadar her yere bıçaklar giriyormuş gibi bir ağrıydı bu.

Yatağın kenarını tutarak, "Onları... çıkarıp alabilir misiniz?" diye sordum. Koruyucu kâğıt parmaklarımın arasında kıvrılmıştı.

Doktor Lanister aleti bıraktı ve eldivenlerini çıkardı. "Charlotte," dedi. "Maalesef seni daha üst bir düzeye geçiriyoruz. Bu tümörler tek tek alınamayacak kadar çok. Bunları yumurtalıklarına zarar vermeden almak imkânsız. Bunu yapabilsek bile tekrar tekrar oluşacaklar." Derin bir nefes aldı. "Full histerektomi lazım."

Gözlerim irileşti. Aniden doğruldum. "Histerektomi mi? Yani her şeyi alacak mısınız? Sonsuza kadar? Yani hiçbir zaman çocuğum olmayacak mı?"

Doktor Lanister basitçe başını salladı ve durumumla ilgili tıbbi terimler sarf etmeye başladı. Ameliyat için uzun süre beklenmesinin risklerini, artık anne olmanın başka yolları da olduğunu anlattı. Ama ben onu duymuyordum bile. Düşüncelerim onun sesini susturmuştu. Nişanlım Erik ne düşünecekti? Evlenmek üzere olduğu kadının ona hiçbir zaman bir çocuk veremeyeceğini nasıl anlatabilirdim?

Doktor kolumu sıktı, beni anılarımdan çekip aldı. "Zamanı geldi, Charlotte."

Beni ameliyathaneye götürürlerken Gabby el salladı. Tepemde parlak ışıklar vardı. İnsanlar maskeler takmış, önlükler giymişti.

Bir kadın doktor ağzıma bir maske taktı ve bana derin derin nefes almamı söyledi.

Uyandığımda, her şey bitmişti.

"Charlotte! Charlotte!"

Yavaş yavaş gözlerimi açtım. Neredeydim ben? Vücudum kaskatıydı. Başım ağrıyordu.

"Charlotte!"

Gray'i gördüğümde gözümün önündeki her şey normale döndü. Ada. Batan gemi. Kafamdaki kesik.

Gray yanımda diz çöktü. "Charlotte, iyi misin?"

Uyku sersemi bir sesle, "Sanırım," dedim. Tepemdeki ağaçtan sabah güneşi süzülürken gözlerimi kıstım.

"Geri dönmek bu kadar uzun sürdüğü için özür dilerim. Bu ada tam bir labirent."

"Sorun değil," dedim. Ayağa kalkmaya çalıştım. Bir metre öteden Maka miyavladı. Onun da fırtınayı atlatabildiğini görünce sevindim. Ayağa kalkınca karnımı tuttum. Dün çok su içmemiştim ama yine de tuvaletimi yapmam gerekiyordu.

Gray, "Kampa geri dönelim," dedi. "Kesiğini temizlememiz ve muhtemelen dikmemiz gerekiyor."

Başımı salladım. "Bir saniye. Ben bir gidip..." Karşıdaki çalılıkları gösterdim.

Gray sırıttı. "Tamam, seni yalnız bırakayım."

İleri doğru yürüdüm. Sonra çalılıkların arkasına çömeldim ve şortumu indirdim. O anda nefesim kesildi. Bikini altımda kan lekesi vardı.

13. Bölüm

Gray alnımdaki kesiğe baktı. "Üç dikiş gerekiyor, daha fazla değil," dedi.

İç geçirdim. "Öyle mi?"

Başını salladı. "Şaşırtıcı."

"Al bakalım," dedi ve bana bir şişe alkol uzattı. Şişeyi kaldırıp baktım. Viskiydi.

"Nereden buldun bunu?"

"Yaşlı Ed Gunther'ın valizinden, hatırladın mı?"

"Aaa doğru," dedim. Bir yudum aldım. Tadı benzin gibiydi. Ama Gray'in ilkyardım çantasına uzandığını görünce bir yudum daha aldım.

"Şimdi kıpırdama," dedi. Bir yudum daha aldım. Sonra şişeyi yanıma koydum. Gray iğneyi tenimden geçirirken önce bir sıcaklık, sonra acı hissettim.

"Ahh," diye bağırdım.

Yumuşak bir şekilde, "Özür dilerim," dedi. "İşim neredeyse bitti." Tekrar bağırdım. Sonra geri çekilip başını salladı. "Bitti."

Ağaca yaslandım. Hafif sersem ve biraz da çakırkeyif olmuştum.

"Dün gece neden gemide kalmadın?"

"Bir iskelet gördüm," dedim.

Gray feneri alıp doğruldu ve gemiye doğru yürüdü. "Hadi," dedi. "Bir gidip bakalım."

Bikinimde sıcak bir ıslaklık hissettim. Ben o ameliyatı olduktan sonra nasıl... regl olabilirdim?

Gray bekledi. "Ne oldu?"

"Iıı, ben..."

Bakışlarını kıstı.

"Sanırım regl oldum."

Buruk bir gülümsemeyle, "Ya," dedi. "Üzüldüm."

Kafamı salladım. "Anlamıyorsun. Ben regl olamam."

"Olmuşsun işte," dedi.

"Hayır. Fiziksel olarak imkânsız diyorum. Aylar önce histerektomi ameliyatı oldum."

"Ama bu hiç mantıklı değil."

İç geçirdim. "Biliyorum. O zaman neden regl olmuş olabilirim ki?"

Kafasını salladı. "Ameliyatı ne zaman olmuştun?"

"Geçtiğimiz martta."

"O zaman bunun iyileşme süreciyle bir alakası olamaz."

"Bana neler oluyor?" diye sordum. "Doktor olan sensin, bir fikrin vardır herhalde."

Ellerini havaya kaldırdı. Tam o sırada güzel mavi kelebeklerden bir tanesi geldi ve koluma kondu. "Aslında hiçbir fikrim yok. Tıpkı benim neden astım belirtileri göstermediğimi bilmediğim gibi. Hiç bilmiyorum. Burası tuhaf bir yer, Charlotte." Kafasını salladı. "Ama geminin içine bakarsak senin kullanabileceğin kumaş gibi bir şey bulabiliriz..."

Hemen, "Teşekkürler," dedim. "Olur."

Derin bir nefes aldım, doğruldum ve Gray'in peşinden gemiye doğru ilerledim. Dün geceki iskeleti, geminin yan tarafına yaslanmış bir halde görünce kalp atışlarım hızlandı. Ama sadece bir tane yoktu. İlerde başka iskeletler de vardı.

Gray feneri ileri doğru tutarak, "Orada başkaları da var," dedi.

Titredim. "Hadi buradan çıkalım," dedim.

Gray, "Daha değil," dedi. "Kullanabileceğimiz bir şey var mı diye bakalım."

"Sen bak," dedim. "Ben dışarıda bekleyeceğim."

Başını salladı. Tekrar açık havaya çıktım. Dakikalar sonra Gray elinde bir ip, birkaç alet, bir yığın battaniye ve içinde kim bilir neler olan bir sırt çantasıyla döndü. Elindekileri bıraktı ve bir tur daha gitti. Bu sefer küçük bir sandık, bir çekiç ve paslanmış bir baltayla döndü.

"Charlotte, içeri girip görmen gereken bir şey var," dedi.

Suratımı buruşturdum. "Neymiş o?"

Kafasını salladı. "Gel de gör, lütfen."

Gemiye doğru yürüdük ve cılız bir merdivenden alt kata indik. Burada, bir tarafta ranzalar, iskeletler ve konteynırlar vardı.

Gray ileriyi gösterdi. "Orada, arka tarafta."

Birkaç adım daha yürüdük. Sonra sahne ortaya çıktı. Direğe bağlanmış bir iskelet.

Nefesim kesildi. "Sence mahkûm muydu?"

"Bu her kimse, bir şey için cezalandırılıyormuş."

Kollarımdaki tüyler diken diken oldu. "Hadi buradan çıkalım," dedim.

Gray başını salladı. Sonra durdu ve yerden bir şey aldı. "Bir çakı," dedi ve iskelete döndü.

İskeleti tutan ipleri keserken onu izledim. Kemikler yere, en sonunda huzura ereceği yere düştü. Bu yabancı kişinin direkte acı çektiğini, ayakları ve elleri iplerle bağlı halde durduğunu hayal edince çok üzüldüm.

Battaniyenin bir kısmını yırttım ve sıkı sıkı bastırdım. Ağacın altına geçtim ve bu parçayı bikinimin içine koydum.

Gray'le birlikte sessizce kampa yürüdük. En sonunda kampa vardığımızda ateşi yaktım. Gray yarım saat sonra taze istiridye getirdi. Bunları dün topladığımız makademya fındıklarıyla kızarttık. Fındıklar altın sarısına döndüğünde kayaların üstüne soğumaya bıraktık.

Gray bir tanesini ısırınca, "Vay," dedi. "Bunlar gerçekten harika olmuş."

Ben de denedim ve başımı salladım. "Mükemmel. Düşünsene, Maka olmasaydı bunları asla bulamayacaktık." Beslemeye yeni başladığımız kedimiz yanımda mırıldanıyordu. Ensesini okşadım.

Fındık, istiridye ve mangoyla doyduktan sonra barakamıza gittik. Çim ve yaprakları toplayıp bir araya getirerek yaptığımız yastıklara uzandık. Kolumu kaldırdım ve kafamı koluma dayadım. Gray'e döndüm. Düşünceli bir halde ileri bakıyordu.

"Gemi enkazı... çok bambaşka bir şeydi," dedim.

"Öyleydi."

"Çok iyi bir şey yaptın."

"Nasıl yani?"

"İskeleti o şekilde serbest bırakman."

Düşünceli bir şekilde başını salladı. "Hiç kimse o şekilde ölmemeli." Bakışları uzun süre dalıp gitti.

"Sence ne olmuş?"

Omuz silkti. "Bilmiyorum. Belki de bir korsan gemisiydi."

Kafamı salladım. "Ama yerde gördüğümüz haritalar donanmadandı. Neden birini o şekilde mahkûm etsinler ki? Hiç mantıklı gelmiyor."

Gray, "Belki hepsi iskorbütten kafayı yemiştir," dedi.

Birden kendi kaderimizden endişe duyarak, "Mangolarda C vitamini var mı?" diye sordum.

Gray, "Evet," diye cevap verdi.

İç geçirerek, "Tamam," dedim.

Uzun bir süre sessiz kaldık. Sonra Gray'e döndüm. "Bana ne zaman anlatacaksın?"

Onun uykusunda sürekli karısının ismini sayıkladığını duyuyordum. "Celeste."

Aniden kalktı, bakışlarını uzun bir an benimkilere kilitledi ve sonra gitti.

Güneş battı. Gray hâlâ dönmemişti. Endişelenmeye başladım ama kendime onun iyi olduğunu, muhtemelen kumsalda yürüyüş yaptığını söyleyip durdum. Yakında dönecekti. Üstümdeki peştemal tarzı kıyafeti düzelttim. Bunu, Louise'in büyük tişörtünü yırtarak ve omuzlarıma gevşekçe bağlayarak yapmıştım. Sonunda bikinimden ve o berbat kot şorttan kurtulmak iyi gelmişti.

Biraz daha kızarmış fındık yedim ve barakaya gittim. Gemiden aldığımız battaniyeleri güveler yemişti, ayrıca küflüydü. Ama yine de bunları bulmamıza şükrediyordum. Dışarıda rüzgâr hızlanınca battaniyelerden birini göğsüme çektim ve altına kıvrıldım.

Gray neredeydi? O yanımda olmadan, çok az tanıdığım bu adam yanımda olmadan kendimi çok yalnız hissediyordum, ayrıca biraz da korkuyordum. Ona bugün *Celeste*'i sorarak fazla mı ileri gitmiştim? Bir dakika sonra dışarıda ayak sesleri duydum. Doğruldum.

Gray, barakaya kafasını uzatarak, "Selam," dedi.

Ayışığında yüzünü gördüğüme sevinerek, "Sonunda geldin," dedim.

"Öyle birden kalkıp gittiğim için özür dilerim," dedi. "Biraz zamana ihtiyacım vardı."

Koluna hafifçe dokunarak, "Anlıyorum," dedim. Barakaya gelip yanıma uzandı. "Ondan bahsetmemem gerekirdi."

"Sanırım sen de haberleri duymuşsun, herkes gibi," dedi. "Ben de görmediğini umuyordum. Bana normal biriymişim gibi bakabileceğini umuyordum..."

"Neyden bahsediyorsun?"

Kafasını salladı. "Yani sen?.."

"Gray, sana Celeste'i sordum çünkü uykunda adını sayıklayıp duruyordun. Düşündüm ki o senin..."

"Karım, evet."

Başımı salladım.

"Dört sene önce öldü. Buna çok benzeyen bir adada."

Neredeyse fısıltıyla, "İstemiyorsan bundan bahsetmek zorunda değilsin," dedim.

Kafasını salladı. "Sana bu hikâyeyi anlatmak istiyorum."

7 Temmuz 2000

"Gray, tatlım, bana bir kadeh şampanya doldurabilir misin?" diye sordu. Kirpiklerini, ne isterse elde edebileceğini gösteren bir tavırla kırpıştırdı.

Kocası gülümseyip başını salladı. Kadının boş kadehini bara götürdü. Adam, sessiz bir adamdı. Doktordu. Sade bir yakışıklılığı vardı, hiç gösterişli değildi. Celeste'in tasarım çantalara duyduğu aşkı hiçbir zaman anlayamamıştı. Ama yine de her yeni yılda, mayısın on dördünde, doğum gününde ona yeni bir çanta alıyordu.

Barmen, "Hanımefendi için bir kadeh daha şampanya mı?" diye sordu.

Gray başını salladı. Sonra dönüp masanın uzak köşesinde kız kardeşi, onun müstakbel kocası ve bir grup insanla birlikte oturan karısına baktı. Bu insanların hepsi yarınki düğünün konuklarıydı. Bütün gözler her zamanki gibi Celeste'teydi. İlgiyi üstünde tutuyordu ve bu da şaşırtıcı değildi. Celeste her zaman ilgiyi üstünde tutardı. Gray onun kız kardeşi Claudine için üzülüyordu. Evet, ablasının çekiciliği onda yoktu. Burnu fazla büyüktü, ağzı biraz fazla küçüktü. Ama bu onun düğün yemeğiydi. Celeste bunu gölgelememeliydi.

Gray masaya döndü. Karısı eline hafifçe dokundu. Büyük bir yudum aldıktan sonra, "Teşekkürler, canım," dedi ve sağdıca döndü. Sağdıç, New York City'den genç bir avukattı. Celeste kendini sohbete kaptırmıştı. Garson gelince Celeste hemen bardağının doldurulması için işaret verdi. Gray ve Claudine bakıştılar.

Gray, boğazını temizleyerek, "Celeste," dedi. "Bizim artık yatmamız gerekmiyor mu?"

"Tatlım," dedi. "Ben senin hastane saatlerine göre yaşamıyorum biliyorsun." Sağdıca döndü. "Kocam sabah saat altıda kalkar da, hastanede çalışmasa bile."

Sağdıç başını salladı. "Ben öğlene kadar kendime gelemiyorum."

Celeste, "Ben de," dedi.

Gray omuz silkti ve Claudine'e, elimden geleni yaptım, bakışı attı.

Sonra, "Tamam madem," dedi. Ayağa kalktı, eğilip karısını yanağından öptü. "Ben odaya geçiyorum."

Celeste, kirpiklerini kırpıştırarak, "Beni bekleme, sen uyu, tatlım," dedi.

Gray kumsalda yürüdü. Yarın törenin yapılacağı çayırdan, havuzun ve barın yanından geçerek kumsaldaki eve vardı. Karısının dört valizi yerdeydi. Valizlerin üstünden atladı ve kendi küçük çantasına ulaştı. İçinden bir tişört çıkardı. Sonra Denver'daki annesi için bir video çekti. Annesi görse burayı çok severdi. Kısa bir süre telefonda konuştular, sonra veda edip kapattılar. Gray çantasının yan gözündeki ilaç şişesini aldı. Ağzına bir hap attı ve komodinin üstündeki sudan bir yudum aldı. Sonra çarşafı bacaklarına doğru çekti. Cennet hiç bu kadar yalnız hissettirmemişti.

Gray kapıdaki gürültüyle gözlerini açtı. Uyku sersemiydi, kafası karışmıştı. Rüya mı görüyordu? Oda netleşince Celeste'in yanında yatmadığını gördü. Kötü bir rüya, bir kâbus görmüş gibiydi. Ellerinde kan vardı. Çığlıklar. Karısının yüzü, acı içinde yalvarıyordu. Yatakta doğruldu. Bakışları irileşmişti, kalbi gümbür gümbür atıyordu.

Yataktan kalkıp yerde pantolonunu ararken, "Kim o?" diye sordu. Fermuarını çekip kapıyı açtı. Gelen Claudine'di. Çıldırmış gibiydi. Yanaklarında, maskaranın bıraktığı gözyaşı izleri vardı.

"Celeste öldü," diye feryat etti.

"Gray, ne söyleyeceğimi bilemiyorum."

"O öldürüldü," dedi.

"Kim öldürdü?"

"Bilmiyoruz," dedi. "Ama şüphelerim var."

"Ben... Ne diyeceğimi bilemiyorum."

İç geçirdi. "Bir şey söylemek zorunda değilsin."

Uzun bir sessizlik oldu. Sonra ona döndüm.

"Birlikte mutlu muydunuz?"

"Uzun süre mutluyduk."

"Nasıl yani?"

"İlk tanıştığımızda farklı biriydi," dedi. "Materyalist ve bıkkın bir kadın değildi. Sonra bu hale geldi. O zamanlar, Louis Vuitton kelime dağarcığında yoktu. Iowalı, basit, tatlı bir kızdı. Celeste Littleton." Gülümsedi.

"Değişti yani? Neden?"

"Sanırım benim hatamdı. Çok çalışıyordum. Sabah altıda evden çıkıyordum ve bazen geceyarılarına kadar gelmiyordum. Ona ayıracak zamanım pek yoktu."

"O da değişti."

Başını salladı.

"Başladığımız yere dönmeye çalıştım. Ama onca yıldan sonra... artık çok geçti."

"Çok üzüldüm," dedim.

Gray bakışlarını kaçırdı.

Biraz durduktan sonra, "Gray," dedim. "Neden o gemideydin?"

"Balayımızda da bu tura çıkmıştık. Nasıl bir his olduğunu hatırlamak istedim. Mutlu zamanların..."

Başımla onayladım.

"Neyse," dedi. "Alnın nasıl?" Parmaklarını tenimde hissettim ve bedenim Erik'ten bu yana hissetmediğim bir enerjiyle doldu. Dokunulmayı özlemiştim. Sevilmeyi özlemiştim.

"Daha iyi," dedim. Eli alnımdan başıma doğru ilerlerken kıpırdamadım. Saçlarımı nazikçe okşarken gözlerimi kapattım. Karısını kaybedince yaşadığı acıyı, üzüntüyü düşündüm. İkimiz de yan tarafımıza dönerek yatmıştık, birbirimize bakıyorduk. İçgüdüsel olarak elimi yanağına götürdüm. Onun eli de başımdan boynuma kaydı. Göğsümdeki kemiklere parmaklarıyla dokundu. Başımdan ayak parmaklarıma kadar güçlü bir elektriğin beni sardığını hissettim.

Beni kendine çekti. Vücudunun, karşımda duruşunun tadını çıkararak pes ettim. Onu her şeyiyle hissedebiliyordum. Dudakları benimkilerle buluşunca geri çekilmedim.

Geçmişimiz acı vericiydi. Geleceğimiz belirsizdi. Kesin olan tek şey şuydu: Şimdi birbirimize ihtiyacımız vardı.

Ertesi sabah gözlerimi açarken Gray'in dudaklarını yanağımda hissettim.

Gülümseyerek, "Selam," dedi.

"Selam," dedim. Bir kuş ciyakladı. Dün gece olanlar kafamda netleşti. Gray'in kolları, beni sarışı, öpüşü, çığlık atışım. Bacaklarımda kan vardı. Reglimi fark ettiyse de bir şey demedi.

Erik'i, kocamı düşünerek aniden doğruldum.

Gray de doğruldu. "İyi misin?"

"İyiyim," dedim. "İyiyim." Doğruldum ve çıplak vücudumu bir tişört ve eski kot şortumla kapattım. Sonra giyinmek için dışarı çıktım. "Ben kahvaltıyı hazırlayayım."

Gray yanıma ateşin başına geldi. "Sana bir sürprizim var." Arkasında bir şey saklıyordu.

"Neymiş?"

Küçük bir balık çıkardı. Solungaçlarından kan damlıyordu. "Yavru bir hani balığı," dedi. "En azından ben öyle olduğunu düşünüyorum."

Başımı salladım.

"Az önce çakıyla yakaladım."

Sıradan bir sesle, "Vay," dedim. "Teşekkürler."

Gray, "Sevinmedin mi?" diye sordu. Yanıma otururken üzgün üzgün bakıyordu.

"Hayır," dedim. "Yani evet, tabii ki sevindim. Sadece... Dinle, dün gece olanlar... Bir daha olamaz. Ben evliyim..."

Gray sert bir tonla, "Bir daha olmayacak," dedi. Sanki hastanede bir hemşireyle konuşuyor gibiydi.

Balığı çakıdan çıkardı, ateşin yanındaki kayaya koydu ve kumsalda yürümeye başladı.

Gray öğleden sonra dört balık daha getirdi. İki tanesini ateşte pişirdik ve sessizce yedik. Diğer ikisini taşların üstünde kurutmayı önerdim. Gray de onay verdi. Ev yapımı kuru balık. Ben barakamızı kumsaldan topladığım çalı çırpıyla desteklerden o da balıkları temizledi. Aramızdaki sessizlik büyüyordu. Ne kadar denersem deneyeyim dün geceyi aklımdan çıkaramıyordum. Yasak ama bir o kadar güzeldi. Çakıyı balıkların üstünde dolaştırırken kol kaslarına bakmadan edemiyordum. Kafasını kaldırıp bana baktı. Bakışlarımız buluştuğunda yanaklarımın kızardığını hissettim. Hemen kafamı çevirdim.

14. Bölüm

Gray barakaya gelmeden uyuyakalmıştım. Ertesi sabah uyandığımda yanımda yatıyordu. Dışarıda kuşlar cıvıldar, dalgalar kıyıya vururken göğsünün yükselip inişini izledim. Hafifçe kıpırdandı. Yüzünün değişmesini, gerilişini seyrettim. Evdeki hayatı nasıldı merak ettim. Beraberinde taşıdığı acıyı, üzüntüyü merak ettim. Bunu, onunla gemide tanıştığım ilk gece gözlerinde görmüştüm. Adada geçen her günümüzde bu acı onunlaydı. Ama önceki gece... Bunlar bir an için kayıp gitmişti.

Gözlerimi sımsıkı kapattım ve tekrar açtım. Sanki hatırlamayı ve tekrar tekrar hissetmeyi çaresizce istediğim anıları, hisleri unutmak ister gibiydim. Gray kıpırdandı.

Gözlerini açtı, bir an için bakışları bana odaklandı. "Günaydın," dedim.

Esneyerek, "Günaydın," dedi. Doğruldu. "Düşünüyorum da," dedi. "Kahvaltıdan sonra gemiye gidip başka bir şey bulabilecek miyiz diye bakalım. Yağmur mevsimi gelmeden yeni bir baraka yapmaya başlamak istiyorum."

"Tamam," dedim. Ayağa kalktı ve kumsalda "lavabo" dediğimiz noktaya doğru yürümeye başladı. Ben de gerindim ve ateşi yenilemek için dışarı çıktım. Gray döndüğünde istiridye ve mangoları yedik. "Kuru" balık da güzel gidiyordu. Bir hafta içinde güzel bir akşam yemeğimiz olacaktı. Kuşların bunları çalmasını engelleyebilirsek tabii. Gray her balık parçasını ateşin üstünde biraz tütsülemeyi önermişti.

İstiridyeyi açarken, "Düşündüm de," dedim. İstiridyenin etini batıracağım limonlu tereyağlı bir sosun hasretini çekiyordum.

Gray, ellerinde sulu bir mangoyla kafasını kaldırarak, "Eee?" dedi.

"Kedi, gemi, valizli kaçak..." dedim. Durdum ve düşüncelerimi toparladım. "Belki hepsinin ortak bir noktası vardır."

Gray'in bakışları kısıldı. "Ne gibi?"

"Hepsi, her canlı bir şeyden kaçıyor veya kaçıyormuş. Ve buraya bu şekilde gelmişler."

Gray omuz silkti. "Bilmiyorum. Biraz abartı gibi geldi. Ayrıca bu söylediğin senin de bir şeyden kaçtığın anlamına gelir."

Gray'in dertli hayatını ve kendi hayatımı düşünerek, "Bu doğru değil," dedim. Ameliyatımı, Erik'ten sakladığım büyük sırrı düşündüm. Sırlar. Evet, sırlarımız vardı. Belki bu adanın sakinlerinin de sırları vardı. Belki de bu ada, büyük, önemli sırları olanlar için bir cennetti. Belki onları bir mıknatıs gibi çekiyordu. Belki de bu yüzden buraya düşmüştük.

Gray ayağa kalkarak, "Dinle," dedi. "Bu ada hakkında, kedi hakkında her şeyi söyleyebilirsin ama sakın benim bir şeyden kaçtığımı ima etmeye kalkma. Benim saklayacak bir şeyim yok." Yarısını yediği mangoyu çalıların arasına attı ve çakıyı aldı. Boynumdan sırtıma kadar soğuk bir ürperti hissettim.

"Hadi, kalk gidelim," diye çıkıştı. "Şanslıysak güneş batmadan dönmüş oluruz."

Gemiye yürürken çok az konuştuk. Gray düşünceli görünüyordu. Ben de öyleydim. Birden her şey anlamını yitirmişti. Kendimi her zamankinden daha yitik hissediyordum. Geleceğime, hayatta kalışıma dair duyduğum endişe beni esir almıştı. Maka'nın arkamızda mırıldandığını duyunca eğildim ve onu okşadım. Yanımda olduğu için mutluydum. Mola verdik, istiridye ve kurutulmuş mango yiyip yola devam ettik.

Mavi bir kelebek yanımdaki bir dala kondu, sonra bize yol gösterir gibi devam etti. Bir dakika sonra eski gemi göründü.

Gray, gemiye bakmak için durarak, "Bu gerçekten önemli bir şey," dedi. Sudan bir yudum alıp bana uzattı. Kısa bir süre önce alnıma dikiş attığını düşünerek yüzümü buruşturdum ve şimdi daha iyi olduğum için, alnım düşündüğümden daha çabuk iyileştiği için halime şükrettim.

Gray, "Kıyıya bu şekilde vurması için dev bir dalga gerek," dedi. "Daha önce hiç görülmemiş bir fırtına gerek."

Başımı salladım. Geminin arka tarafına doğru yürüdüm ama yakınlarda ayak sesi duyunca olduğum yerde donup kaldım.

Yarı fısıltı yarı çığlıkla, "Gray!" dedim.

Hemen koşup geldi. "Her şey yolunda mı?"

"Bir şey duydum," dedim. "Ayak sesleri gibiydi."

"Muhtemelen Maka'dır," dedi. Yanımda mırıldanan tüylü arkadaşımızı gösterdi.

"Hayır," diye karşı çıktım. "Maka değildi. O hep benim yanımdaydı."

"Belki başka bir hayvandır. Karşılaşmadığımız hayvanlar vardır mutlaka. Yaban domuzu bile olabilir."

Başımı salladım ve temkinli bir şekilde çevreme bakındım. Sonra ona yaklaştım. "Sence adada yaşayan başkaları var mıdır?"

Gray omuz silkti. "Sanmıyorum. Adayı defalarca turladık. Şimdiye kadar fark ederdik."

Başımı salladım. Gemide iz bulabilmek için dikkatimi verdim. Geminin boyası, aşınmış ve soyulmuştu. Dış kısım kötü hasar görmüştü ama yan tarafındaki bir palmiye yaprağını çekince siyah harfler gördüm. En azından eskiden siyah harf olan şeyler.

"Bak," dedim. "Sanırım bu geminin adı."

"U.S.S," dedi. Geri kalan harfleri okumak için gözlerini kıstı. "Cy..."

"Cyclo..." Durdum. "Cyclone?"

Gray kafasını salladı. "Aman Tanrım."

"Ne oldu?"

"Charlotte, sanırım adı U.S.S. Cyclops."

Kafamı salladım. Bu ismin neden önemli olduğunu bilmiyordum.

"Bunun hakkında bir belgesel izlemiştim," dedi. "Cyclops sanırım 1920'de kayboldu. En azından o civarlarda. Gemide yüzlerce adam vardı. En son radyo sinyali Bermuda Şeytan Üçgeni civarında alınmış. Bu olay, Amerikan Donanması'nın çözülmemiş en büyük gizemlerinden biridir. Bugün bile."

Ürperdim. "Bu gerçek olamaz."

"Gerçek," dedi.

Elini harflerin üzerinde gezdirdi. Sonra olanlara inanamıyormuş gibi kafasını salladı.

"Bunca zaman," dedim. "Kimse bulamamış."

Gray, "Bana güven," dedi. "Aramadıklarından değil. Devlet 1970'lerin sonunda Cyclops dosyasını yeniden açtı. Ona ne olduğunu anlayabilmek için milyonlarca dolar para döktüler."

Kafamı salladım. "Bunun ne anlama geldiğini biliyorsun, değil mi?"

Basitçe başını salladı.

Gözlerim yaşlarla doldu. "Koca bir donanma bu gemiyi bulamamışsa *bizi* hiçbir zaman bulamazlar."

Hafifçe omzuma dokundu. "Ağlama, Charlotte."

"Neden ağlamayayım?" dedim. Sesim titriyordu. "Şimdi umut edecek, yaşayacak neyimiz var?"

Eli omzumdan koluma, oradan parmaklarıma doğru ilerledi. Parmaklarını benimkilere doladı. "Bugünümüz var," dedi. "Şanslıysak yarınımız da, öbür günümüz de. Hayatımız var. Burası evimiz olmasa da, kim bilir nerede ıssız bir adada olsak da, bir adamız var."

Kafamı kaldırıp baktım. "Keşke senin iyimserliğin bende de olsa."

"Bu iyimserlik değil, gerçek. Ya bunun bizi mahvetmesine izin vereceğiz ya da bunu kabulleneceğiz." Diğer elimi de tuttu. "Buradayız, şimdilik bir yere gitmiyoruz. En iyi şekilde değerlendirelim."

Kafamı salladım, sonra bakışlarımı kaçırdım. Çenemden tutarak yüzümü tekrar kendine çevirdi. "Deneyeceğine söz ver."

"Söz veriyorum," dedim.

"Güzel. Şimdi gidip gemiden neler alabileceğimize bakalım."

Saatler boyu geminin eşyalarını araştırdık. Depodaki sandıklar, içinde kim bilir neler olan konservelerle doluydu. Uzun kereste yığınları. Yuvarlanmış ve kalın iplerle birbirine bağlanmış tenteler. Eski bir kilitle mühürlenmiş bir sandık. Gray kilidi kolayca açtı. Yanına diz çöktüm.

İçindekileri görünce gözlerim irileşti. Yüzlerce demet mektup iple bağlanmıştı. Bunlar, Bayan Ida Freeland ve Bay Max Morgan arasında aylarca, belki yıllarca süren mektuplaşmayı gösteriyordu. Bu adam geminin kaptanı mıydı yoksa mürettebattan biri miydi? İspanyol genç, güzel bir kadının suyla lekelenmiş bir fotoğrafı ve diğer resmi belgeler daktiloda yazılmış zarflara konmuştu.

Gray, sandığı kapatarak, "Buradan bize bir şey çıkmaz," dedi.

"Bir dakika," dedim. "En azından mektupları alalım."

Tuhaf bir şekilde gülümsedi. "Neden?"

Omuz silkerek, "Kim bilir," dedim. "İlginç olabilir."

Mektupları alırken parmaklarım onların altındaki başka bir şeye değdi. Deri bir kitap. Ama roman filan değildi. İçinde sayfalar, güzel akıcı bir elyazısıyla doluydu. O kadar iç içe ve soluktu ki. Sözcükleri anlamakta zorlandım.

"Gray," diyerek onu tekrar çağırdım. "Sanırım birinin günlüğünü buldum."

Omzumun üstünden baktı. 7 Mart 1918 tarihli ilk sayfayı açtım:

Sanırım bu, yazmaya başlamak için çok güzel bir gün. Fırtına, daha çok fırtına. Son günlüğüm Rio'da kayboldu. Aslında daha ziyade çalındı. Son beş yıl boyunca yaptığım hayvan ve bitki gözlemlerimin kaybolmuş, muhtemelen de denize atılmış olması bir utanç. Sanırım bunu Queensli kaypak subay yaptı, belki de daha üst düzey birisi. Binbaşı Ames beni hiç sevmedi. Bu görevde, daha gemiye ilk adım attığımız andan beri uğursuzluk var. Lanet yoksa tabii. İlki yemekhanedeki elektrik kesintisi. Mum ışığında yemek yemek zorunda kalmıştık. Sonra ambarı fareler bastı. Şimdi de... Kâğıda bile dökmeye korktuğum bir keşfim. Dün gece güvertede hava almaya çıktığımda bir kadının çığlıklarını duydum. Önce hayal görüyorum sandım. Sonuçta en son Rio'da, yani aylar önce kadın görmüştük. Ama çığlığı kafamdan bir türlü atamadım. Bu yüzden ranza arkadaşım uyuyunca en üst güverteye çıktım. Kaptan kamarasının kapısı içeriyi görebileceğim kadar açıktı. Orada, lambanın ışığında bir kız, daha doğrusu genç bir kadın gördüm. İspanyol'du galiba ve on yedi yaşından büyük olamazdı. Üstü başı yırtıktı ve bir sandalyeye bağlanmıştı. Ağzı tıkalıydı."

Durdum ve kafamı kaldırıp Gray'e baktım. "Buna inanabiliyor musun?"

"Tüyler ürpertici," dedi.

Devam etmeye çalıştım ama sayfa sudan hasar görmüştü. Çamur sayfanın geri kalanını kaplıyordu. Daha net olan bir kısma geldim. Yüksek sesle okumaya devam ettim.

Bir gram bile İspanyolca konuşamam ama bir şekilde onunla iletişim kuruyorum. Bana güveniyor. Adı Estella. Mümkün olduğunda ona yemekhaneden artık yemeklerden götürüyorum. Şimdi neden gemimizde tutsak olarak tutulduğunu anlamaya geldi sıra... Tabii bunu yaparken öldürülmeden.

Kaptan aklını kaybediyor olabilir. Geçen gece, mürettebattan biri onu pantolonsuz, kafasında bir şapka ve bir bastonla görmüş. Bu hepimiz için bir stres kaynağı. Geçen gece Estella'yı kontrol etmeye gittiğimde kaptanı Ames'le "hazine" hakkında konuşurken duydum. Saatlerce harita inceliyor. "Yakında olması lazım," dedi. "Onlar daha anlamadan girip çıkabiliriz. Kız yerini biliyor ama işbirliğine yanaşmıyor." Ames başını salladı ve, "O zaman kızın işini bitirecek miyiz?" diye sordu. Neyseki kaptan, "Hayır," dedi. "Bize faydası dokunabilir."

Kafamı kaldırdım ve kaşlarımı çattım.

Gray bana yaklaşarak, "Neden durdun?" dedi.

Defterin geri kalan sayfalarına baktım, sonra kapattım. "Hepsi bu kadar. Gerisi boş."

Gray kaşlarını kaldırdı. "Sence ona ne oldu?"

Kafamı salladım. "Belki de kaptan casusluk yaptığını öğrendi ve onu öldürdü."

"Olabilir."

Kadının fotoğrafını elime aldım. Bakışları esrarlıydı. Kederli ve yitikti. "Sence bu o mu?" Fotoğrafı Gray'e gösterdim. "Estella."

"Olabilir," dedim. "Bütün bunlar çok ürkütücü."

Ona bilmiş bilmiş baktım. "Gördün mü?" dedim.

"Neyi?"

"Bu adaya düşen herkesin bir geçmişi var."

Gray kafasını salladı. "Ben katılmıyorum."

"Ben katılıyorum." Derin bir nefes aldım. "Sebebini de söylüyorum."

Gözleri irileşti.

"Sana bir şey söylemem lazım," dedim. "Benimle ilgili bir şey."

Gray bana temkinli bir şekilde baktı.

"Ben kocamdan önemli bir gerçeği saklıyordum."

"Nasıl yani?"

Bir an gözlerimi kapattım. Erik'in yakışıklı ve ciddi yüzünü görebiliyordum. Kollarını bana doğru uzatmıştı. Gözlerimi daha da sıktım. Bu ana odaklandım. Gerçek hayatımdan kalma bir kare gibi. Ama sonra Gray'in elini koluma koyduğunu hissettim.

"Ben çocuk sahibi olamıyorum," dedim.

Sanki anlamıyormuş gibi başını salladı.

"Histerektomi ameliyatımdan bahsetmiştim. Benim bir rahatsızlığım vardı. Rahmimi, yumurtalıklarımı ur ve kistler sarmıştı. Doktorların yapabileceği bir şey yoktu." Yanağıma dökülen bir damla yaşı sildim. "Ben çocuk sahibi olamıyorum."

Elimi tuttu.

"Erik bunu bilmiyor. Ona söylemedim."

"Korktun. Bu anlaşılabilir bir şey."

"Ama ona söylemem gerekirdi. Özellikle de düğünden önce. Tek isteği çocuk yapmak. Çok iyi bir baba olur ondan. Bunu ona anlatmamak bir ihanet. En kötü ihanet."

Gray'in bakışları benimkilerdeydi. "Ama kısa bir süre önce..."

"Evet, regl oldum. Ama neden? Normalde olamıyorum."

Gray'in bakışları bir an uzaklaştı, sonra tekrar bana döndü. "Başka bir şey daha var."

"Ne?"

"Ben buraya gelmeden önce..." Yutkundu. "Benim de bir... rahatsızlığım vardı."

"Nasıl yani?"

"Sağ kolumda şiddetli tendinit," dedi. "Çok önemli bir şey değil. Ama ameliyatlara giren bir doktorsan ve elin olması gerektiği gibi işlev görmüyorsa önemli bir şey." Elini açtı, sonra kapatarak yumruk yaptı. "Acısı geçti. Tamamen geçti."

"Astımın..."

Gray başını sallayarak, "Bence burada bir şey var," dedi. "Bizim anlayamayacağımız bir şey."

Kollarımdaki tüylerim diken diken oldu. Gray'in hikâyesinde başka şeyler de var mıydı? Kolundaki bu rahatsızlık söylediğinden daha ciddi miydi?

İç geçirdim. "Keşke Erik'e söyleseydim."

Elime uzandı. Tutmasına izin verdim.

"Bırak artık."

Kafamı salladım. "Nasıl yani?"

"Çok basit, bırak artık diyorum."

Başımı salladım.

"Bak buradayız," dedi. "Hayatta kalmaya çalışıyoruz. Bir sonraki günü görmek için mücadele veriyoruz. Bence artık kendini affetmen gerek." Durdu. "Ben seni affederdim."

Elini sıktım. "Affeder miydin?"

Başını salladı. "Ederdim."

Yüz ifadesinde çok narin, affedici, rahatlatıcı bir şey vardı. Bu ona yakın olmayı istememe sebep oluyordu. Ellerimiz birleşti. Vücutlarımız sanki bir arada olmak için yaratılan bir bütünün iki parçası gibi birbirine yakınlaştı. Bizi birbirimize çeken bu şeyi durdurmak, kalplerimizdeki bu hisleri inkâr etmek mümkün değildi.

Gray, "Seni bir süredir seviyorum," dedi. Bakışları benimkilere takılmıştı.

Yanağıma bir damla yaş düştü. Soluğum kesilmiş gibi hissettim. Bir an için konuşamadım ama en sonunda sözcükler dudaklarımdan döküldü. "Biliyorum," dedim. *Bu ne zaman olmuştu? İki yabancı nasıl birbirine âşık olabiliyordu?* İkimizin geçmişi de karmaşıktı ama adada her şey basitti. Aşk basitti.

"Biliyor musun," dedim, gülümsedim, "soyadını bile bilmiyorum."

"Lawton. Seninki?"

"Fairchild," dedim. "En azından önceden öyleydi..."

Parmaklarıyla dudaklarıma dokundu, sonra beni öptü. Önce yavaşça ama sonra daha yoğun, daha büyük bir açlıkla. İkimiz de bunun aşk olduğunu, hatta belki aşktan daha büyük bir şey olduğunu biliyorduk.

15. Bölüm

24 Nisan 2007

Palm Springs

Gabby, "Annem, durup randevu *milkshake*'lerinden *içmeniz gerek* diyor," dedi. Sağ kolunu kiralık, üstü açık gri Mustang'imizin penceresinden dışarı sarkıtmıştı. Elini, hayali bir dalgada sörf yapıyormuş gibi sıcak havada bir aşağı bir yukarı hareket ettiriyordu.

"Randevu *milkshake*'leri mi?" diye sordum. Dikkatimi tekrar yola verdim. Ellerim direksiyonu sıkı sıkı kavramıştı. Gabby'yle ben iki yakın arkadaş olarak birbirimizden çok farklıydık. Ama farklılıklarımız birbirimize duyduğumuz sevginin önüne geçmeyi hiçbir zaman başaramamıştı. Tıpkı şimdiki gibi. Üstü açık bir arabada Coachella Müzik Festivali için Palm Springs'e gidiyorduk. Paul'den ayrıldıktan sonra bir seyahate çıkmaya karar vermişti. Müzik, uzun yollar, yıldızların altında soğuk kokteyller içmek. Palm Springs Ayrılık İlacı.

"Evet," dedi. "Eski bir Palm Springs âdetiymiş. Annem ve ailesi her Noel buraya gelirlermiş ve bunu yaparlarmış."

Yirmi dakika sonra randevu *milkshake*'leri yazan bir tabelanın yanında durduk ve 1964 yılından bu yana hiç değişmemiş gibi görünen bir restorana girdik.

Gabby, sırtı askılı bohem yazlık elbisesi ve kahverengi sandaletleriyle şık görünüyordu. Dışarıda bir masa ve iki sandalye bulup oturduk ve *milkshake*'lerimizi yudumladık. Tatlı, kremalı ve inanılmazdılar. Gabby, iç geçirerek, "Ben asla seninki gibi bir şeye sahip olamayacağım," dedi.

"Nasıl yani?" dedim.

"Sen... Erik var ya işte."

"Sus," dedim. "Tabii ki senin de olacak."

"Senin için mutlu olmadığımdan değil. Mutluyum, gerçekten Char, önümüzdeki yaz evleneceksin diye daha heyecanlı olamazdım. Ama işte..."

"Acı çekerken neşeli olmak zor," dedim. "Bunu anlıyorum, özüre gerek yok." Paul üç senelik ilişkilerini mesajla bitireli iki ay oluyordu ve Gabby hâlâ kendine gelememişti.

Başını salladı. Yolun ötesinde bulunan arazideki kaktüslere baktı. "Her yerde mutlu çiftler görüyorum. Böyle bir şeye ben de sahip olacak mıyım diye merak ediyorum."

"Olacaksın," dedim. "Söz veriyorum."

"Ama ya olmazsam ve en sonunda Arizona'da on dört kedisi ve taş koleksiyonuyla yaşayan tuhaf yaşlı bir teyzeye dönüşürsem?"

Milkshake'ten bir yudum alırken bunları duyup gülünce neredeyse boğulacaktım. "Taş koleksiyonu mu?"

Gabby, "Bundan gerçekten korkuyorum, Char," dedi. Geçici bir gülümsemeden sonra tekrar kaşlarını çattı. Bana yaklaştı. "Erik'in... o kişi olduğunu nerden anladın? Çünkü ben Paul'ün öyle olduğunu düşünüyordum ama belli ki yanılmışım."

"Aslında yıldırım aşkı değildi. Daha çok bir seçimdi."

"Seçim mi?"

"Evet," diye devam ettim. "Bu, kulağa pek romantik gelmeyecek biliyorum. Beni yanlış anlama Erik'i çok seviyorum ve bana uygun olduğunu düşünüyorum ama sanırım söylemek istediğim şey şu, her şeyi göz önüne alırsak bir ömürde insanın kalbini tekleten binlerce insan oluyordur belki. Ama sadece bir hayatımız var ve en sonunda her şey bir seçime indirgeniyor. Hayat yolunda birlikte yürümek istediğin, ortak olacağın birini seçmeye dönüşüyor. Erik beni seçti, ben de onu seçtim."

Gabby, "Ama sence daha fazlası da yok mu?" dedi.

"Kader, ruh eşi filan gibi mi?"

Başını salladı.

Dürüstçe, "Emin değilim," dedim. "Ama uyum diye bir şey var, o kesin."

Gabby, "Evet," dedi. "Erik komik biri."

"Öyle," dedim. "Beni güldürmeyen bir adamla asla birlikte olamazdım."

"Ben de." Durdu. "Paul beni pek güldürmezdi, neredeyse *hiç*."

Gülümseyerek, "İşte böyle," dedim. "Işığı görmeye başladın."

Arabaya doğru yürürken bardağını çöpe attı. "*Milkshake*'te bir şey vardı herhalde ondan oldu."

Otelimize giriş yaptık. Burası Palm Springs'in dışında eski ama temiz bir oteldi. Gabby pembe çiçekli bikinisiyle zarif görünüyordu. Zayıf bedenine bakarak, "Harika görünüyorsun," dedim. İçimden düğünden önce beş kilo vermeye söz verdim. Çantamda telefonum çaldı. Arayan Erik'ti.

"Alo," dedim.

"Selam, bebek. Nasıl gidiyor?"

Gabby'ye baktım ve gülümsedim. "Havuzun kenarında kız kıza takılıyoruz."

"Bir selfi yapın ve bana atın!"

"Tamam!"

"Eee, bu gece festivale gidecek misiniz?"

"Evet," dedim. "Gabby, Bright Eyes grubuna ve birkaç başka şarkıcıya gitmek istiyor." Gabby'ye döndüm. "Gitmek istediğin şarkıcının adı neydi?"

"Joshua Radin," dedi. "Erik'le bir dakika konuşabilir miyim? Ona bir şey soracağım."

"Tabii," dedim ve telefonu ona uzattım.

Bana şapşal bir bakış fırlatarak, "Hey seksi şey," dedi. "Evet, kadınını bu gece ona asılmaya çalışan sarhoş ve keşlerden koruyacağım. Endişelenme."

Gabby, Erik'e şirketlerindeki proje yöneticisi pozisyonu hakkında sorular sorarken ben de elime bir dergi aldım. Arkadaşı bu pozisyona başvurmayı düşünüyordu. Konuşmayı dinlemeyi bıraktım ve derginin yemek tarifleri kısmına baktım. Yemek seçen Erik'in yiyebileceği bir şeyler arıyordum. En yakın arkadaşımla nişanlımın iyi anlaşması beni mutlu ediyordu. Hatta geçen sonbahar Erik'in bana almayı planladığı yüzüğü konuşmak için gizli gizli yemek yemişlerdi. Gabby teklif konusunda ona ipuçları vermişti. Gabby'ye akşam yemeğinde bir kemancının *Love Me Tender* şarkısını çalması fikrine engel olduğu için minnettardım. Evet bu şarkıyı çocukluğumdan beri severdim ama Erik'in evlenme teklifi ettiği gece kemancı bunu çalsaydı kıpkırmızı olurdum.

Birkaç dakika sonra Gabby telefonu bana geri verdi ama kulağıma tuttuğumda Erik'in çoktan kapatmış olduğunu fark ettim.

Gabby, "Başka birini araması lazımmış," dedi.

"Tamam," dedim ve telefonu çantama koydum. "Aaa, bir dakika." Sonra tekrar aldım ve, "Erik fotoğraf çekmemizi istiyor," dedim.

Gabby doğruldu, çantasını aldı ve içinden bir pudrayla ruj çıkardı.

"Erik'e atacağım," dedim.

"Biliyorum ama yine de kötü görünmek istemiyorum. Dur en azından ruj süreyim."

Gözlerimi devirdim. Ben ruj filan sürmekle uğraşamazdım.

Gabby, saçlarını biraz kabartıp şezlongda tutkulu bir poz verdi. "Tamam," dedi. "Hazırım."

Ona yaklaştım ve telefonu tepemize doğru tuttum. Gülümsedik, sonra çektiğimiz fotoğrafa baktık.

Ekranı göstererek, "Hayır," dedi. "Bu olmaz. Burada çok kötü görünüyorum."

Gözlerimi devirdim. Sonra birkaç fotoğrafa daha baktık ve en sonunda Gabby'nin kendini beğendiği bir fotoğrafta karar kılıp Erik'e attık.

Hemen cevap verdi. "İki güzellik" yazdı. Mesajı Gabby'ye okudum. Mutlu mutlu gülümsedi ve gerindi. Bacakları Amazon Nehri kadar uzun ve bronzdu. "Hadi yüzelim."

Dergiyi bıraktım ve havuzda yanına gittim. Birlikte iki küçük çocuk gibi su sıçratarak havuza atladık ve neşe çığlıkları attık.

Coachella Festivali üç kelimeyle ifade edilebilirdi: Dumanlı, gürültülü ve sıcak. İkinci gün gitmemeye karar verdik.

Onun yerine Palm Springs'te bisiklet sürdük, bir şeyler yedik ve alışverişe gittik. Gabby antikalara bayılırdı. Yan sokaklardan birinde antikacı görünce yüzü aydınlandı.

"Hadi gidip bakalım, belki bir hazine buluruz," dedi. Bisikletlerimizi bir direğe bağladık ve sokağa doğru ilerledik. Biraz olsun neşelendiğini görmek güzeldi.

Ona takılarak, "Taş gibi mi?" dedim.

İçerisi, başka insanların hayatlarından kalıntılarla doluydu. Art deco kül tablaları, martini bardakları, modern masa ve kanepeler. Gabby eski bir içecek arabasına bayılmıştı, dükkânın sahibiyle bunu eve nasıl yollatabilecekleri konusunda konuştu. Bu sırada ben de arka tarafa doğru dolandım. Burada köşedeki bir masada mavi bir şey dikkatimi çekti. Ahşap bir fotoğraf çerçevesinin içinde camın altında şimdiye kadar gördüğüm en mavi kelebek vardı. Birden ailemin Washington, Poulsbo'daki evlerine, büyüdüğüm o eve gittim. On yaşındaydım. Babamın bir katalogdan sipariş verdiği kral kelebeklerini bir kürdan yardımıyla şekerli suyla besliyordum.

Gabby bana yaklaşarak, "Ayyy," dedi. "Şuna bak! Çok güzel. Sen almayacaksan ben alacağım."

Kafamı salladım. "Alacağım." Masadan aldım ve kasaya götürdüm.

Yetmişlerinin sonundaki dükkân sahibi kadın, "Ah, kelebek," dedi. "Bu sabah kocam Ted'e bunu alan kişinin şanslı olacağını söyledim."

Ona şaşkın şaşkın baktım.

"Mavi kelebek efsanesini bilmiyor musunuz?"

Kafamı salladım. "Bilmiyorum."

Koyu renk çerçeveli gözlüklerini burnunda biraz daha yukarı çıkardı. Gabby ve ben dikkatle dinliyorduk. "Mavi kelebekler çok ender bulunur. Efsaneye göre bu kelebekler şansın döndüğünü gösterirmiş. Hatta bazı insanlar mavi kelebeklerin dilekleri gerçekleştirdiğini bile düşünür."

Kredi kartımı uzatarak, "Vay canına," dedim. "Bunu hiç duymamıştım."

Başını salladı. Çerçeveyi gazeteye sardı. Sonra kenarlarına bant yapıştırdı ve paketle kartımı geri verdi. "Buna çok dikkat edin," dedi. "Satılmasından nefret ediyorum bile diyebilirim ama kocam Ted'in de dediği gibi, dünyada bulduğum her hazineyi elimde tutamam." Bana uzun uzun baktı. "Ayrıca bence senin bu kelebeğe ihtiyacın var," dedi.

Gülümsedim, çerçeveyi kolumun altına aldım. Gabby'yle birlikte bisikletlerimize yöneldik.

16. Bölüm

Gray'in ağaca attığı çentikler gittikçe artmıştı, ağacın yarısını kaplamıştı. Üç aylık kuru hava yerini yağmurlara bırakıyordu. Daha iyi bir baraka yapmaya karar verdik. Gemiden kampa taşıdığımız alet ve keresteleri kullanarak ilkel bir ev yapmaya günler harcadık. Dört duvar ve bir çatı. Kapısı bile vardı. Gray'in gemiden aldığı menteşeleri kullanmıştık.

Gray'in sakalları iyice uzamıştı. Artık ikimiz de daha bronz ve zayıftık. Geçen gece ateşin başında, "Eve vardığımızda 'Ada Diyeti'ni pazarlayarak milyonlar kazanabiliriz," demiştim. "Bir düşün," dedim. "Milyonlarca zengin, bilinçli kadın protein tozlarını ve gittikleri sporu, kızarmış karınca, kurutulmuş mango ve güneş altında çalışma uğruna bırakıyor."

Gray gülümseyerek, "*New York Times* çok satanı olacağı kesin gibi duruyor," dedi.

Artık evden pek bahsetmiyorduk. Adadan kurtulma fikri her günbatımında daha da uzaklaşıyordu. Ben hâlâ uçakları gözlüyordum ve gemi görürüm diye ufka bakıyordum. Gelen giden yoktu. Günlerimizi saçma oyunlarla doldurduk. Yiyecek topladık. Geceleri birbirimize sarıldık ve yıldızlara baktık. Tanınmamış takımyıldızlarına kendi seçtiğimiz isimler vererek zaman geçirdik. Bir tanesine ilkokul dördüncü sınıftaki öğretmenim Bayan Ellison'ın adını vermiştim. Gray de solgun yıldızlardan oluşan küçük bir gruba çocukken sahip olduğu köpeği Duke'un adını vermişti.

Bir gece yağmur yağmaya başlayınca Gray'le hemen barakaya, daha doğrusu "yeni eve" koştuk. Oraya bu adı vermiştik.

Kafamı çimden yaptığım yastıklardan birine yasladım ama başımın altına sert bir şey geldi. "Bu ne?" dedim. Doğruldum ve karanlıkta el yordamıyla incelemeye başladım. Elim düz kaya gibi bir şeye değdi. Aslında bir sürü vardı. Bir tanesini elime aldım.

Hemen elimden alarak, "Bunları görmemen gerekiyordu," dedi.

"Neden?"

"Sana sürpriz yapacaktım," dedi.

"Artık tam olarak bir sürpriz sayılmaz," dedim.

"Peki, tamam," dedi. "Noel'de de böyle misin, sürekli hediyelerini önceden mi açarsın?"

Güldüm. "Sus, söyle hadi!"

Yastığın arkasından kuma gömülmüş bir yığın taş çıkardı. Birkaç tanesini göstererek, "Bunları topluyorum," dedi. Ayışığında taşların renklerini seçebiliyordum. Pembe, açık yeşil.

"Çok güzeller."

"Sana bir mozaik yapacağım."

Duygulanarak, "Vay canına," dedim. "Nasıl yapacaksın?"

"Adanın diğer tarafında çam ağaçları var. Çam özünü kullanarak reçine yapabilirim diye düşündüm. Sonra bunu Cyclops'tan alacağım kömürle karıştırarak yapıştırıcı yapabilirim. Eskiden Amerikan yerlilerin yaptığı gibi."

Gülümsedim. "Hangisinden daha çok etkilendim bilmiyorum. Amerikan yerliler gibi yapıştırıcı yapmayı bilmenden mi yoksa benim için özel bir hediye planlamandan mı?" Eline uzandım. "Teşekkürler."

Birlikte uzanırken beni yumuşak bir şekilde öptü. Ama kafamın altında bir şey hissettim ve onu almak için kıpırdandım.

Gemiden getirdiğim mektup tomarını görünce, "Ben bunları tamamen unutmuştum," dedim.

Gray doğrulup gemide bulduğumuz gaz lambasını Edward Gunther'ın valizinde bulduğumuz kibritlerden biriyle yaktı.

"Yüksek sesle okuyayım mı?"

Sırıttı. "Masal anlatır gibi mi?"

Gülümseyerek, "Evet," dedim ve ilk mektubu çıkardım.

2 Kasım 1917

Sevgili Max,

Sana mektup yazmak bile bana çok yanlış geliyor. Gittiğin akşam işlerin bu kadar ileri gitmesine izin verdiğim için çok utandım, Bob adına utandım. Ama çok güzeldi ve seni aklımdan çıkaramıyorum. Max, bütün bunlar çok kafa karıştırıcı. Biliyorsun bu yaz abinle evleniyorum. Kilisede yürüyüp ölene kadar onu sevmeye yemin etmem gerek. Ama kalbim bir başkasıyla atıyorken bunları nasıl yapacağım? Kalbim seninleyken?

Merak etme, Bob bilmiyor. Bu gece beni The Palms'ta akşam yemeğine götürecek. Beğenmeyeceği yeni bir elbise giyeceğim. Biliyorsun abin böyle şeylere önem vermez. Onun dikkatini sadece işleri ve sigara çeker. İçten davranmak için elimden geleni yapacağım ama bu süre boyunca seni düşünüyor olacağım. Bu çok kötü ama aynı zamanda çok heyecan verici.

Yatak odamda, mutfağın üstündeki odada, bana aşağıdan el salladığın yerde oturuyorum. Sen Cyclops gemisiyle denize açılmadan önce seni o son gördüğüm yerde. Radyoyu açtım ve tek başıma müzik dinledim. Divanda öyle çok ağladım ki annemin en sevdiği dantelli yastıkta leke bıraktım.

Max, seni bir daha görebilecek miyim? Görmek için dua ediyorum. Lütfen bana yaz ve bana beni düşündüğünü söyle.

Sevgiler,
Ida

"Vay canına," dedim. Boğazımı temizledim ve bir sonraki mektuba geçtim. "Âşık Çocuğun cevabını okuyalım."

Gray, "Merakla bekliyorum," diye şaka yaptı.

24 Kasım 1917

Sevgili Ida,

Bugün Yeni İskoçya'nın kuzeyinde bir limandayken posta geldiğinde kendimi zor tuttum.

Senden bir mektup, hatta bir kartpostal, senin de beni benim seni düşündüğüm kadar düşündüğünü gösterecek bir şey gelmiş olması için dua ettim. Sonra dünyanın en güzel elyazısıyla üstünde adımın yazdığı bir zarf gördüm. Sen olduğunu biliyordum, öyleydi de. Yüzümdeki ifadeyi görecektin. Buradaki iki adam, bu ifadeye bayağı güldüler.

Ida, öncelikle buluşmamızın seni böyle zor bir duruma sokmasına ne kadar üzüldüğümü söylemek istiyorum. Senin yazdığın utancı ben de hissediyorum. Ancak bu utancın, en azından benim için, seninle buluşmuş olmanın neşesiyle gölgelenmesi kötü bir şey mi? Bütün hayatım boyunca senin gibi bir kadın bekledim, Ida. Seni hayal ettim. Senin için dua ettim. İşte oradaydın... Abimin kolunda.

Haklısın, Bob hassas bir adam değildir. Sen onunla asla mutlu olamazsın. Bu işin uzayacağına dair büyük korkularım var. Senden beni beklemeni istemekten nefret ediyorum ama yine de yapacağım. Beni bekler misin benim tatlı Ida'm? Beni bekler misin?

Kalbim senindir.

Sevgilerimle,

Max

Gray, kafasını sallayarak, "Abisinin nişanlısını çalıyor resmen!" dedi.

Şakacı bir şekilde dürttüm. "Hadi ama. Sen gerçek aşka inanmıyor musun? Ayrıca bu Bob çok sıkıcı birine benziyor. Ben Max'i destekliyorum."

20 Aralık 1917

Sevgili Max,

Geçtiğimiz ayı, posta kutusunun başında bekleyerek ve senden mektup gelip gelmeyeceğini merak ederek geçirdim. Postacımız Fred'le birbirimizi tanır olduk. Dün bana, beni tanımıyor olsa, Bob'la nişanlı olduğumu bilmiyor olsa bir erkekten mektup beklediğimi düşüneceğini söyledi. Gözlerimde öyle bir beklenti olduğunu söyledi. Çok haklıydı ama tabii ona Missouri'ye taşınan çocukluk arkadaşım Ella'dan haber beklediğim için heyecanlı olduğumu söyledim.

Bugün yazdıklarını okumak çok güzeldi. Çok çok güzeldi. Mektubunu onlarca kez okudum. Bu gece ve sen cevap atana kadar her gece tekrar okuyacağım.

Noel yaklaşıyor. Annem ve babam ağacı kurdular. Her zamanki gibi ailece süsledik. Noel'de burada olmanı o kadar isterdim ki.

Max, seninle paylaşmam gereken büyük bir endişem var. Emin olmak için diğer mektubu bekleyeceğim.

Sevgiler,

Ida

10 Ocak 1918

Sevgili Ida,

Mutlu Yıllar ve Mutlu Noeller, güzellik. Ben Noel'i evimi ve seni özleyerek geçirdim. Rio'dayız ve ben dahil bütün mürettebat çok kötü durumda. Çoğu kişi, güney yarım küreye yayılan kötü bir gribe yenik düştü. Moralimiz kötü, kaptanımız da bu durumla baş edemeyen yetersiz biri. Üst düzeyden birileri kontrolü ele almazsa pek çok isyan çıkacağından korkuyorum. Bunları yazmamam gerekiyor tabii. Bu sırları paylaşarak kendi güvenliğimi tehlikeye atıyorum ama bunların söylenmesi gerekiyor.

Seni düşünmek, denizde geçen uzun günlerde ve limandaki sıcak günlerde beni teselli ediyor. Bazen benimle mutlu olup olamayacağını düşünüyorum. Sana hak ettiğin hayatı verip veremeyeceğimi. Bob bunu yapabilir. O sana güzel bir yaşam sunabilir. İstikrarlı bir yaşam. Ida, sormak istediğim şey şu. Emin misin? İstediğin kişinin ben olduğumdan emin misin?

Sevgilim, bana söylemek için beklediğin şey nedir? Çok endişelendim. İyi misin? Hasta mısın? Yoksa tehlikede misin? Lütfen hemen bana söyle.

Kalbim senin için atıyor. Kilometrelerce öteden.

Tüm sevgimle, Max

27 Ocak 1918

Sevgili Max,

Mektubun için teşekkürler. Bahsettiğin koşullar için çok üzgünüm. O gribin sana da bulaşmaması ve gemidekilerin moralinin düzelmesi için dua edeceğim. Korkunç bir durum bu.

Ah Max, keşke burada olsan, gözlerime baksan. O gece birlikteyken yaptığın gibi sarılsan bana. Çünkü sana vereceğim haber çok hassas, mektuba yazmaya bile tereddüt ediyorum. Ama Max, bilmen gerek. İş işten geçebilir diye.

Max, bir bebek bekliyorum. Bizim bebeğimizi. Aşkla, bizim aşkımızla oldu. Bebek ağustosta doğacak. Hem korku hem heyecandan çılgına dönmüş durumdayım. Çoğu zaman ağlasam mı gülsem mi bilemiyorum. Çok hastayım. Sabah bulantıları çok kuvvetli. Yemek yiyemiyorum. Annem bir şeyler olduğundan şüphelenmeye başladı. Ona söylemem gerekecek.

Bob'a nasıl söyleyeceğimi, nişanı nasıl atacağımı düşünmem gerek. Ama şimdilik bir sonraki mektubunu bekleyip birlikte hayatımızın nasıl olacağını hayal edeceğim.

Sana ait olan tüm kalbimle,

Ida

Gray'e baktım. "Hamile! Biliyordum!"

Gray iç geçirdi. "Pembe dizi gibi."

"Çok gerildim," dedim. Bir sonraki mektubu zarftan çıkardım.

17 Şubat 1918

Çok sevgili Ida'm,

Bana en büyük hediyeyi verdin. Kalbim, baba olacağımı bilmenin verdiği neşeyle çarpıyor. Senin bebeğinin babası. Bizim bebeğimizin babası. Mektubu okuduğumda sevinç gözyaşları döktüm. Kendini nasıl hissediyorsun? Bu haberi ailenle ve Bob'la ne zaman paylaşacaksın? Bob'la nasıl uğraşacağını düşünerek uykusuz geceler geçiriyorum. Sanırım en iyisi yanında baban varken söylemen. O iyi bir adamdır ve seni korur. Bob'un öfkesine güvenemiyorum. Bunlarla uğraşırken keşke yanında olsam. Bunu tek başına yapmaman gerekiyordu. Ah, benim Ida'm, tatlı Ida'm.

Günler uzun, denizler dalgalı. Kaptan her zamankinden kötü. Mürettebattan bazıları aklını tamamen yitirdiğinden korkuyor. Ben emin değilim ama kendi iyiliğim için gözümü kapatıp işimi yapmam en iyisi. Direnmemeye, soru sormamaya çalışıyorum. Altı ayım kaldı, sonra bebeğimiz doğmadan hemen önce evime, sana geleceğim.

Ah benim aşkım, sana nasıl hasretim.

Eve döndüğümde evleneceğiz. Sana ve tatlı çocuğumuza bakacağım. Söz veriyorum.

Tüm sevgimle,

Max

Kafamı salladım. "Bu son mektup. Bunu okumaktan nefret ediyorum. Ya... sonu kötüyse?"

Gray de bu noktada ilgilenmiyormuş gibi yapmıyordu. Meraklanmıştı. "Hadi oku da öğrenelim." Okumaya başladım.

19 Şubat 1918

Sevgili Max,

Fark ettiğin üzere bana gönderdiğin bütün mektupları sana geri yolluyorum. Bunu yaptığım için lütfen üzülme. Max, seni seviyorum ama ilişkimizin yanlış olduğunu fark ettim. Sırrımızı annemle ve babamla paylaştığımda babam bu haberi iyi karşılamadı. Seninle konuşmamı yasakladı.

Max, ben nişanlımı aldattım ve ailemi utandırdım. Belki seni tekrar görürüm. Umarım. Ama şimdilik gitmem gerek. Yanlışımı düzeltmem gerek. Bebek doğana kadar yalnız olmam gerek. Ailemi şu ana kadar yaptığımdan daha fazla utandıramam. Seattle'da bir aile beni yanına kabul ediyor. Bebek doğana kadar onların yanında kalacağım ve sonrasına bakacağım.

Bob'a da anlatmak zorunda kaldım tabii. Perişan oldu. Ama ona babasının kim olduğunu söylemedim. Bilmek istedi ama gerçekler kalbini daha çok kıracaktı. Sırrın güvende.

Bu son mektubum olacak, Max. Lütfen güvende olman için her gün dua ettiğimi bil. Seni seviyorum, her zaman seveceğim.

Her zaman senin olacağım,

Ida

Not: Bebek kız olursa ona annen Rose'un adını vereceğim. O bana her zaman iyi davrandı.

Kafamı sallayarak, "Bu son mektup," dedim. "İnanılmaz."

Gray kollarını kaldırdı. *The Bachelor* dizisinden nefret ettiğine yemin eden ancak kız arkadaşı bu diziyi açtığında mutfaktan gizlice izleyen bir erkek gibiydi. "Ne? Mektupları geri mi göndermiş?"

Gözümdeki bir damla yaşı silerek, "Onu korumuş," dedim. "Çok güzel bir hikâye."

"Sanırım korumuş ama en sonunda onu terk etmiş," dedi.

Birden aklıma bir şey geldi. Belki de sonsuza kadar unutabileceğim bir şey. "Rose," dedim. "Gemide Rose adında bir kadınla tanışmıştım. Babasının Bermuda Şeytan Üçgeni civarında bir yerde gemide öldüğünden bahsetmişti. Bana..."

"Aynı kadın olmasına imkân yok."

"Olabilir," dedim. "Olabilir."

"Haklısın. Amerikan devletinin bu güne kadar bulamadığı bir gemiyle birlikte ıssız bir adadayız. Sanırım her şey mümkün artık."

Rose'u, annesinin babasına duyduğu aşktan bahsedişini anımsayarak başımı salladım.

Gray, gemiden bulduğumuz paçavra ve palmiye yapraklarıyla yaptığımız yatakta kıpırdandı ve rahat bir nokta buldu. Sonra bana bakarak gülümsedi. "Bu masaldan ziyade *trajik bir aşk hikâyesiydi.*"

Uzun uzun iç geçirerek, "Çok üzücü," dedim. "1918'de hamile ve abi kardeşin arasında kalmış bir kadın olduğunu hayal edebiliyor musun?"

"Orijinal bir film çıkar bundan."

"Biliyorum," dedim. "Ben böyle şeyler düşünüp uyduramam!" Mektupları yastığımın yanına koydum ve iple dikkatlice bağladım.

Gray kolunu belime doladı ve beni kendine doğru çekti. Ancak on beş saniye içinde nefes alıp verişi değişti. Uykuya daldığını anlamıştım. Ama ben hiç yorgun değildim. Ida ve Max'i, çocuklarını ve benimkiyle birlikte bu adanın barındırdığı sırları düşünmeden edemiyordum.

17. Bölüm

21 Ağustos 2007

Seksen dokuz yaş ilk tekne gezisi için iyi bir yaş değildi. Rose bunu tahmin etmeliydi. Bu ilk tekne gezisinde korkunç deniz tutması, merdivenler ve sürekli sallanmayla baş etmek zorundaydı. Arkadaşlarından dördü onun yaşındayken kalçalarını kırmıştı, bir tanesinin cenazesine geçen ay katılmıştı. Ama yine de Rose bu seyahate çıkması gerektiğini düşünüyordu. Bedenindeki her kemik ona bunu söylüyordu.

Kızı Deborah ve torunu Amy ona eşlik ediyordu. Ona yemekte eşlik edip bu ya da diğer adayı görmesi için iskele tahtasında yürürken yardımcı olacaklardı.

"Gemi oldukça görkemli duruyor," dedi, Deborah'nın kolunu sıkıca tutarak. Amy yazlık elbisesinin içinde, uzun ve dalgalı sarı saçlarıyla, aynı Rose'un yirmi bir yaşındaki hali gibi, aynı annesi gibi güzel görünüyordu.

Rose, şimdi annesini daha çok düşünüyordu. Altmış sekiz yaşında kalp krizinden hayatını kaybetmişti. Zavallı kalbi diğerlerine göre iyi dayanmıştı. Rose o yaşlanırken yanında olamadığı için pişmandı. Fakat onun da kendi ailesi ve yetiştirmesi gereken çocukları vardı. Bir bebek bekliyordu ve annesinin sağlığı bozulduğunda Deborah sadece üç yaşındaydı. Keşke onu daha fazla rahatlatabilseydi. Kimse yalnız ölmemeliydi.

Kamaralarına doğru yöneldiler. Deborah ve Amy çift kişilik yataklardan birini paylaşırken diğerini Rose aldı. Kayan cam kapının ardındaki küçük balkona yürümeden önce burnuna bir parça pudra sürerek banyoda makyajını tazeledi.

Deborah kolunu annesinin omzuna koydu. "Mutlu musun, anne?" diye sordu.

"Evet, canım," dedi.

Bir saat sonra, güverteye doğru yürüdüler. Uzaktan çelik davul bandosunun sesi geliyordu. Yolcular meyve kokteyllerini yudumlarken saçlarına vuran rüzgârla gülümsüyorlardı. Rose'un dikkatini genç bir çift çekmişti. Muhtemelen balayındalar, diye düşündü. Birbirilerinin ellerini tutmalarını ve birbirilerine nasıl baktıklarını fark etti. Âşık olmayı özlemişti. Frank on yıl önce hayatını kaybetmişti. Bunu kabullenmekten nefret ediyordu ama bazen onun sesini hatırlıyordu. Kahvesini sade mi yoksa şekerli mi alırdı acaba? Ya da kremalı mı? Yaşlanmak korkunç bir şeydi.

"Büyükanne söyleyecek misin?" diye sordu Amy. "Neden buradayız? Neden bu seyahate çıktık?"

Geminin limandan ayrılış düdüğünü duyunca Rose başını salladı. "Zamanla, canım. Zamanla."

*

Denizde geçirdikleri zaman kötüydü ve kaptan büyük bir fırtınanın geldiğini bildirdiğinde Rose bu seyahate çıktığına pişman olmuştu. Amy'yi deniz tutmuştu ve Deborah da kendini iyi hissetmiyordu. Bermuda limanında durmadan önceki gece Rose akşam yemeğine yalnız çıktı, dönüşte kamarasına giderken güvertede durdu.

İlk gün gördüğü genç kadını güvertede buldu. Genç ve tatlı âşık.

Babası ve şu güzel akuamarin taş hakkında birkaç kelime ettiler. Denizciler bu taşın uğur getirdiğine inanırmış. Teknenin ilerlediği engin denize doğru baktı. Babası bu denizlerde hayatını kaybetmişti. Şimdi ona yakın mıydı acaba? Eğer onu rüyasında görse tanıyabilecek miydi?

Daha sonra kamarasına döndü. Deborah ve Amy çoktan uyumuştu. Kendisi de yorgundu fakat bir süre balkonda oturdu ve tekne dalgalı turkuvaz sularda ilerlerken dalgaların sesini dinledi.

Rose sabah geç saatlere kadar uyudu. Füme balık ve ekmek için güvertede sıraya girmektense oda servisini istedi ve balkonda romanına gömüldü. Amy ve Deborah Bermuda'yı bir parça görebilsin diye Rose'u onlarla birlikte gelmeye ikna etmeye çalıştı çünkü bugün liman günüydü ama Rose kendini yorgun hissediyordu ve Laurie Colwin'in romanını bitirmek istiyordu. Kitap, özlemini çektiği mutlu bir aile tablosu çiziyordu.

"Siz gidin ve eğlenin," dedi kızına ve torununa. "Döndüğünüzde burada olacağım. Beraber yemek yeriz."

Rose güzel bir şekerleme yaptı ve biraz kitap okudu. Sonra Amy ve Deborah saat beş civarında döndü. Heyecanla Bermuda'yı ne kadar sevdiklerinden bahsediyorlardı.

Hatta Amy restoranda Duke'tan bir çocukla tanışmıştı. Her ne kadar annesi onaylamasa da birbirilerine telefon numaralarını vermişlerdi. Zaten annesi o kadar da karşı çıkmamıştı. Sonuçta çocuk en iyi okullardan birine gidiyordu.

Akşam yemeği resmi bir gece olacaktı. Rose erkek torununun düğünü için beş yıl önce aldığı mavi payetli elbiseyi giydi. Hâlâ üstüne oluyordu.

Deborah basit ama klasik bir elbise tercih etti. Elbisenin yüksek bir yakası vardı. Amy her zaman olduğu gibi güzel görünüyordu. Zaten ne giyse ona yakışırdı ama bu gece özellikle asimetrik kenarlı kırmızı elbisenin içinde göz kamaştırıyordu.

Üçü de yerlerine oturdu ve şarap istediler. Tam müzik başladığında teknenin hoparlöründen bir anons yapıldı.

"Müziği böldüğümüz için özür dilerim," diye başladı ağır aksanlı bir ses. "Ben kaptanınız. İki yolcumuz bugünkü sahil gezisinden henüz dönmedi ve onları bulabilmek için bir saat daha limandan ayrılmayacağız."

Yemek salonunda hemen fıdıldaşmalar ve *aaa* sesleri yükseldi.

"Lütfen bizi takipte kalın. Saat sekiz gibi muhtemelen buradan ayrılmış oluruz. İyi eğlenceler."

Müzik yeniden başladı.

"Sence onlara ne olmuştur?" diye sordu Amy.

Deborah gözlerini devirerek, "Belki de barda zamanın nasıl geçtiğini anlayamamışlardır. Şimdi onların bu sorumsuzluklarının bedelini ödemek zorundayız," dedi.

Rose pencereden geminin güvertesinde genç, hoş kadının, neydi ismi, evet, Charlotte, kocasının yürüdüğünü gördü ve endişelendi.

*

Gemi geceyarısından sonra limandan ayrıldı. Rose motorun sesi onu uyandırdığında saate bakmıştı. Saat 00:35'ti. İyi, diye düşündü. Demek ki Charlotte bulundu.

Salona kahvaltı için giderken teknede bir uğultu vardı. Orta yaşlı bir kadın kocasına, "Buna inanabiliyor musun?" diyordu. "Korkunç olmalı. Kocası teknede. Karısını araması için tekneden ayrılmasına izin vermemiş olmalılar. Çok üzgün olmalı."

Sonra Rose bir poster gördü. Posterde Charlotte'un ve başka bir adamın fotoğrafı vardı. Büyük kalın harflerle üstüne KAYIP diye yazılmıştı. "Herhangi bir bilginiz olursa lütfen Gemi Güvenliği'ni arayın."

Rose postere doğru yürüyüp posterdeki kadının yüzüne dokundu. "Onu tanıyorum," dedi.

"Ah, anne, gerçekten mi?" dedi Deborah.

"Tanıyorum," dedi Rose keskin bir sesle. "İkiniz uyurken geçen gece onunla konuşmuştum. Çok hoş biriydi. Ve şimdi..."

Kızı omzuna dokundu. "Onu bulurlar. Merak etme."

"Bekle," dedi Amy, kafasını kuşkuyla sallayıp posterdeki adamı işaret ederek. "Bu... bu o adam değil mi? Hani karısını öldürüp hapishaneden kaçan?"

Deborah başıyla onayladı. "Galiba."

Tekneye duygusuz bir hava hâkimdi. Rose öylece durdu. Korkuluğu kavrarken daha önce hiç görmediği mavi bir kelebek akşamüstü güneşinde kanat çırptı.

Hayat ne güzel ve trajik, dedi kendi kendine.

18. Bölüm

Ida ve Max'in mektuplarını okuduktan sonra Gray ve bu ada dışındaki hayatla ilgili arka arkaya kâbuslar gördüm. Birinde Erik mavi kelebeğimi oturma odasındaki duvardan alıyor ve başkasına veriyordu. Diğerinde adadan dönüyordum ve Gabby beni tanımıyordu. Ama en kötü kâbus beni soğuk terlerle uyandırdı. Bu zihnimde oynayan bir film sahnesi gibiydi. Gray'in ellerinde kan vardı ve bir psikopat gibi gülümsüyordu. O kadar yüksek sesle çığlık attım ki Gray uyandı ve ben tekrar uykuya dalana kadar başımı okşadı.

Dışarı çıkınca Gray, "Günaydın," dedi.

Gökyüzündeki güneşe baktım. Saat on bir veya öğlene yakın bir şey olmalıydı.

Uyku sersemi bir halde, "Merhaba," dedim.

"Dün gece bir kâbusla uyandığını hatırlıyor musun?"

"Evet," dedim. Kâbusun detayları yavaş yavaş aklıma gelince titredim.

"Neyle ilgiliydi?"

Kafamı salladım. "Bilmek istemezsin."

"Bir dene," dedi.

"Bilmiyorum."

"Char, bu sadece bir rüya. Neden anlatmıyorsun?"

İç geçirdim. "Tamam. Bir tıp merkezindeydin, hastane gibi bir yerde."

Gray'in gözleri irileşti.

"Sanırım bir ameliyatın filan ortasındaydın çünkü masada birisi vardı." Görüntüleri geri göndermek ister gibi kafamı salladım. "Ellerinde, her yerde kan vardı. Sen... gülüyordun."

Gray, ayağa kalkarak, "Sus artık," dedi.

"Ama sen dedin ki..."

"Ne dediğimi biliyorum ama artık bunu dinlemek istemiyorum." Kumsalda hızla uzaklaştı. Kalbim sıkıştı.

Gray birkaç saat sonra yeni yakaladığı balıklarla geldi. Onları ateşin yanındaki kayaların üstüne koydu ve bana döndü. "O şekilde gittiğim için özür dilerim," dedi. "Dinle, bunu nasıl söyleyeceğimi bilmiyorum ama..."

"Hiçbir şey söylemek zorunda değilsin," dedim. "Bana hiçbir şey anlatmak zorunda değilsin."

"Ne demek istiyorsun?"

"Biraz düşündüm," dedim. "Sırların olduğunu biliyorum. Sana yük olan bir şey olduğunu biliyorum. Ama bu her neyse bunu bilmeyi istemediğime karar verdim."

"Neden?"

"Çünkü ben sana şu anda olduğun halinle âşık oldum," dedim. "Bu adanın dışındaki hayat artık önemli değil."

Kafası karışmış gibiydi. "Ama sürekli eve dönmekten, buradan gitmekten bahsedip duran sensin. Uçak gelecek mi diye gökyüzüne bakan, gemi geçecek mi diye ufka bakan sensin."

"Evet," dedim. "Evin hayalini kuruyorum. Çok özlüyorum ama," dedim. Durdum ve gözümdeki yaşı sildim. "Komik bir şey oluyor." Çevremizi gösterdim. "Burayı yuvam gibi görmeye başladım. Muhtemelen bundan sonraki tek yuvamız."

Gray, nazik bir biçimde, "Charlotte," dedi. "Pes etme."

"Pes etmiyorum," dedim. "Sadece yaşamımızı kabulleniyorum."

Gray düşünceli bir şekilde başını salladı. Üstümüze bir sessizlik çöktü. İkimiz de bir süre hiç konuşmadık.

Maka çalılıkların arasından çıktı ve bacağımın yanına çöktü. Onu okşarken mırıltıları sessizliği böldü.

En sonunda, "Bırak gitsin," dedim.

Kafası karışık bir şekilde baktı.

"Sırrım, utancım konusunda senin bana söylediğin gibi," dedim. "Sen de kendi sırrını bırak gitsin. Her neyse umarım senin peşinden gelmesini artık engelleyebilirsin."

Gray bana uzandı. Ona doğru yaklaştım. Kolunu omzuma attı ve koruyucu, sevgi dolu bir şekilde sarıldı. Bir süre böyle oturduk ve dalgaların kıyıya vuruşunu izledik. Düşüncelerimizde yalnız, aşkımızda bir aradaydık.

19. Bölüm

18 Mayıs 2004

Saat sabahın altısıydı. Celeste tabii ki uyuyordu. Yoga dersi ona kadar başlamıyordu ve Celeste dokuzdan bir dakika önce olsa dahi siyah uyku gözlüğünü çıkarmazdı. Gray beyaz geceliğiyle uyuyan Celeste'i izliyordu. Melek gibi görünüyordu ama ona dokunmaya kalksa kaşlarını çatıp geri çekilecekti. "Uyuyorum," diyecekti ya da "şimdi değil" ya da bir dizi uzaklaştırıcı söz.

Bu yüzden Gray güzel karısını sadece seyretti. Onu seyrederken iki aydır sakladığı sırrı nasıl söyleyebileceğini düşünüyordu.

Aslında bu sırrı iyi saklamıştı. Her sabah altıda kalkıyor, duşunu alıp kahvesini yapıyor ve kahve makinesini temizleyip Celeste sonunda kalktığında onu kullanmaya hazır bulsun diye hazırlıyordu. Doktor önlüğünü giydikten sonra kahverengi çantasını omzuna alıp arabasına biniyordu ama hastaneye gitmiyordu. Artık değil. O günden beri...

Durumunu çok iyi saklamıştı. Kendinden bile. Elindeki titreme için Propranalol, Advil ve acısı için de Vicodin alıyordu. Bunlarla iyi idare ediyordu. Tendinit onun tıp kariyerini zedeleyemezdi. En azından başta öyle düşünmüştü.

Düşüş yavaş başlamıştı. Önce bir hemşire onun bir aleti düşürdüğünü görmüştü. Sonra iş arkadaşı onu hatalı bir kesik yaparken izlemişti. Küçük hatalar büyük sorunlar doğurur. Özellikle de Harvard'dayken sınıfının zirvesinde ve şimdi de ülkede aranan bir kalp cerrahı olan Gray için.

Hayır, Gray'in bundan vazgeçme lüksü yoktu. Ailesi ona bu lüksü vermemişti. Gücünü korumalı, bunu aşmalıydı. Zorlukların üstesinden gelmeliydi ve hayatının her alanında yaptığı gibi bu sinir bozucu durumu atlatmalıydı.

Ancak sıradan görünen bir perşembe sabahı, Gray rutin bir ameliyat için doktor önlüğünü giydiğinde her şey değişti. Sadece koroner arter baypas ameliyatına girecekti. Bunu binlerce kez yapmıştı. Belki de daha fazla. Bu ameliyatı gözleri kapalı uykusunda bile yapabilirdi.

Hasta hemen önünde yatıyordu. Yetmişlerinin ortalarındaydı. Saçları sarıya boyalıydı ve uzun manikürlü tırnakları koyu kırmızıydı. Bunu asla unutmayacaktı. Anestezi uzmanının ismi John'du. Onu her zaman sevmişti, Chicago Bears hakkında muhabbet ederlerdi.

İlk ensizyonda elinin biraz titrediğini biliyordu ama bu, hâkim olabileceği bir şeydi. Öncesinde ilaçlarını almıştı, bu yüzden sorun olmayacağını düşünüyordu. Elbette sorun olmayacaktı. Her ikisi de cerrah olan babası ve büyükbabasının dediği gibi, bir Lawton asla başarısız olmazdı.

Eline söz geçirmeye çalışarak yavaş yavaş kesmeye başladı ama bir şeyler korkunç derecede ters gidiyordu. Küçük bir titreme kontrolden çıktı. Sanki bedeni istemsiz bir şekilde hareket ediyordu.

"Dr. Lawton," diye bağırdı yanındaki arkadaşı. "Arteri çatlattınız. Kanıyor!"

Kan vardı. Çok fazla kan.

Hemşireler onun etrafında dolanıp duruyordu. Gray'in hiç sevmediği cerrah arkadaşı Dr. Green hastayı devralıp en az on beş dakika üzerinde çalıştı ama sonra iç geçirerek, "Onu kaybettik," dedi.

Gray uyuşmuş bir halde ameliyat odasından çıktı. Bir soruşturma olacaktı. Sigorta şirketleri akbaba gibi üzerine çullanacaktı. Hastane yönetimi toplantılar yapacaktı. Onun hatası yüzünden bir kadın masada kalmıştı. Tıp kariyeri artık sona eriyordu. Bunu biliyordu.

O günden beri iki ay geçmişti ve hâlâ Celeste'e bunu söylememişti. Kardeşinin düğünü iki ay içindeydi. Tüm ailesi orada olacaktı. Tıp lisansını kaybettiği gerçeği ortaya çıktığında onların yüzlerinde oluşacak ifadeyi hayal edebiliyordu. Ama özellikle aklında Celeste vardı. Onun nasıl yıkılacağını düşünüyordu.

Geçen iki ay boyunca her gün yaptığı gibi arabasını kimsenin onu tanıyamayacağı bir Starbucks'ın parkına çekti. Orta boy bir *americano* istedi ve köşede bir yere oturup bir kadının katili olan canavar ellerine bakarak hayatını düşündü. Bazen gerçekten bir canavar olup olmadığını düşünürken bazen de gerçekten öyleymiş gibi hissederken buldu kendini.

"Affedersiniz," dedi bir kadın ona yaklaşarak. "Dr. Lawton, siz misiniz?"

Kırklarındaydı, yuvarlak hoş bir yüzü vardı. Gözüne tanıdık geliyordu ama herkes olabilirdi. Whole Foods'taki kasiyer, en sevdiği restorandan bir garson... eski bir hasta.

"Hayır," dedi Gray hızlıca.

"Ah," dedi kadın, bir adım geri atarak. "Çok üzgünüm. Sadece ona çok... hayatımı kurtaran kalp cerrahına çok benziyorsunuz."

Başını sallayıp birinin masada bıraktığı gazeteye döndü, sonra da kadını kafeden çıkarken seyretti.

Onun hayatını kurtarmıştı. Binlerce insanın hayatını kurtardığı gibi. Ama birinin hayatına da son vermişti. Bunun bedelini hayatının kalanında ödeyecekti.

20. Bölüm

Ertesi gün banyo yapmaya giderken, "Eve dönünce yiyeceğin ilk şey ne?" diye sordum.

"Zor bir soru," dedi. "Güzel bir biftek, bol tereyağlı fırında patates."

Özlem dolu bir şekilde, "Tereyağı," dedim.

"Hayır," diye devam etti. "En sevdiğim Türk restoranına gider ve kebapla mısır sipariş ederdim."

"İstanbul'a gittin mi hiç?" diye sordu.

"Hayır ama gitmek isterdim. Sen gittin mi?"

"Evet," dedi. Uzun bir an sustu. "Aslında karımla orada tanıştım."

"Vay," dedim. İlk kez Gray'in sevdiği birisini kıskanmıştım. Karısının ölmüş olması fark etmezdi. Onu veya bir başkasını sevdiğini düşününce canım yanıyordu.

"O zamanlar modeldi. Tıp fakültesinden mezuniyetimle cerrahi stajım arasında birkaç aylık ara vardı." Banyo yaptığımız havuza geldiğimizde bir kütüğün üstüne oturduk ve sularımızı doldurduk. Bakışları, sanki kalbini yerle bir eden bir anıyla yüzleşiyormuş gibi kayıp gitmişti. "Celeste o zamanlar farklıydı."

Adını yumuşak bir şekilde söylüyordu. Bu kalbimi sıkıştırdı.

"Onunla tanıştığımız gece Bebek'te yürüdük," diye devam etti. "Bar ve gece kulüplerinde durduk. Boğaz manzarasını izledik. Büyüleyiciydi." Kütükten bir parça kopardı. "Hep oraya tekrar gitmek istedim ama o istemedi."

"Onu özlüyor musun?" diye sordum.

"Onu kısmen özlüyorum," dedi. Kafamı çevirdim, elime uzandı. "Sahip olabileceğimiz şeyi özlüyorum, sahip olduklarımızı değil. Hiç mutlu olamadık, Charlotte. Olamadık. Onunla evlenmemem gerekirdi. İyi bir yuva kuracak kadar uyumlu değildik. Bunu o da biliyordu, ben de biliyordum."

Bütün bunları sindirmeye çalışarak başımı salladım. Geçmiş hayatlar çok zordu. Benimki onun için daha zordu. Sonuçta ben hâlâ evliydim.

Temkinlice, "Erik'i özlüyor musun?" diye sordu.

Yutkundum. Doğru sözcükleri bulana kadar birkaç dakika geçti. "Tabii ki özlüyorum," dedim.

Gray başını çevirdi.

"İkimiz de geçmişi değiştiremeyiz. Olanları, kimi sevdiğimizi, yaptıklarımızı geri alamayız. Tıpkı şimdiki durumumuzu değiştiremediğimiz gibi. Bence hayat eski ve yeni anılardan oluşan komik bir şey. Bazen yan yana olan kareler birbirine uymuyor ama ortaya çıkan şeye bütün olarak baktığında bir şekilde hepsi birbirini tamamlıyor."

Bana baktı. "Çok güzel söyledin."

Omuz silktim. "Evet, Erik'le evlenen kadın Erik'i özlüyor. Ama ben artık kendimin farklı bir versiyonuyum. Sen de öyle."

Gray başını salladı. Tişörtünü çıkardı, şortunu da. Çıplak vücudunu gördüğümde olduğu gibi yine kalp atışlarım hızlandı. "Suya gelsene," dedi ve getirdiğimiz sabuna uzandı.

Soyundum ve onunla birlikte serin, temiz suya girdim. Tenime değdiğinde harika bir his veriyordu. Suya daldım ve saçımı yıkadım. Sonra nefes almak için çıktım ve Gray'in vücudunu karşımda hissettim. Güçlü ve emindi, buradaydı.

"Senin bu versiyonun beni gerçekten seviyor mu peki?" diye sordu.

Bacaklarımı ona dolarken bana doğru yaslandı. "Evet," dedim. "Hem de çok."

Kıyafetlerimizi yıkadık ve kurumaları için kayaların üstüne serdik.

"Çıplak olmak çok komik," dedim. "Eskiden daha utangaçtım. Gabby'nin yanında bile üstümü zor değiştirirdim."

Gray bana bakarak, "Gabby mi?" dedi.

"En iyi arkadaşım," dedim. "Gerçekten çok güzeldir. Onun yanındayken kumsalda hep biraz utanırım. O üstüne bir bikini geçirince herkesin dikkatini çeken tarzda biridir. Herkesin."

Gray sırıttı. "Belki de sana bakıyorlardır?"

"Sanmam," dedim. "Gabby tam bir afet. Ama aşk yönünden güzelliğinin ona hiç yararı olmadı. Başarısız pek çok ilişkisi oldu."

O anda Erik'in fotoğraf makinesindeki gizemli kadını hatırladım. Görüntüleri göreli çok uzun zaman olmuştu.

Neredeyse hatırlamıyordum bile ama orada olmaları bile ağzımda kötü bir tat bırakıyordu. Bunlardan Gabby'ye bahsettiğimi hayal ettim. Yüzündeki şok ifadesini, sonra beni rahatlattığını hayal ettim. Margarita içerken, "Erik asla aldatmaz," derdi. "O aldatan türde bir erkek değil. Ayrıca o sana deli gibi âşık." İç geçirdim. Artık bunların hiçbiri önemli değildi.

Gray gelip yanıma oturdu. "İyi misin?"

"İyiyim," dedim. "Kıyafetler kurumuştur. Gidelim mi?"

Kampa uzun yoldan gitmeye ve değişen bir şey olup olmadığına bakmaya karar verdik. Gray, "Arada bakmak iyidir," dedi. Ama aslında bazı düşünceleri olduğunu biliyordum. İkimizin de bazen aynı şeyi merak ettiğini biliyordum. Adayı Maka ve bir gemi dolusu iskeletten başka birileriyle paylaşıp paylaşmadığımızı merak ediyordu.

Geçen gün kampımıza yaklaşan ayak sesleri duymuştuk. Bunları haftalar önce de duymuştuk. Gray araştırmaya çıkmıştı ama bu sesi ne veya kim çıkardıysa gecede kaybolup gitmişti. O geceler uyumakta zorlanmıştım. Gray'in de aynı durumda olduğunu biliyordum. *Burada bizden başka insanlar var mı? İyi insanlar olabilirler mi?*

Gray, "Bak," dedi. Durdu ve ilerideki kumları gösterdi. "Charlotte, bunlar ayak izleri."

Koştum ve kumdaki izlere baktım. Bunlar ayak iziydi şüphesiz. Ama küçüklerdi, neredeyse çocuklarınki gibiydi.

Gray'le birbirimize baktık. Sonra izleri takip ettik. Palmiyelerin olduğu açık bir alana gidiyorlardı. Hemen ilerisinde, bizimkinden daha detaylı bir ev vardı. Sanki yıllardır buradaymış gibi görünüyordu.

Gray, temkinli bir şekilde, "Merhaba?" dedi. "Kimse var mı?"

İçerde bir hareketlilik duyduk. Gray'in koluna yapıştım. "Geri dönelim," dedim. "Ya..."

Tam o sırada evin küçük kapısı açıldı. İçeriden genç bir kadın çıkınca dudağım titremeye başladı. Boyu kısaydı, siyah saçları ve gözleri vardı. Yüksek yakalı, uzun, bej bir elbise giyiyordu. Elbisenin kenarları kadının yaşından eski görünüyordu. Güzeldi. Yaşı on altıdan büyük olamazdı.

Gray tekrar, "Merhaba," dedi. "Kimsin sen?"

Bize güvenmiyor gibi görünüyordu, tedbirliydi. Yavaş yavaş yaklaştı. Bakışları benimle Gray arasında gidip geliyordu.

Gray'e, "İngilizce konuşabildiğini sanmıyorum," dedim.

Anlamadığımız bir dilde bir şeyler mırıldandı.

Gray, "İngilizce biliyor musun?" dedi.

"Amerikalılar," dedi ve ayağımıza tükürüp küçük evine geri döndü.

Gray'in elini tutarak, "Hadi gidelim," dedim.

Gray omzunun üstünden baktı. "Bence korktu sadece."

"Olabilir," dedim. "Belki de delidir. Şansımızı denememeyi tercih ederim."

Gray gitmek istemiyor gibiydi ama beni takip etti. Maka da arkamızdaydı.

"Sence buraya nasıl geldi?" diye sordu. Belli ki adamızda başka bir insan olması hâlâ tuhaf geliyordu.

Omuz silktim. "Kim bilir?"

"Ailesi var mı yoksa buraya yalnız mı geldi merak ettim." Durdu ve omzuma dokundu. "Ne oldu? Neden üzgünsün?"

Yürümeye devam ederek, "Üzgün değilim," dedim. "Sanırım varlığı beni korkuttu. Ona güvenebilir miyiz bilmiyorum. Hepsi bu."

Gray, "Onunla arkadaş olabiliriz," dedi.

"Bilmiyorum."

Gray, "O genç bir kız," dedi. "Bizi incitmez."

"O genç bir *kadın,"* dedim. "İncitebilir de."

Kampa döndüğümüzde biraz dinlenmeye karar verdim. Uzanmadan önce gemide bulduğum günlüğü elime aldım. Harfler, günlük, genç bir kadının lekeli siyah beyaz fotoğrafı. Tüylerim diken diken oldu. "Gray!" diye bağırdım. "Hemen gelsene!"

Hemen içeri gelerek, "Ne oldu?" dedi. "İyi misin?"

"Evet," dedim. "Şuna baksana." Fotoğrafı uzattım. Şaşırmış gibiydi.

"Bu tıpkı..."

"Bugün gördüğümüz kıza benziyor," dedim.

Gray, "İmkânsız," dedi. "Torunu filan olması lazım."

"Tabii ki," dedim. "Bunu açıklamanın tek yolu bu."

Ama buna ikimiz de inanmıyorduk. Gerçek, ikimizin de artık neye inanacağını bilmediğiydi.

21. Bölüm

1 Mart 1918

Rio de Janeiro

Estella ve kardeşi Juanita salı günlerini seviyorlardı. Salı günleri, anne ve babaları öğleden sonra fırından ayrılmaları için onlara izin veriyordu. Estella on yedi, Juanita ise on dört yaşındaydı, bu yüzden özgür oldukları bu kıymetli saatlerde ne yapacaklarını tartıştıklarında hep Estella kazanırdı. Bugün anneleri avuçlarına iki paket *bolinho de chuvas* sıkıştırmıştı. Babaları, bazı zamanlar yaptığı gibi, fikrini değiştirmeden anneleri kızlarını öperek onlarla vedalaşmıştı. Annesinin cömertliği ve babasının hiç cömert olmayışı, Estella'nın erkekler konusunda şüpheci davranmasına neden oluyordu.

Juanita, Ruo de Entrada'da yürüyüp mağaza vitrinlerindeki süslü elbiselere bakmayı tercih ederdi. Ama Estella bunu istemezdi. Bugün limana gidecek, tarçın ve şeker kaplı tatlılarını yiyecek ve gemileri izleyeceklerdi.

Estella denizciliğe pek de meraklı değildi. Ama bu limanın ötesindeki dünyaya meraklıydı. İnsanlar nasıldı? Dünya nasıldı? Rio'nun ötesindeki hayatı görebilecek miydi?

"Hadi gidelim," dedi Juanita.

Estella yüzündeki şekeri silmesi için onu azarladı, sonra limana yanaşan bir gemi fark etti. Ayağa kalktı. "Bak," dedi. "Bir Amerikan gemisi."

İkisi beraber liman çalışanı onları kovalamadan ya da uyarmak için ıslık çalmadan rıhtım boyunca yaklaşabildikleri kadar ilerlediler.

Estella güzeldi, erkeksi bir güzelliği vardı. Annesi ona hep saçını şöyle ya da böyle yapmasını söylerdi. Temiz bir elbise giymesini. Daha çok gülümsemesini. Erkeklerin seni fark etmesini istersin, derdi. Evlenme zamanın geliyor. Ama evlilik ya da erkekler Estella'nın ilgisini çekmiyordu. Kelebek yakalamayı, kitap okumayı ve hakkında hiçbir şey bilmediği muazzam dünyayla ilgili hayaller kurmayı tercih ederdi.

"Artık gidebilir miyiz, lütfen?" dedi Juanita bıkmış bir iç çekişle.

"Birkaç dakika daha," dedi Estella, ateşli bir konuşmaya dalmış bir grup denizciye bakarken. Biri Amerikalıydı, aksanından ve dile pek hâkim olmayışından bunu anlayabiliyordu. Gözleri öfkeli, duruşu saldırgandı.

"Bana kızın elinde olduğunu söylemiştin," diye bağırdı.

"Üzgünüm, efendim," diye cevap verdi Brezilyalı bir liman çalışanı. Estella'dan çok da büyük değildi, Amerikalı'dan kısaydı ve açıkça görülüyordu ki ondan korkuyordu. Kaşlarını ovdu. "Elimizden geleni yaptık."

Amerikalı bir adım yaklaştı ve sinirle yumruğunu havaya kaldırdı. "Juan ya da adın her neyse, bize söz verdin, bu söze dayanarak geminin rotasını değiştirdik. Bunun bedelini ödeyeceksin."

Liman çalışanı kaçmak ya da iskelenin altına sinmek istiyormuş gibi görünüyordu. Gözleri kaçışını planlayan, kafesteki bir hayvan gibi etrafını tarıyordu. Sonra Estella'yı gördü.

"Bekle," dedi. "İşte orada. Çalışanlarım onu bize yeni getirmiş olmalılar."

Estella adamın onun hakkında konuştuğunu bir anda fark etti.

Amerikalı, Estella'ya yaklaştı ve terli elini onun çıplak omzuna koydu. "Bak, bak, bak," dedi. "Demek sözünü tuttun."

Estella kıpırdandı, liman çalışanı gergin bir şekilde gülümsedi.

"Yolu biliyor, değil mi?"

"Evet, babası bu yolları çok iyi bilen bir kaptandı. Bu kız denizlerde büyüdü."

"Neden bahsediyorsunuz bilmiyorum," diye çığlık attı Estella. "Bırakın beni!"

"Özgür kalmak için her şeyi söyler," dedi liman çalışanı. "Babasına onun için iyi para verdim."

"Neden bahsediyorsunuz bilmiyorum," diye çığlık attı Estella. Küçük kız kardeşine baktı, onun birkaç metre arkasında donmuş gibi duruyordu. "Juanita, kaç! Yardım bul!" Küçük kardeşi söz dinleyerek arkasını döndü ve rıhtım boyunca koştu, bir kere sendeledi, sonra kendini toparlayıp köşeyi dönerek kayboldu.

Amerikalı, liman çalışanına bir zarf verdi. "Hepsi içinde."

İki adam birkaç kelime daha homurdandı. Sonra Amerikalı, Estella'yı kaldırdı ve onu hayatında gördüğü en büyük gemiye taşıdı.

"Sessiz ol, benim İspanyol güzelim," dedi ona. "Eğer işbirliği yaparsan yaşamana izin veririm."

Estella çığlık atmak için ağzını açtı ama hiç ses çıkmadı. Kalbi büyük bir gürültüyle çarpıyordu, göğsünde davul gibi güm güm atıyordu.

22. Bölüm

11 Ağustos 2008

Bermuda

Lisa ve Tom kiraladıkları küçük uçaktan asfalt piste indiler. Hava rahatsız edici bir şekilde ılıktı, Lisa bu sabah sürdüğü fondötenin yüzünden akacağından endişeleniyordu. Bir tuvalette durup kontrol edecek ya da göz kalemini tekrar sürecek zamanı olmayacaktı. Tekne hazır olacaktı. Ayrıca Tom'un onun sürekli bakıma ihtiyacı olan biri olduğunu düşünmesini istemiyordu. Tom tabii ki güzel kadınları seviyordu; ilişki geçmişinde birkaç model vardı ki bunlardan biri Victoria's Secret kataloğu için poz vermişti. Lisa derin bir nefes aldı ve parmaklarını dağınık saçlarının arasından geçirdi.

"Burası muhteşem," dedi tatlı tatlı.

Tom'un kafası karışıktı, gözleri cep telefonuna kilitlenmişti. "Saat beş gibi tekneye varmış olmalıyız," dedi. "Güneş batmadan yelken açmak istiyorum."

Lisa akşam yemeği yemek ve belki bir şeyler içmek için şehirde durmayı umuyordu ama karşı çıkmadı. Bu Tom için çok önemli bir yolculuktu, bunu biliyordu. Yıllar süren planlama ve daha da uzun süren araştırmaların sonucuydu. Cyclops ve hazineleri. Bu onun en büyük başarısı olacaktı. O kadar yakındı ki kokusunu alabiliyordu.

Annesi Lisa'ya bu adama güvenmemesini söylemişti; bu adama olmazdı. Fazla gösterişli, demişti. Kırmızı spor araba süren, kırklarında ve üniversiteyi yeni bitirmiş bir kızla çıkmak isteyen hiç kimseye güven olmaz, demişti. Neden okulundan James Atwood gibi iyi bir çocukla çıkmıyordu? Ya da kiliseden Brock Farland'la? Annesi asla anlamazdı. Geçen hafta gizlice evlenmelerini de kesinlikle anlamamıştı. Ama hiç onaylamasa da onları bu yolculuğa beş bin dolarlık bir çek ve sevgisiyle göndermişti.

Lisa parayla büyümemişti, birazcık bile. Babası kömür madeninde çalışıyordu, annesi de ona ve küçük kız kardeşine bakıyordu.

Basit ama mutlu bir hayatları vardı. En azından Lisa on üç yaşındayken o adam kapılarını çalana kadar. Annesi hemen orada, kapının önünde dizlerinin üstüne çökmüştü. Lisa'nın ne olduğunu sormasına gerek yoktu. Maden babasını almıştı. Artık eve gelmeyecekti.

Cenaze günü yağmur yağmıştı. Lisa ve kardeşinin mezarlıktaki çamurlu bir su birikintisinde ayakları ıslanmıştı. Ertesi gün New York City'den bir adam havalı arabasıyla evlerinin önünde durmuştu. Avukattı, maden firmasının babasının ölümünden sorumlu olduğunu söylemişti. Eğer kabul ederlerse onlar için dava yoluyla para alabilirdi. Annesinin mutfak masasında oturup siyah mürekkeple anlaşmaya imzasını atışını izlemişti. Sue Ellen Smith, h'nin sonunda bir kıvrımla.

Bir yıl sonra postayla iki milyon dolarlık bir çek almışlardı. Tabii avukatlar on beş milyon kazanmışlardı ama Lisa'nın annesi için bu önemli değildi. Daha fazla para kocasını geri getirmeyecekti.

Böylece yeni bir ev aldılar, mütevazı ama önceki evlerinden daha güzeldi. Lisa'nın annesi paranın kalanını bankaya yatırdı.

Kimsenin paradan haberi yoktu. Sadece en iyi arkadaşı Jennifer'a söylemişti ve Tom'a tabii ki. Sonuçta onun kocasıydı, en azından geçen haftadan beri.

Balayıları işle iç içe bir balayı olacaktı. Tom iş başındaydı, Lisa da ona yardımcı olacaktı. Kocası rotayı çıkarmıştı. Gemi yakınlardaydı, bunu biliyordu. Oraya vardıklarında Cyclops'u ve tüm hazinesini bulacaklardı. Evet, Lisa'nın bir parçası klasik bir balayının özlemini çekiyordu; belki Hawaii ya da Meksika'da geç uyanıp öğleden sonraları havuz başında yayılabilecekleri güzel bir otelde. Ama Lisa klasik bir adamla evlenmemişti.

Yelkenli güzeldi ama küçüktü, Tom'un onu götürdüğü tekneler kadar büyük hiç değildi. Yine de iyiydi. Bir yatak, küçük bir mutfak, bir tuvalet ve küçük bir duş vardı. Gemi enkazının yerini tespit edecek ve hemen geri döneceklerdi, aynı Tom'un söylediği gibi. Şipşak.

Ama işler tam olarak öyle ilerlemedi. Bir gün iki güne çıktı, iki gün dörde. Dört, on bire. "Burada olması gerekiyor," dedi Tom, bir öğleden sonra bininci kez haritanın üzerine kapanarak.

Lisa şikâyet etmekten nefret ederdi ama yemekleri azalıyordu ve ev hasreti çekiyordu. Günlerdir telefonları çekmiyordu ve annesinin sesini özlemişti. "Tom, tatlım," dedi. "Belki geri dönmeliyiz."

"Bu kariyerimin en önemli yolculuğu. Anlamıyor musun?" diye kızgınlıkla söylendi Tom. "Hayır, tabii ki anlamıyorsun. Senin bir kariyerin yok."

Doğruydu, diş hekimliği bölümünü Tom'la tanıştığında bırakmıştı. Ama bu, sırf Tom onu alıp Las Vegas'ta bir haftasonu geçirmeye götürdüğü ve o sırada finallerini kaçırdığı içindi. Tom'un sözleri acıtmıştı ama Lisa yine de kocasını desteklemek için daha fazlasını yapması gerektiğini biliyordu. "Üzgünüm," diye fısıldadı.

"Hazineyi bulduğumuzda üzgün olmayacaksın," dedi Tom.

Üç gün daha geçti, sonra üç gün daha. Lisa'ya Tom aklını kaybediyor gibi geliyordu. Bir sabah ona bağırdı, sonra gece geç saatte gözyaşlarına boğuldu. Lisa onu teselli etmeye çalışınca parladı. Lisa bunu kabul etmek istemiyordu ama kocası onu korkutmaya başlamıştı.

"Tom," dedi günbatımının hemen ardından temkinli bir şekilde. "Yalvarırım. Lütfen, geri dönelim." Bütün taze meyve ve sebzeleri tükenmişti. Lisa azar azar yediği mısır gevreğini bitireli çok olmuştu.

Ağzını hiç açmamalıydı. Bunu Tom'un yüzünden gözlerini karartan bir gölge geçtiğinde anlamıştı. O anda, acı verici bir biçimde, evlendiği adamı tanımadığının, hem de hiç tanımadığının farkına vardı.

"Ah, tatlı kız," dedi Tom. "Asla geri dönmeyeceğiz, bunu bilmiyor musun? O gemiyi bulacağız ve gerekirse bunun için öleceğiz."

Lisa inanamayarak başını salladı. "Tom, sana ne oldu?"

Tom sadece çılgınca güldü. "Hiçbir şey bilmiyorsun, değil mi?"

"Tom, neden bahsediyorsun?"

"Bilmiyorsun, değil mi?"

"Neyi bilmiyorum?"

"Ne aptal bir sürtüksün," dedi viski şişesinden bir yudum alarak. "Seninle aşk için evlendiğimi mi sanıyorsun?" Kahkahası kulağa gıdaklama gibi geliyordu. "Annenin banka hesabını uçağa binmeden hemen önce boşalttım."

Lisa ne dediğini duymuştu tabii ki ama ona hiç doğru gibi gelmiyordu. Tom onu sevmiyordu. Tom annesinin parasını çalmıştı. Ama sonra kafasında her şey yerine oturdu, acı verici bir şekilde olsa da. Tom onu *kullanmıştı.*

Lisa silahın nerede olduğunu biliyordu. Güverteye çıktıkları gün yatağın altında görmüştü. Tom tekrar haritaya bakmak için teknenin kıç tarafına gittiğinde Lisa da güvertenin altına indi ve tabancaya davrandı. Elini namlunun etrafına sardığında metalinin soğukluğunu teninde hissetti. Silahla onu hemen öldürüp denize atacaktı, sonra Sahil Güvenlik'e imdat çağrısı yapacaktı. Onu kurtaracaklardı ve o da eve, annesine gidip ondan çalınan parayı kurtarmaya çalışacaktı.

Ancak planı en başından ters gitmişti. Tom elini Lisa'nın omzuna koydu.

"Elinde ne var, tatlı kız?"

"Hiçbir şey," dedi silahı saklamaya çalışarak ama artık çok geçti. Tom silahı ondan aldı ve namluyu tam alnını gösterene dek yüzüne doğru itti.

"Beni şu küçük zekânla alt edebileceğini mi sandın, küçük sürtük?" dedi. "Eh, yanıldın. Ben seni zekâmla alt ettim." Silahı ateşlemeden hemen önce Lisa onun kolunu aşağı itti, kurşun başı yerine göğsüne isabet etti.

Hiç canı yanmıyordu. Sadece tamamen uyuşuk hissediyordu. Dizlerinin üstüne düştüğünde Tom silahı yatağa bıraktı ve mutfak tezgâhında kalan son patates cipsini ağzına attı. Lisa silaha uzandı.

"Bakalım asıl aptal kimmiş, piç kurusu," dedi silahı Tom'un göğsüne doğru peşpeşe ateşleyerek. Tom yere düştü. Zorlukla nefes alıyor, boğuluyordu, sonunda son nefesini verdi.

Lisa çok zamanının kalmadığını biliyordu. Onu denize atması sonra da tekneyi nasıl geri götüreceğini çözmesi gerekiyordu. Evine, annesine gidecekti. Daha iyi bir adamla tanışacaktı. Her zaman hayalini kurduğu hayata sahip olacaktı. Bu sadece... korkunç bir hataydı, o kadar.

Bütün gücüyle 1.90 boyundaki Tom'u okyanusa attı; peşinden de silahı. Kendisi düşmeyi planlamamıştı ama vücudu çok zayıf düşmüştü. Çok, çok zayıf. Bir dalga teknenin pruvasına vurup onu sarsınca dengesini kaybetti. Su etrafını sardı.

Sorun şuydu ki Lisa yüzmeyi hiç öğrenmemişti.

23. Bölüm

Bir Yıl Sonra

Ada

Gray'den önce uyandım. Her tarafım ağrıyordu ve kusacak gibi hissediyordum. Adanın ortasındaki karanlık alanda bulduğumuz o mantarlar kötü çıkmış olmalıydı. Ya da midyelerdendi. Ya da bir yıl ve bilmem kaç aydır yediğimiz kahrolası yemeklerden birindendi. Yeni bulantı dalgası yükselip alçalırken homurdandım.

Bugün evi özlüyordum. Buharı üstünde tüten sıcak bir bardak kahveyi, yumuşak bir yatağı, müziği, şarabı özlüyordum. Artık Erik'i özlemesem de onu merak ediyordum. İyi miydi? Hâlâ yasımı tutuyor muydu? Beraber aldığımız küçük evi satmış mıydı?

Anne babamı, arkadaşlarımı, Gabby'yi, herkesi merak ediyordum. Kayboluşumla nasıl başa çıktıklarını. Benim için bir cenaze düzenlemişler miydi? Cenazeye çok insan katılmış mıydı? Patronumu düşününce yüzümü buruşturdum. Komik ama tüm bu süre boyunca pazartesiden cumaya çalıştığım küçük kabini çok az düşünmüştüm. Yapıştırıcı gibi kokardı. Kendi kendime gülümsedim.

İlginç bir şekilde Maka'yı bu sabah henüz görmemiştim. Genelde bizi karşılamak için ateşin başında bekliyor olurdu. Onu kızarmış bir midyeyle ödüllendirirdim. "Maka," diye seslendim. "Gel pisi pisi pisi."

Kumsal boyunca yürüdüm ve yol kıvrılınca köşeden baktım. Orada güneşin altında kuma uzanmış yatıyordu. "İşte buradasın, tembel kedi," dedim, en sevdiği yer olan boynunun iç kısmını okşamak için çömelirken. Ama yumuşak tüylerine dokunmadan önce karnı boyunca uzanan kırmızı kan şeridini gördüm.

"Maka," diye çığlık attım. Karnından tutup biraz sarstım. "Maka!" Kımıldamıyordu, onu kucağıma alıp kampa geri taşıdım.

"Gray!" diye bağırdım.

Uyku sersemi ama korkmuş bir halde yanıma geldi. "Ne oldu?" diye sordu.

"Bak," dedim gözyaşlarımın arasından. "O..."

Gray, Maka'yı benden aldı ve kuma yatırdı. Onun yanına çömelip kalbinin eskiden güçlü bir şekilde attığı göğsündeki o yere dokundu. "Ölmüş, Charlotte."

Aklım başımdan gitti. "Hayır," dedim. "Ölmüş olamaz. Onu kurtaramaz mısın? Kurtaramaz mıyız?.."

Dizlerimin üstüne düştüm. "Neden?" diye çığlık attım. "Neden ölmek zorundaydı ki?"

Gray uzanıp elimi tuttu.

"Bu kahrolası ada yüzünden," dedim. "Kötü burası. Buradaki her şey."

"Çok yıprandın," dedi Gray. "Biraz uzan. Son zamanlarda pek iyi hissetmiyordun zaten."

"Uzanmak istemiyorum," diye bağırdım. "Ben-"

Tam o sırada okyanustaki bir şey gözüme takıldı. İlk başta sadece gündoğumunda bir benekti. Muhtemelen suda sürüklenen bir ağaç dalıydı. Hatta belki bir yunustu. Gray'le birkaç tanesinin buralardan geçtiğini görmüştük. Onların istedikleri gibi gidip gelme özgürlüklerini hep kıskanmıştım.

Benek büyüdü. Hayır, bu bir yunus değildi. Şimdi bir direği olduğunu görebiliyordum. Bir *tekne* olduğunu ve *tam da adaya doğru* geldiğini görebiliyordum.

"Bak," dedim, ileriyi işaret ederek.

"Ne-"

"Bu bir tekne!"

"Onu görebiliyorum," dedi Gray.

Delicesine el sallamaya ve tekne yaklaşınca bağırmaya başladım.

"Ateş yakmalı mıyız?" dedim. "Dumanla işaret göndeririz, ha?"

Gray başını iki yana salladı. "Hayır. Oradan bizi görebilirler. Sanırım kıyıya doğru ilerliyorlar."

Bir tekne, beyaz bir yelkenli, yükselip alçalarak yavaşça ilerlerken onu izledik.

Gray suyun kenarına yürüdü. "İlginç," dedi. "Sanki kimse tekneyi kullanmıyor. Amaçsızca suda yüzüyor gibi görünüyor."

"Güvertede kimseyi görüyor musun?" diye sordum, gözlerimi kısıp bakarken.

"Hayır," dedi. "Yüzüp binebilir miyim diye bakacağım."

"Dikkatli ol," dedim, suda yürüyüp yelkenliye doğru yüzüşünü izlerken. Kendini tekneye çekebildi. Küçük teknede etrafına bakınmasını izledim. "Burada kimse yok," diye seslendi.

İçim sızladı.

"Motorda biraz gaz var," dedi. "Tekneyi kıyıya getireceğim."

Bir dakika sonra Gray sığ suya atladı, yelkenliyi kıyıya çekti. Adanın bu tarafının, doğu tarafı gibi pürüzlü ve keskin taşlarla kirlenmemiş olması iyiydi, yoksa teknenin altı mahvolurdu.

"Gel bir bak," dedi Gray ben tekneye binerken.

"Sade bir tekne," dedi, "ama güzel." Güvertenin altındaki küçük odaya doğru merdivenleri indi. "Bak, küçük bir mutfak." Buzdolabını açtı ve altılı Corona paketini gösterdi. "Charlotte, gemimiz geldi."

Gray iki şişeyi açıp birini bana verirken gülümsedim. Bira ılıktı ama yine de tadı çok güzeldi.

"Acaba bu yelkenli kimindi?"

"Kim bilir?" dedi Gray. "Belki de bir fırtına onu marinasından çıkardı, belki tekne aylardır suda yüzüp duruyordu."

"Hayır," dedim başımı sallayarak. "O zaman neden içeride bavullar olsun?" Yatağın üstündeki iki küçük bavula doğru yürüdüm ve birini açtım. İçinde kadın kıyafetleri vardı; bikini, şort, birkaç tişört ve seksi, siyah dantelli bir gecelik. Geceliği alıp bedenimiz uyuyor mu görmek için üstüme tuttum. "İşte ben de bundan bahsediyordum," dedi Gray dalga geçerek.

Diğer bavul erkek kıyafetleriyle doluydu. "Anlaşılan adam *large* giyiyor," dedim Gray'e. "Birilerine yeni bir gardırop miras kaldı."

Gray, oyuncak mağazasındaki küçük bir çocuk gibi teknenin içindekileri inceliyordu. "Bak, Char, bir alet kutusu," dedi. "Bunu kullanabiliriz. Ve burada," diye devam etti yatağın altından büyük bir kasa çıkarırken, "binlerce kibrit var. Ve bak, konserveler ve konserve açacağı."

Noel sabahı gibiydi, tabii içimin sızlaması dışında. İlk kez Gray'in bu adayı terk etmeye niyeti olmadığını fark etmiştim, gerçekten farkına varmıştım. Onun için tekne, kaçmamıza yardım edecek gemi değildi. Hayır, onun için tekne, buradaki yıllarımızı kolaylaştıracak, hazinelerle dolu bir hediyeydi.

Oturdum ve Gray kıyıya geri götürmek için yığın yığın eşya toplarken onu seyrettim.

"Ne oldu?" dedi sonunda, ne kadar sessiz olduğumu fark edince.

"Adadan ayrılmak istemiyorsun, değil mi?"

Elindeki kızartma tavasını bıraktı.

"Charlotte, ben-"

"Bunu hiçbir zaman istemedin. Bana karşı dürüst ol."

Bakışlarını kaçırdı.

"Eh," dedim. "Ben istiyorum."

"Ciddi olamazsın," dedi.

"Ciddiyim."

"Ne, okyanusta amaçsızca sürüklenecek misin? Fırtınaların ve Tanrı bilir başka nelerin içinden? Sırf belki, sadece belki, bir gemi seni bulabilir diye?"

"Yelkenleri kullanacağım," dedim direği göstererek.

"Nasıl kullanacağını bilmiyorsun."

"Lisede ders almıştım. Çözebilirim."

"Yapma, Charlotte. Bu çok saçma. Okyanusta asla hayatta kalamazsın."

Gözlerim doldu. "Benimle gelmeyeceğini mi söylüyorsun?"

Bana doğru yürüdü. "Bu ada artık bizim evimiz, Char. Senin ve benim. Artık o dünyaya ait değiliz."

"Evet, aidiz," dedim. "Evde yeni bir hayat kurabiliriz, güzel bir hayat. Tekrar başlayabiliriz... birlikte."

Gray büyük bir öfkeyle parladı. "Asla geri dönemem," dedi.

"Neden?" diye yalvardım. "Hiç mantıklı konuşmuyorsun."

"*Asla geri dönemem* dediğimde bana güven," dedi.

Bedenime Gray'in sakladığı sırları merak etmeme neden olan bir ürperti yayıldı. Bunlar karanlık sırlar mıydı? Geriye doğru bir adım attım.

"Benden ne saklıyorsun?" diye sordum, gördüğüm rüyayı, o karanlık rüyayı hatırlayarak.

"Ne fark eder?" dedi küstah bir tavırla.

"Ne mi fark eder?" Gözlerim her yeri tarıyordu. Kalbim hızlanmaya başlamıştı. "Karınla mı ilgili? Bir şekilde karının ölümüyle bir ilgin mi var?"

Yüzü onunla gemide tanıştığım gece göründüğü gibi görünüyordu. Düşünceli ve somurtkan. "Böyle mi düşünüyorsun?"

Ellerimi havaya savurdum.

"Ne düşünmeliyim, Gray?"

Alet kutusunu ve kasadan birkaç kibrit kutusunu kıyıya fırlattı.

"Denizde bunlara ihtiyacın olmayacak. Gerisi sende kalsın."

"Bekle, ne yapıyorsun?"

"Gitmene izin veriyorum çünkü istediğin şey bu."

"Lütfen, Gray," diye yalvardım. "Böyle olmaz."

"Bu senin tek şansın. Her zaman istediğin şey buydu, ayrılmak."

"Benimle gelmeni istiyorum," dedim gözyaşlarımın arasından.

"Hayır, istemiyorsun," dedi. "Gerçekten istemiyorsun."

"İstiyorum," dedim. "Delicesine istiyorum."

"Ama dediğin gibi, beni tanımıyorsun."

"Tanımıyor muyum?"

"Belli ki tanımıyorsun." Tekneden atladı. "Eşyalarını toparlarım. Teknede su var ama daha çoğuna ihtiyacın olacak, biraz mango ve fındığa da. Sana dün yaptığım kurutulmuş balığı da vereceğim."

Teknede yastığa yaslanıp ağladım.

"İşte," dedi çantalar dolusu malzemeyle geri döndüğünde. "Gemideki mektupları da koydum, günlüğü de."

"Teşekkürler," dedim.

"Dikkatli ol," dedi. Sesi biraz titremişti.

"Gray," dedim ağlayarak.

"Git," dedi.

"Beni bırakma."

"Bunu yapmak zorunda olduğumu biliyorsun." Tekneyi suya doğru itti. "Motoru çalıştır. Adadan uzaklaşana kadar motorla ilerlemen gerek."

Motor çalışana kadar kolla uğraştım, başta sesler çıkardı sonra biraz duman püskürttü. Ayrılıyordum. Gerçekten ayrılıyordum. İstediğim şey bu muydu?

Tekrar Gray'e bakmak için döndüm. Şimdi benden daha uzaktaydı. Evimiz olan bu adadan uzaklaşırken hâlâ beni izliyordu.

El salladı.

"Seni seviyorum," dedim delicesine akan gözyaşlarımın arasından. "Ve hep seveceğim."

Dudaklarındaki sözlerini gördüm. Bana son sözlerini. "Seni seviyorum."

İkimiz de ufukta birer benek olana kadar uzun bir süre birbirimizi izledik.

Motoru kapattım ve yelkeni topladım. Rüzgâr yoktu. O yüzden okyanusun ortasında öylece yüzecektim. Yeni bir bulantı dalgası hissettim. Bir de hayatımda hissettiğim en derin yalnızlığı ve kederi.

Tanrım, ben ne yaptım?

24. Bölüm

Gün, gerçekten acı çekiyormuşum gibi hissettiren kahredici bir yavaşlıkla geçti. Dün gece rüyamda adada birinden kaçtığımı görmüştüm. Bir adamdan. Gray beni kurtarmak için orada değildi ve karnımda feci bir ağrı vardı. Uyandığımda ağrı geçmemişti. Karnıma sıkıca sarıldım ve yıldızlı geceye haykırdım. Gray'in adını bağırdım, Erik'in adını. Geçmişim, şimdim ve sahip olmak istediğim gelecek için çığlık attım.

Ondan sonra daha fazla uyumadım, ayın güneşe teslim olmadan önce ufukta batmasını izledim. Işık ve karanlık arasındaki, aslında ikisinin de kazanmadığı gece savaşı.

Son fasulye konservesini açıp çatalımı içine daldırdım. Konserveler bana büyükannemin evinde geçirdiğim yazları hatırlatıyordu. Ailemiz için düzenlediği barbekü partilerini, mutfağın dışındaki bahçe avlusunun muşamba masa örtülerini. Mutlu zamanlardı.

İki yer arasındaydım; ada ve önceden evim dediğim dünya. Odaklanmamış bir objektif gibi her şey bulanıktı. Queen Anne Hill'de Erik'le paylaştığım *Dutch Colonial* tarzı ev, beyaz dış kaplaması, siyah kepenkleri ve kırmızı kapısı. Bahçedeki yıldız çiçekleri, Erik'in giysi dolabımız için bana aldığı ayakkabı rafı. Evim güzel evim, tabii... hâlâ öyle olur muydu? Bundan sonra her şey aynı kalır mıydı?

Güvertenin altındaki yatağa uzanıp gözlerimi kapattım.

Sekiz gündoğumu ve batımı daha geçti. Dokuzuncuda midem çok fena bulanıyordu ve o kadar zayıf hissediyordum ki korkmaya başlamıştım. Yemeğim bitmişti. Mangoları yemiştim, bir kısmı da içten dışa çürümüştü. Makademya fındıkları da öyle. Konserve yemekler tükenmişti ve daha fazla su şişesi kalmamıştı. İçmek için yağmur suyu toplamak amacıyla çanak ve tavalar dizmiştim. Ama günlerdir yağmur yağmamıştı. Burada ölebilirdim. Bir yanım aslında bunu istiyordu da.

Dün bir gemi gördüğümü sandım. Tabii ki bir yanılsamaydı. Sadece ufuktaki koyu bir lekeydi. Deniz birçok acımasız oyunundan birini oynuyordu. Çok zamanımın kalmadığını biliyordum. Boğazım öylesine kurumuştu ki ancak yutkunabiliyordum.

Bulunacaktım. Eninde sonunda. Ama o zamana kadar çoktan ölmüş olacaktım. Deniz kuşları tarafından parça parça yenmiş olacaktım. Güneşte kurumuş olacaktım. Üzerimden irin akıyor olacaktı. Ürperdim.

Çekmecede bir defter ve kalem buldum.

Beni bulan kişiye:

Ben Charlotte Bellweather. Eşim Erik Bellweather'la beraber çıktığımız bir tekne gezisinde Bermuda dolaylarında alabora oldum. Balayı tatilimizdeydik. Yaklaşık iki yılı küçük bir adada, kaybolan teknenin benden başka hayatta kalan tek yolcusu olan Gray Lawton isimli bir adamla geçirdim. Kaptan da dahil diğer tüm yolcular öldü. Bu tekne kıyıya vurunca adadan ayrıldım. Eve varmak için elimden geleni yaptım ama başaramadım. Lütfen anne ve babama onları sevdiğimi söyleyin. Ve lütfen kocama da...

Bir gemi düdüğü sesi duyunca başımı kaldırdım. *Olamaz.* Sonra ses tekrar duyuldu, sersem bir halde geceye baktım. *Bir gemi. Kocaman bir gemi.*

Adrenalin elektrik akımı gibi içimden geçti, içinde neredeyse hiç güç kalmamış bedenime hayat verdi. Bir işaret fişeği yakmalıydım. Nerede olduklarını biliyordum, mutfağın yanındaki dolapta, acil bölmesindeydiler. Tüm gücümle yavaş yavaş merdivenlerden aşağı inmeye başladım ama dengemi kaybettim ve ileri doğru düştüm. Alnım çok kötü kesilmişti. Kanın yanağımdan aktığını hissedebiliyordum. Ancak bunu düşünecek zaman yoktu. Dizlerimin üzerinde kalkmak için ellerimi kullandım ve dolaba doğru süründüm. Acil malzemelerini buldum. İşaret fişeklerini çıkardım. Sonra ayakta durmak için kendimi toparlayıp çaydanlığın yanında bıraktığım kibritleri buldum.

Tekrar güverteye süründüm ve ilk kibriti yakmaya çalıştım. Ama ellerimi düzgün kullanamıyordum, hatta hiç kullanamıyordum. *Hadi, Charlotte. Bu senin şansın. Belki de tek şansın.* Tekrar denedim ve bu sefer yaktım, güzel turuncu bir alev parladı. Kibriti fişeğin ucuna tuttum ve yandı. Kaldırdım... ama kontrolü kaybettim ve fişek suya düştü.

Hayır. Hayır, hayır, hayır, hayır, hayır.

Gemi gecenin içinde hızla ilerliyordu. Sudaki yerimi neredeyse tamamen gölgeliyordu.

Diğerini yakmalıyım.

Sakinleştim ve başka bir kibrit yaktım. Bu sefer aleve inanılmaz bir konsantrasyonla odaklandım. İşe yaradı ve işaret fişeğini yakmayı başardım. Havaya kaldırdım. Daha fazla ayakta kalamayıncaya dek hararetle ileri geri salladım. Oturduğum yere yığıldım ve sağ kolumu sallamaya devam ettim.

"Lütfen," diye bağırdım. "Lütfen gelip beni alın."

Gemi ilerlemeye devam ediyordu.

"Hayır," diye çığlık attım. "Hayır, lütfen dur!"

Gözyaşları yanaklarımdan akıyordu. Dizlerimi göğsüme çektim ve başımı dizlerime gömdüm. *Bitti. Bu sonum. Biliyorum. Hissediyorum.*

Sonra geminin düdüğünü tekrar duydum. Başımı kaldırıp gözlerimle geceyi taradım. Sonra bir işaret fişeği gördüm. Elimde tuttuğum küçük fişekten çok daha büyüktü. 4 Temmuz kutlamalarında kullanılması gereken bir fişek gibi görünüyordu.

Tekrar ayağa kalktım. Başım dönüyordu, deli gibiydim. Ama yelkenlinin kenarına tüm gücümle tutundum. Ayaklarımın yerde kalmasını sağlayacaktım. *Beni şimdi yarı yolda bırakmayın.*

Beni gördüklerinden emin değildim. Ama sonra başka bir düdük gürültüyle çaldı ve başka bir fişek gördüm. Gemi arkasına dönüyor gibiydi.

Bana doğru dönüyordu.

İşaret fişeğini sallamaya devam ettim. Gemi yaklaşana dek ayakta durdum. O kadar yaklaştı ki önce önümdeki suda, sonra da teknemde ışıkların parıltılarını görebildim.

Beni görüyorlar. Beni görüyorlar! Şükürler olsun.

Sonra hoparlörden bir ses yükseldi. "Seni görüyoruz. Tehlikede olduğunu sanıyoruz. Seni kurtarmaya geleceğiz. Olduğun yerde kal. Bir sandal göndereceğiz."

Fişeği, "Evet," ve "Teşekkürler," der gibi tekrar salladım.

Dakikalar sonra bana doğru gelen bir sandal gördüm. İçinde üç kişi vardı. Yelkenlime ulaştıklarında hepsini kucaklamak istedim.

"Ben John," dedi üç adamdan biri. "Bu Randy, bu da Pete. Geminin adı MSC Zoe. Willmington, Kuzey Karolina'ya bağlı bir taşıma gemisi. Amerikalı mısın?"

"Evet," dedim. "Adım Charlotte... Ben-"

"Hikâyeni dinlemek için yeterince zamanımız olacak," dedi John. "Kötü görünüyorsun. Önce seni kurtaralım."

Elime uzandı. "Bekle," dedim, yelkenliye dönerek. Mektupları, günlüğü ve Cyclops gemi enkazında bulduğum genç kadın fotoğrafını aldım. Sonra John'un güçlü, nasırlı elini tuttum.

Sandala binmeme yardım etti ve omuzlarıma turuncu bir battaniye örttü. "Burada yalnız mıydın?" diye sordu.

Gözyaşlarımın arasından başımı salladım. Gözyaşları yüzümden sel gibi akıyordu.

25. Bölüm

Kurtuluşumun ilk gecesini hayal meyal hatırlıyordum. Sürekli bilincimi kaybedip duruyordum. Serum takmışlardı. Bir gemi doktoru, ya da hemşire de olabilir, etrafımda dolaşıp durmuştu. Durumum hakkında fısıldaşıyorlardı. Gözlerime parlak bir ışık tutmuşlar, bana ince bedenimi saran kaşındırıcı yün bir battaniye vermişlerdi.

Ertesi sabah gözlerimi açtığımda, güneş sağımdaki küçük bir pencereden parıldıyordu. Siyah pantolon giymiş, resmi görünümlü bir kadın elinde yiyecek tepsisiyle girişte belirdi.

Dikkatlice doğrulmaya çalıştım.

"Ben Pam," dedi. "Doktor Swanson bunu sana getirmemi istedi. Yiyebileceğin kadar yemeye çalışmanı söyledi ama yavaş yavaş. Miden fazlasına alışkın değil."

Başımla onayladım, dizime koyduğu tepsiye baktım. Peynirli yumurta vardı. Tost. Bir kâse karışık meyve. Bir fincan kahve. Önümde muhteşem bir görüntü vardı. Çatala uzandım ve yumurtayı yemeye başladım. Ağzımda resmen eriyordu. Kahvaltı seven bir tip değildim ama şimdi bundan daha iyi yiyecek düşünemiyordum. Yumurta benim için o an kutsal bir şeydi.

Pam yatağımın yanına oturdu. "The Cargo Company'nin yöneticilerinden biriyim," dedi. "Seni sağ salim getirebildiğimiz için o kadar mutluyuz ki."

"Teşekkür ederim," diye mırıldandım yemeğimi yerken.

"Burada güvende olduğunu bilmeni isterim," dedi.

Başımla onayladım.

"İsmin Charlotte galiba."

"Evet," dedim. "Charlotte Bellweather."

Gözleri büyüdü. "Bir dakika, Charlotte *Bellweather* mı dedin?"

Başımla onayladım.

"Olamaz."

"Ne demeye çalışıyorsunuz?"

"Sen o..." Birden durdu ve başını salladı. "Senin hakkında haberler okumuştum. Balayında teknede kaybolan kadın mısın sen?"

"Evet," dedim hemen. "O benim."

"Vay canına," diye yanıtladı Pam. "Nereden başlayacağımı bile bilmiyorum."

Ben de bilmiyordum, bu yüzden bir parça yağlı tosta uzandım. Tereyağı. Ağzım sulandı.

"Sen nasıl?.."

Tostumu indirdim ve kahveme uzandım. Tadını çıkararak büyük bir yudum aldım. Pek iyi bir kahve değildi. Ama yine de tadı o an benim için kutsaldı.

"Hikâyemi dinlemek ister misin?" diye sordum ona. "Tüm hikâyeyi?"

Sandalyesinde kıpırdanarak kulak kesildi.

"Anlayamıyorum," dedi. "Tüm bu zaman boyunca orada nasıl hayatta kaldın?"

Kahvemden son yudumu da aldım.

"Ve şu adam, Gray, hâlâ orada mı?"

Başımla onayladım, gözlerimi küçük gemi penceresine diktim.

Elini koluma koydu. "Onu... sevdin mi?"

Uzun bir süre durakladım. "Evet," diye fısıldadım.

Ama o cevap veremeden önce midem bulandı ve önce soluma sonra da sağıma döndüm.

"Pam," dedim. "Ben, ben... benim midem bulanıyor."

"Al," dedi, hızla bana bir torba uzatarak. Torbaya midemdekileri boşalttım. "Doktor Swanson'ı çağıracağım."

Bir süre sonra doktorla birlikte geri döndü. Doktor ellilerindeydi ve kafası keldi. Hoş gözleriyle bana baktı. "Yetersiz beslenme ve sinirlerinin yıpranmış olmasından. Miden böyle beslenmeye alışkın değil." Bir an duraksadı. "Ama başka bir şeyi daha hesaba katmalıyız."

"Başka bir şey mi?" diye sordum doğrulmaya çalışarak. Pam pipetle bir bardak buzlu su verdi. Bir yudum aldım.

Doktor Swanson başını sallayarak, "Gebelik," dedi.

"Hayır," dedim biraz utanarak. "Hamile olamam. Görüyorsunuz ya ben..."

"Utanmanıza gerek yok," diye devam etti. "Uzun bir süredir o adadaydınız. Sizi yargılayan yok."

"Hayır, ondan değil," dedim, her ne kadar bu konuşmadan utansam da. Her şeyden öte, kanunlar nezdinde ben evliydim. Ama Gray'le değil. "Şunun yüzünden..." Onlara durumumu, rahmimin alındığını söylemek istiyordum. Ama kendimi çok güçsüz hissediyordum.

"İşte," dedi bana gebelik testini uzatarak. Daha önce hiç gebelik testi yapmamıştım. Ama Gabby yapmıştı. Kolejdeyken çok içmiş ve sınırı aşmıştı. Gabby dahil kampüsteki tüm kızları baştan çıkartan, futbol takımındaki korkunç çocuk Brad Kinter'la birlikte olmuştu. Bu yüzden marketten gebelik testi almasına yardım etmiştim. Neyseki merakla ve endişeyle geçen on gergin dakikanın ardından gebelik testinde sadece bir çubuk görünmüştü.

"Hayır," dedim, testi tezgâha koyup yatağa geri dönerek. "Teşekkür ederim ama hamile kalmamın imkânı yok. Bana güvenebilirsiniz."

Doktor omuzlarını silkti. "Peki," dedi. "Ama yine de söylemeden geçemeyeceğim, bunu göz önüne alsanız iyi olur." Kapıya döndü. "Fikrini değiştirirsin diye onu burada bırakıyorum..."

Arkamı dönüp gözlerimi kapattım.

"Varışınla birlikte büyük bir tantana olacağının farkındasın, değil mi?" dedi Pam ertesi gün yemekte. Ton balıklı sandviçi midemde tutabilmiştim. Ve bu çok iyi haberdi. Sekiz tane daha yiyesim vardı.

"Hâlâ limana bir hafta uzaklıktayız," diye devam etti. "Ama protokol gereği kurtuluşunla ilgili merkezimizi bilgilendirdik ve bu sabah tüm dünyadan gazetecilerin seninle bir röportaj yapma umuduyla beklediğinin bilgisini aldık."

Gözlerimi sıkıca kapatıp başımı salladım. "Kimseyle konuşmak istemiyorum."

"Öyleyse bu mesajını ileteceğim," dedi. "Ama bilmelisin ki gizliliğini koruyabilirler de korumayabilirler de. Hikâyen uluslararası bir sansasyon yarattı. Sen kaybolduktan sonra, nasıl her haber programında ve her gazetede fotoğrafınla birlikte haber olduğunu görmeliydin. Bunu söylemekten nefret ediyorum ama senin için çılgınca bir şey olacak, en azından kısa vadede. Ama fırtına zamanla dinecektir. Haberlerin nasıl döndüğünü bilirsin. Başka bir haber yerini alana kadar ellerindeki habere saplantılı bir şekilde yapışırlar."

İç geçirdim. "Buna hazır olduğumu sanmıyorum."

"Gemiden ayrılırken seni korumak için elimizden gelenin en iyisini yapmaya çalışacağız," dedi. "Seyahat firmasından bir yönetici limana vardığımızda seni rıhtımda karşılayacak."

"Seyahat firmasından bir yönetici mi?"

"Evet," dedi. "Bindiğin şu tekne var ya..."

"Ah, evet," dedim.

"Bilirsin," diye devam etti Pam. "Senin yerinde olsam, eve döndüğümde yapacağım ilk iş bir avukat tutmak olurdu."

Başımla onayladım.

"Bir avukata ihtiyacın olacak." İç geçirdi. "Herneyse, seyahat gemisinden biri seni gizli, güvenli bir yere götürecek."

Korkumu bastırmak için suyumdan bir yudum aldım.

"Zamanla tekrar eski hayatına adapte olursun."

"Peki ailem?" diye sordum.

Aynı bana hazırlıksız olduğum bir soru sorulduğunda yaptığım gibi kadının gözleri bir an titredi. "Mümkün olduğu kadar çabuk seni onlarla buluşturacağız."

"Peki ya kocam?" diye sordum. Onlardan aramalarını isteyebilirdim. Numarasını ezbere biliyordum ve elbette teknede kullanabileceğim bir telefon olmalıydı. Ama istemedim.

"Evet, evet," dedi. "Tabii ki."

*

Odamın penceresinden karaya baktığımda midemde bir hareketlenme hissettim. Hâlâ zayıftım. Doktor Swanson neredeyse iki yıl yetersiz beslendikten sonra kaslarımın tekrar güçlenebilmesinin biraz zaman alacağını söyledi. Fakat gücümü bugün toplamalıydım çünkü birkaç saat içerisinde güverteye yürüyüp flaşları patlayan düzinelerce fotoğraf makinesinin önünde gemiden inecektim.

Pam giyebileceğim bir şeyler getirdi. Siyah bir pantolon ve bronz bir kazak. En az üç beden büyüktü ve benim tarzım değildi ama çok da umurumda değildi. Saçlarımda da bana yardım etti ve makyaj malzemelerini vermek istedi. "Eğer haberlere çıkacaksam biraz maskara sürmüş olmak isterdim," dedi. Biraz maskara sürdüm, biraz da ruj.

"Hazır mısın?" diye sordu kapı girişinden.

"Sadece bir dakika," dedim.

Başıyla onayladı. "Seni kapıda bekliyorum."

Derin bir nefes aldım ve aynada son bir kez kendime baktım. Aynadaki kadını zar zor tanıyordum. Çukur yanaklar. Güneşten açılmış uzun saçlar.

Pam'in hazırladığı kanvas çantaya uzandım. İçine su şişesi, atıştırmalık ve doldurmam gereken bazı belgeler koymuştu.

Çantaya şu an sahip olduğum tek şey olan Cyclops'ta bulduklarımı sıkıştırdım. Kapıya doğru yürüdüm ama kapıyı açmadan önce yatağımın yanındaki çekmeceyi açtım, gebelik testini de alıp çantaya koydum.

"Tamam," dedim hole çıkınca, derin bir nefes alarak. "Şimdi hazırım."

Dışarıda, Pam beni iskeleye yönlendirdi. Rıhtıma çıkmadan önce bana söyleseler aşağıdaki görüntüye inanamazdım. Yüzlerce insan vardı. Bir sürü flaş. Neşeyle bağırıyorlar ve el sallıyorlardı.

Pam'e döndüm. "Hepsi benim için mi?"

Başıyla onayladıktan sonra güneş gözlüklerini çıkarıp bana verdi. "İster misin?"

"Teşekkür ederim," dedim gözlükleri takarak.

"İşte gidiyoruz," dedi.

Birçok polisin bizi beklediği rıhtıma kadar onu takip ettim. "Ben polis memuru Stein," dedi biri. "Arabanıza kadar size eşlik edeceğiz." Şapkasıyla selam verdi. "Eve hoş geldiniz, Bayan Bellweather."

"Teşekkür ederim," dedim gergin bir şekilde gülümseyerek.

Yürüyüş yolu bir şeritle ayrılmıştı ama insanlar kollarıyla bana uzanıyordu. Ben yürürken bana mikrofon uzatıyorlardı.

"Charlotte," dedi bir muhabir. "Issız bir adada Gray Lawton adında bir adamla kaldığınız doğru mu?"

"Pardon," dedi kırışık siyah bir takım giyen adam, "Onu sevdiniz mi?"

"Bayan Bellweather," diye seslendi bir kadın. Ağır bir makyajı ve abartılı saçları vardı; sanki biri tüm saç spreyini kafasına boşaltmıştı. "Gray Lawton'ın hükümlü bir katil olduğunu biliyor musunuz?"

İşte o zaman şaşkınlıktan kontrolümü kaybettim. "Yürümeye devam et," diye fısıldadı Pam. "Düz git, Charlotte. Neredeyse vardık."

"Affedersin, Charlotte!"

"Charlotte!"

"Charlotte, kocandan haber var mı? Gray Lawton'dan haberi var mı?"

"Kocanıza dönecek misiniz, Bayan Bellweather?"

Araba, siyah bir arazi aracı hemen önümüzdeydi. Memur Stein ve arkadaşları arabaya binerken bana yardım etti ve Pam de arkamdan geldi.

"Bayan Bellweather, farkında mısınız, kocanız..."

Kapı kapandı. Pencerelere vurduklarını görüyordum.

"Tüm bu olanlar için üzgünüm," dedi Pam. "Düşündüğümden kötüydü."

Arabada kendini Connie olarak tanıtan başka bir kadın daha vardı. Seyahat firmasından bir yöneticiydi. Karadaki yaşamıma adapte olmamda bana yardımcı olacağını söyledi.

Kendimi nasıl hissettiğimi ve bir şeye ihtiyacım olup olmadığını sordu. Biri bana soğuk bir San Pellegrino uzattı. Araba hareket ederken güneş gözlüklerimi çıkardım. Konuşamıyordum. Düşünemiyordum.

"Hükümlü katil" sözcükleri tekrar tekrar kulağımda çınlıyordu.

Bir saat ya da daha fazla arabayla gittik. Tabelaların pencereden uçarcasına geçişini izledim. Bana eski hayatımı hatırlatıyorlardı. Benzin istasyonları. Fast food restoranlar. Dinlenme tesisleri.

"Komik," dedim Pam'e. "Şimdi hepsi yabancı geliyor bana. Başka bir dünyada uzaylıymışım gibi."

"Yavaş yavaş alışacaksın," dedi eski bir dost gibi.

"Nereye gidiyoruz?"

"Bizi Raleigh'ye götürüyorlar," dedi. Kapalı bir otoparkı ve gizli bir asansörü olan bir otel var orada. "Başkan buraya geldiğinde orada kalıyor."

"Vay canına," diye karşılık verdim.

"Burada dinlenip kendini toparlayabilirsin. Daha sonra bu gece Connie'yle görüşüp birkaç şey üzerinde konuşacaksınız."

Connie boğazını temizledi. “Princess Cruises’da biz, yeni yaşamına adapte olurken rahat olmanı istiyoruz,” dedi. “Ve bu konuda sana yardım edeceğiz.”

Kafam karışmıştı ama daha fazla soru sormadım.

“Yarın öğlen Seattle uçağına yer ayırttık,” diye devam etti Pam.

Seattle. Artık evim gibi hissettirmiyordu. Hiçbir yer öyle hissettirmiyordu.

Vardığımızda kapalı otoparkta altı polis bizi bekliyordu ama bu sefer etraf kalabalık değildi. Otopark güvenliydi ve on birinci kattaki odama yürürken kimseden kaçınmak zorunda kalmadım.

Seyahat firmasından Connie kartı kapıya yerleştirdi. Pam ve ben içeri girdik. Odadan çok bir çatı katı gibiydi.

“Umarız burada bu gece rahat edersin,” dedi Connie, bana etrafı göstererek. “Yatak odası orada. Köşede tam takım mutfak. Mutfağa bir sürü atıştırmalık ve içecek koyduk. Burada canın ne istiyorsa bulabilirsin.”

Başımla onayladım.

Oturma odasının yanındaki raflarda dört bavul vardı. “Çok fazla elbisen olmadığını biliyorduk, bu yüzden ihtiyaç duyabileceğin her şeyi aldık.” Gergin bir şekilde gülümsedi. “34 bedensin değil mi?”

Başımla onayladım. “38 bedendim ama...” Zayıf bedenime baktım. “Evet, 34 olmalı.”

Connie oturma odasındaki koltuğu gösterdi. “Gel biraz oturalım,” dedi.

Onu takip ettim ve bej koltuktaki minderlere gömüldüm.

“Yorgun olmalısın,” dedi. “Şimdi aklından binlerce şey geçiyordur. Konuşma havasında olmadığını da biliyorum ama seninle konuşmam gereken birkaç şey var.”

Pam "onu iyi dinle" bakışı attı bana.

"Peki," dedim.

"Charlotte, Princess Cruise Lines şirketinde biz, inanılmaz bir şey yaşadığını biliyoruz," diye başladı, hemen önümüzdeki kahve masasının üzerine bir zarf koydu. "Tüm yolcularımızın, teknede, onları götürdüğümüz limanlarda ve onlara sunduğumuz sahil gezilerindeyken kendilerini güvende hissetmelerini isteriz." Bir nefes aldı. "Senin güvenliğini sağlayamadığımızı görüyoruz ve bundan doğrudan biz sorumlu olmasak bile çok üzgün olduğumuzu bilmeni isteriz. En içten özürlerimizin bir göstergesi olarak, şirkete yasal bir tazminat davası açmadığın takdirde, sana bir teklif sunmak istiyoruz." Zarfı açtı ve içinden bir dizi kâğıt çıkarıp masada bana doğru ittirdi.

Sözleşme hukuku dilinde birçok paragraf vardı. Bunları okumadım ama koyu ve büyük harflerle yazılan 9.000.000$'ı gördüm.

"Bu meseleyi mahkemelere taşımayarak bizimle yapabileceğin işbirliği için sana dokuz milyon dolar vermeye hazırız."

Gözlerim büyüdü. Pam'e baktım, sonra da Connie'ye.

"Burada gerekli belgeler var," diye devam etti, "umarız yapacağın herhangi bir röportajda seyahat şirketi hakkında hoş olmayan bir şekilde konuşmazsın; zaman içinde bizim için bir reklam çalışmasında yer alabileceğini de dikkate alman gerektiğini düşünüyoruz, hatta seyahat şirketleriyle ilgili haber yapan '60 Dakika' veya benzer bir haber programının bir bölümünde CEO'muzla birlikte çıkabilirsin." Bir an durdu. "Kendini hazır hissettiğinde tabii." Bana çok büyük bir iş anlaşmasını bitirmek üzere olan biri gibi gülümsedi. Ama bu bir iş anlaşması değildi. Bu benim hayatımdı ve midem kötüydü. Başım dönüyordu.

"Ne diyorsun, Charlotte?" diye devam etti Connie.

"Bilmiyorum," dedim, derin bir nefes alarak. "Ne söyleyeceğimi bilmiyorum."

"Tamam," diye devam etti. "Neden bu gece düşünmüyorsun. Ama sabah cevabını almamız gerek."

Connie kalkarken başımla onayladım. "Masaya kartımı bırakıyorum. Bir şeye ihtiyacın olursa beni ara." Tatlı bir şekilde gülümsedi. "İstediğin zaman arayabilirsin."

O gittikten sonra Pam bana döndü. "Senin yerinde olsaydım, on milyon isterdim."

26. Bölüm

Ertesi sabah korkuyla uyandım. Rüyamda bir helikopterin Gray ve beni güvenli bir alana taşımak için adaya indiğini görmüştüm. Ama rüyada Gray'i bulamıyordum. Tüm adayı aramış ve sonunda onu ve Maka'yı Cyclops'ta boyunlarından asılmış halde bulmuştum.

Banyoya koşup yüzümü soğuk suyla yıkadım.

Sadece bir rüyaydı. Ama içinde bulunduğum durum da bundan daha rahatlatıcı değildi.

Yatağın yanındaki telefon çaldı. Üçüncü çalışında telefonu açtım.

"Alo?"

"Charlotte?" Aman Tanrım. Sesi hemen tanıdım. O derin, biraz çatlak, tok ses.

"Erik!"

"Charlotte, bu sensin. Gerçekten sensin."

"Evet," dedim, robot gibi bir sesle. O benim kocamdı ama pekâlâ bir yabancı da olabilirdi.

"Charlotte, sen olduğuna inanamıyorum. Ben, ben... senin öldüğünü düşündüm. Çok uzun süre bekledim, ben..."

"Özür dilerim, Erik," dedim.

"Özür mü?" Ağladığını anlayabiliyordum. Sesi titriyordu. "Lütfen özür dilemen gerektiğini düşünme. Özür dilemesi gereken benim. O tekneye seninle binmeliydim. Seni asla orada bırakmamalıydım. Bu en büyük pişmanlığım."

"Eee," dedim. "Ben..." Ne diyeceğimi bilemiyordum. Bermuda'da o tekneye bindiğimde arkamda bıraktığım hayata nasıl geri döneceğime dair en ufak bir fikrim yoktu. Bir zamanlar olduğum kadını hatırlayamıyordum.

"Kuzey Karolina'dasın, değil mi?" diye devam etti. "Bugün eve uçuyorsun?"

Ev.

"Seattle'a, evet."

"İyi, o zaman belki buluşabiliriz? Yemek yeriz?"

"Tamam."

"Mükemmel," dedi. "Seni havaalanından almamı ister misin?"

"Yok, sağol." Durakladım. "Yani, seni görmeyi çok istiyorum ama seyahat şirketi beni gitmem gereken yere götürecek."

"Tabii," dedi. "O zaman seni yedi civarı Pink Door'a getirmelerine ne dersin? Orayı ne kadar çok sevdiğini hatırlıyor musun?"

Tabii ki hatırlıyordum. İkinci randevumuzda Erik'in beni oraya götürdüğünü hatırladım. O zaman bile ona âşık olacağımı biliyordum. "Evet," dedim. Oraya Gabby'yle de gitmiştik. Eski erkek arkadaşıyla çifte randevu yapmıştık.

"Erik, Gabby nasıl?"

Hattın diğer ucunda uzun bir sessizlik oldu. Bir an için hat kesildi sandım. "İyi, iyi," dedi hızlıca.

"İyi. Onu görmek için sabırsızlanıyorum."

"O zaman bu akşam görüşüyoruz?"

"Evet," dedim.

"Buna inanamıyorum," dedi. "Güvende olduğun için mutluyum, Charlotte. Eve döndüğün için çok mutluyum."

"Ben de," dedim. Ama mutlu değildim. Hem de neredeyse hiç. Kalbim durup dururken patlayabilir gibi hissediyordum.

Uzun bir duş alıp bacaklarımı tıraş ettim. Bu iyi geldi. Gittiğim herhangi bir spadan daha iyi olduğu kesindi. Saçlarımı kuruttum. Keçe gibi ve yağlı olmadıklarında ne kadar iyi görünebildikleri şaşırtıcıydı. Banyoya benim için bırakılan makyaj çantasından nemlendirici, biraz allık ve çok az da ruj sürdüm. Sonra uzun uzun kendime baktım. Unutmuştum. Aslında... güzeldim.

Seyahat şirketindeki insanların aldıkları kıyafetlerle dolu bavulların içindekilere göz attım. Siyah, pamuklu yazlık bir elbise, gri bir hırka seçtim. Siyah sandaletler biraz büyüktü ama işe yararlardı.

Pam'le vedalaşıp her şey için teşekkür ettim. Sonra Connie'yle kapalı otoparka gittim. İki polis otoparkta bize havaalanına kadar eşlik etmek için bekliyordu. Siyah bir Suburban'a bindik. Connie bana bir şişe soğuk su verdi.

"Medya bizi buldu," dedi, "o yüzden polis yardımı istedik. Tüm medya sabahtan beri otelin önünde nöbet tutuyor."

Başımı salladım. "Keşke tüm bu ilgi bitse. Tüm gözlerin üzerimde olmasını gerçekten istemiyorum."

Connie başıyla onayladı. "Bitecek ama şimdilik dışarda tam bir curcuna var, o yüzden seni onlardan uzak tutmamız gerek." Otoparktan çıkıp kalabalıklar halindeki gazeteci ve kamera ekiplerini geçerken gergin bir şekilde pencereden baktı. "Havaalanı ilginç olacak. Umalım da bizi takip etmesinler," dedi.

Koltuğumda geriye doğru yaslandım. İyi ki camlar karartılmıştı.

"Belgeleri imzalama fırsatı buldun mu?" diye sordu.

"Ah," dedim. "Hayır, daha değil."

Connie sessizleşti. Pam'in daha fazla para istememi önerişini hatırladım. İstemeli miydim? Yapılması gereken akıllıca şey bu muydu? Bu konudan bahsetmeyi düşündüm ama sonra dokuz milyon doların bir ömür için yeterli olduğuna karar verdim. Ayrıca yasal işlerle uğraşacak bir avukat tutmak falan istemiyordum.

"Kalemin var mı?"

"Evet," dedi rahatlamış bir şekilde. Çantasından bir kalem çıkardı. Ben de otel odasından indirdiğim kanvas çantadan belgeleri çıkardım.

İmzamı attım, sonra başımı salladım. "Pardon," dedim. "Kızlık ismimle imzaladım." Yazdığım isme baktım: Charlotte Fairchild. Bu bana verilen isimdi ama Erik için değiştirmiştim. Ben Charlotte Bellweather'dım. Ama asıl mesele, balayım için ayrılıp bu ismi kullanmak için hiç fırsat bulamamış olmamdı. Şimdiyse uydurma bir şey gibi geliyordu, sanki bu farklı kimlik yoktu, hiç var olmamıştı.

"Önemli değil," dedi Connie hızlıca. "Üstünü çizip yasal adınla imza at, üstünü çizdiğin yere de paraf at."

Başımla onayladım ve tekrar imzaladım.

Belgeleri aldı ve evrak çantasının içine sıkıştırdı. Sonra da tatlılıkla gülümsedi. "Eve dönmek çok güzel olacak."

"Sanırım," dedim.

"Sormadık ama sana şehir merkezinde geçici bir daire kiraladık." Gergin bir şekilde gülümsedi. "Aradan yıllar geçti. Senin ve... kocanın tekrar birbirinizi tanımanız gerekebilir... geride bıraktığın hayata geçiş sürecinde kendine ait bir alanının olması hoşuna gider diye düşündük."

"Teşekkürler," dedim, inanılmaz rahatlayarak. Sanırım bir zamanlar Erik'le paylaştığım Queen Anne evine döneceğim için heyecanlı olmalıydım. Ama gerçek şuydu ki bunu düşünmek bile beni geriyordu. Zamana ihtiyacım vardı. Belki onun da vardı.

"İşte geldik," dedi Connie havaalanına varınca. "Güvenliğe kadar bize eşlik edecekler ama sonra binene kadar yalnız başımıza olacağız. Başını aşağıda tutsan iyi olur."

Güneş gözlüklerimi takıp arabadan indim. Etrafıma bakındım, sadece aileleriyle vedalaşıp bavullarını indiren insanları görünce sevindim. Şimdilik her şey yolundaydı.

Connie ve eşliğindeki güvenliği, A23 kapısına kadar takip ettim.

"Kahve falan ister misin?" diye sordu, yanına alacağı çantayı yere koyarken. Diğer çantaları vermiştik.

"Tabii," dedim.

"Sen de gel," dedi.

"Sorun değil. Ben burada kalırım, tabii senin için uygunsa." Oturma alanına bakındım. Muhabirlerin akınına uğrayacak gibi bir his vermiyordu.

"Tamam," dedi. "O zaman ne istersin? *Latte? Mocha?*"

"Americano," dedim.

Gülümsedi. "O kadar zaman kahvesiz nasıl hayatta kaldın bilmiyorum," dedi.

"Ben de," dedim sırıtarak.

Connie yakınlardaki bir Starbucks'a yürüdü. Sıra uzundu, iyi ki olduğum yerde kalmayı seçmiştim. Dikkatimi karşımda oturan genç çifte çevirdim. Küçük kızları iki yaşından daha büyük değildi, sendeleyerek etrafta dolaşırken insanların ayakkabılarını gösterip renklerini söylüyordu.

"Mavi!" dedi zafer kazanmışçasına. "Kahverengi!" Anne ve babası her seferinde onu alkış ve gülücüklerle ödüllendiriyorlardı.

Bu küçük oyun, yıllar önce bakmak için bir dakikadan fazlasını vermeyecek olsam da şimdi beni büyülemişti. Bu mutlu çift, bu küçük sarışın nur topuyla, sevgiyle birbirilerine bağlanmışlardı. Üçlüye neredeyse transa girmiş gibi baktım. Ben yaşadığım süre boyunca asla buna sahip olamayacaktım.

"Pardon," dedi bir kadın, omzuma vurarak.

Kafamı kaldırdığımda uzun, ince, koyu saçlı ve kaplumbağa deseni gözlüklü bir kadının bana baktığını gördüm.

"Efendim?"

"Siz şu gemi seyahati sırasında kaybolan, Charlotte isimli kadın mısınız?"

Sağ ve solumdaki insanlar bana baktılar.

"Ona benziyorsun," dedi biri. Diğeri başıyla onayladı.

"Sensin," dedi önümde duran kadın. "Tahmin etmiştim."

"Bugün CNN.com'da Seattle'a kocanı görmeye gideceğini okumuştum," dedi sağımdaki kadın. "Vay be. Aynı uçakta olduğumuza inanamıyorum."

"Adada olmak nasıl bir şeydi?" diye sordu koyu saçlı kadın.

Ben cevap veremeden solumdaki kadın koluma dokundu. "Yıllarca o karısını öldüren korkunç doktorla ıssız bir adada kaldığını duydum." Diğer kadına döndü. "Hayal edebiliyor musun?"

Konuşmak için ağzımı açtım ama hiçbir şey çıkmadı. Kalbim hızla atıyordu. Gözyaşlarım gözlerime batıyordu.

"Duyduğuma göre..."

"Yeter," dedi Connie aniden. Kahveleri koltuğumun yanına bağlı masaya koydu. "Lütfen, biraz anlayışlı olun, onu biraz rahat bırakın. Muhtemelen sizin bir ömür boyu yaşamak zorunda kalacaklarınızdan daha fazlasına katlandı."

Koyu saçlı kadın, sinirli bir somurtmayla uzaklaştı. Diğer kadınlar dergilerine geri döndüler. Küçük kızları olan çift, gözlerini dikmiş bana bakıyordu. Sanki Amazon ormanlarında cinsi tükenmek üzere olan bir maymun ya da belki aşırı bulaşıcı bir hastalığın taşıyıcısıydım.

"Kusura bakma," dedi Connie.

"Önemli değil."

"İnsanlar daha çok konuşacak," diye devam etti. "Bir sürü şey *düşünecekler*. Sadece senin için neyin önemli olduğunu unutmamalısın. İnsanların ne kadar duygusuz ve duyarsız olabileceğini bilecek kadar uzun süredir halkla iç içe çalışıyorum. Önerebileceğim en iyi şey şu; bunların seni etkilemesine izin verme."

Başımla onayladım.

Çantasına uzandı. "Hadi, yolcu alımı başladı. Buradan gidelim artık."

"Seninle içeri girmemi istemediğine emin misin?" diye sordu Connie, şoför Pink Door'a giden sokağın önünde durunca.

Başımı salladım. "Sorun olmaz."

"Tamam o zaman," dedi. "Yemekten sonra şoför seni dairenin olduğu binaya götürecek. Bavulların seni orada bekliyor olacak." Bana bir zarf verdi. "Anahtar ve gece içeri girmen için şifre burada... olur da gecen uzar ve kapıcı çoktan evine gitmiş olursa diye."

İfadesizce başımı sallayarak onayladım.

"Parayı gönderebilmemiz için yarın bir banka hesabı açman lazım. Bunu yaparsın, değil mi?"

"Tabii," dedim.

Çocuğunu üniversiteye göndermek üzere olan bir anne gibi iç çekti. "Sanırım artık ayrılıyoruz. Tamamen değil tabii. Bana telefonla sabah akşam ulaşabilirsin."

"Sağ ol, Connie," dedim, arabadan inerken. Pike Place Pazarı'nda restorana giden arnavutkaldırımlı yolda ilerledim. Uzakta restoranın yerini belli eden pembe kapıyı gördüm ve ilk kez bir gerginlik dalgasıyla sarsıldım.

Erik içerde olabilirdi, tam da şu anda bir masada oturmuş *negroni* yudumluyor olabilirdi. Birden giydiklerimin fazlasıyla farkına vardım. *Ya bunlar çok... ya ben çok...*

Elimi kapının kulbuna koydum ve hafifçe açtım. Menteşeler gıcırdarken içeri girdim. Hava sotelenmiş sarmısak ve yeni açılmış şarap gibi kokuyordu.

Etrafıma bakındım. Gözlerim kalbimin attığı kadar hızlı masalarda dolaşıyordu. *Nerede? Burada mı?*

Merdivenlerden inip karşılama masasına gittim. Dantelli, uzun boyunlu bir elbise giyen koyu göz kalemli, havalı bir kadın beni karşıladı. Basit elbisemi çekiştirdim. Ben son kez bir mağazaya adım attığımdan beri moda büyük bir değişim mi geçirmişti acaba? Avuçlarım sıcak ve yapış yapıştı. Buraya ait değil gibi hissediyordum, sanki bir partiye gerektiği gibi giyinmeden gelmiştim, hatta davetli bile değildim.

"Siz Charlotte musunuz?" diye sordu kadın.

"Evet," dedim şaşırarak.

Gülümsedi. "Erik sizi bekliyor."

Dönüp kadının gösterdiği tarafa baktım. Oda loş bir ışıkla aydınlatılmıştı ama yine de kehribar duvarın önünde onun yüzünü seçebiliyordum. Biraz gergince gülümsüyordu, elinde bir kokteyl vardı.

Gözlerimiz buluşunca ayağa kalktı, ona doğru yürüdüm. Kalbim göğsümde gürültüyle atıyordu, barda çalan grubu belli belirsiz duyuyordum. Caz mıydı? Rock belki? Anlamıyordum. Sadece içimde pompalanan kanı duyabiliyordum.

Erik ayaktaydı. "Merhaba," dedi masaya ulaştığımda. Kollarını çekinerek açtı, kendimi onun kollarına bıraktım.

"Merhaba," dedim, gözlerimden yeni düşen yaşları silerken.

Elimi sıktı ve masada karşısındaki sandalyeyi gösterdi. Oturdum.

"Çok şey görünüyorsun..."

Gülümsedim. "Zayıf mı?"

Başını biraz geriye atıp kahkahayla güldü, ışık gözüne vurunca onun da gözlerinin dolduğunu gördüm. Bu an onun için de duygusaldı. "Evet ya," dedi.

"Dokuz kilo daha hafifim."

Başını salladı, sonra da bana mönüyü verdi. Hızlıca tarayıp masaya koydum. Acıkmış olmalıydım. Açtım. Ama kendimi tereyağında buğulanmış pisi balığı ya da tereyağlı *risotto* ya da başka bir şey hakkında mönü okumaya ikna edemiyordum.

Erik'in gözleri benden içkisine, oradan da kucağındaki eline kaydı. "Ben..." Konuşmaya başladı ama sesi azalıp yok oldu. "Charlotte... öldüğünü sandım."

Ciddi bir şekilde başımla onayladım. "Ben de öleceğimi sandım."

"Ölmediğin için çok mutluyum," dedi. "Burada olduğun için çok mutluyum."

Öyleydi, biliyordum. Yine de sesinde hafif de olsa pişmanlığa çalan bir şeyler var mı diye düşünmeden edemedim. Hayatına devam mı etmişti?

Benim içinde olmadığım bir hayatı yaşamayı öğrenmiş, hatta o hayattan keyif almaya mı başlamıştı? Eğer öyleyse onu suçlayabilir miydim? O bir duldu, sonra... artık değildi.

"Sana sormak istediğim çok fazla soru var," dedi. "Her şeyi bilmek istiyorum." Gergin bir şekilde güldü. "Sanırım nereden başlayacağımı bilmiyorum."

"Ben de," dedim.

İkimiz de masadan uzaklara baktık, gözlerimiz tekrar buluştuğunda uzanıp eline dokundum.

"Zamanın çok şeyi değiştirdiğini biliyorum."

Başıyla onayladı.

"Ama bilmem gerek," dedim. "Fotoğraf makinen. Hafıza kartındaki fotoğraflar. Kadın. O kimdi?"

Erik gözlerini kapatıp tekrar açtı. "Evet, sana anlatmam gereken şeyler var."

Garson masamıza gelip bana şarap listesini sundu ama başımı salladım. Şarap ya da başka bir şey içecek havamda değildim.

Bütün gün midem bulanmıştı ve şimdi sağ uyluğumda keskin bir acı hissediyordum. Bu acının benim yüzümden olduğunu fark ettim. Bacağımı fark etmeden o kadar çok sıkmıştım ki acımaya başlamıştı.

"Biz evlenmeden önce bazı hatalar yaptım," dedi Erik, sesinde pişmanlık vardı. "Seni sevmediğimden değildi. Seviyordum. Ve... seviyorum. Sadece... kaybolmuştum. Ve bazı yanlış seçimler yaptım."

"Anlatsana, Erik," dedim. "Okyanusun ortasındaki bir adada iki yıl boyunca hayatta kaldım. Bunu da kaldırabilirim."

Derin bir nefes aldı. Önce kucağındaki ellerine, sonra tekrar bana baktı. "Fotoğraflardaki kadın... Gabby'ydi."

Nefesim kesildi, başımı iki yana salladım. Benim yerimde olan başka birinin kolayca görebileceği bağlantıyı kuramıyordum. "Gabby mi?"

"Evet," dedi. "Bir... kaçamak yaşadık."

"*Kaçamak* mı?" Tabii ki bu kelimeyi, anlamını biliyordum. Ama Erik'in dudaklarından çıkınca yabancı ve tanımlanamaz gelmişti. *Öpüşmüşler miydi? El ele mi tutuşmuşlardı? Onlar?..*

"O zaman benim için hiçbir şey ifade etmemişti," diye devam etti Erik. "Sana âşıktım ama aynı zamanda berbat bir haldeydim. Kafamı toparlamam gerekiyordu ve toparladım."

Başımı salladım. Beynimin, annemin Noel'de yaptığı ünlü kekin romu emmesi gibi bu bilgiyi emmesini bekledim. Öğrendiklerim, düşündükçe beni daha da tükettiler. Daha çok canım yandı.

"Şimdi nerede?"

"Gabby mi?" diye sordu. Adını söyleyiş şeklinden hoşlanmamıştım. Sesi yumuşak, koruyucuydu.

Başımla onayladım.

"Evde." Yüzyıl gibi gelen bir süre boyunca durakladı. "Charlotte, bir yıl önce evlendik, bebeğimiz doğduktan sonra."

"Bebeğiniz mi?"

Erik başıyla onayladı. Bunun onun için de benim için olduğu kadar acı verici olduğunu biliyordum. "Planlamamıştık," diye açıkladı. "Hiçbir şeyi. Sen kaybolduktan sonra onunla olan ilişkimi devam ettirmeye niyetim yoktu. Yaptığımız yanlıştı. Tek istediğim seni bulmak, eve getirmek ve beraber yeni hayatımıza başlamaktı. Sana anlatacaktım, yemin ederim. Ama aramayı bıraktılar. Ölü olduğun varsayılıyordu. Charlotte, Sahil Güvenlik'in Doğu Sahili İşletmesi'nin başıyla konuştum, gözlerimin içine baktı ve senin için yas tutmamı söyledi. Hayatta kalmış olma ihtimalin yoktu. Ben de dediğini yaptım. Senin için bir cenaze düzenledik. Bir mezar taşı yaptırıp senin sevdiğin Bainbridge Adası'ndaki küçük mezarlığa yerleştirdik. Puget Sound'a bakan hani."

Yanağımdan akan bir damla gözyaşını sildim.

"Gabby sadece beni rahatlatmak istedi, ben de onu," diye devam etti, "ama daha fazlasına dönüştü." Alnını ovdu. "Ve bir bebeğimiz olacağını öğrendiğimizde evlenmeye karar verdik. Yapılması gereken buydu."

Robot gibi başımla onayladım.

"Adı Grace," dedi Erik. "On üç aylık ve yürümeyi yeni öğrendi."

Bir damla gözyaşını daha sildim. Erik elime uzandı, elimi çektim. Bunun için üzülmemem gerektiğini biliyordum. Buna hakkım yoktu. Sonuçta başka birine âşık olmuştum. Kollarında yıllar geçirmiştim.

Kimseyle beraber olmadan beni beklemesini Erik'ten nasıl isterdim? Tüm bunlar doğruydu ama yine de canımı acıttıkları gerçeğini inkâr edemezdim. Tüm bunlar canımı acıtıyordu.

"Charlotte," diye devam etti. "Çok... çok üzgünüm."

"Ben de," dedim.

"Ne yapabilirim?" diye sordu. "Ne söyleyebilirim?"

Zorla gülümsedim. "Hiçbir şey."

"Hiçbir şey mi?"

"Hiçbir şey," dedim gözyaşlarımın arasından. Ona karşı dürüst olmalıydım, aynı onun bana olduğu gibi. "Adada," diye devam ettim tedbirli bir şekilde, "benimle beraber... bir adam vardı."

Başıyla onayladı.

"Ve... ona âşık oldum. Ben-"

"Bana anlatma," dedi Erik. "Biraz önce benden hayal bile edemeyeceğin şeyler duyduğunu biliyorum ama sen anlatırsan dayanabilir miyim bilmiyorum."

Aşağı baktım.

"Ne yapacağız, Charlotte? Nasıl-"

Eline uzandım, tutmama izin verdi. "Hayatını yaşamanı istiyorum. Gabby'yle beraber bebeğini büyüt. Mutlu ol."

"Ah, Charlotte," dedi Erik gözyaşlarının arasından. Yüzümde "onu terk et ve bana gel" diyen bir şeyler aradı ama hiçbir şey bulamadı. "Hikâyemizin bu olmasını istemezdim," dedi.

"Ama bu," dedim.

"Evet, bu."

Seattle, arabanın camından koyu, gri bir bulanıklık olarak görülüyordu. Şoför temiz görünen yüksek binanın önünde durup kaldırıma inmeme yardım etti. Hole girerken donuk hissediyordum. Otuz iki dişiyle sırıtan, lacivert elbise giymiş bir kadın 1432 numaralı daire için anahtar kartı verdi, evimde gibi hissetmemi söyledi.

Ev, diye düşündüm. Birisine böyle geçici bir yeri evi gibi hissetmesini söylemek ne komikti. *Evinde gibi hisset.* Çok saçma bir sözdü, bu sözü bir daha kullanmamaya yemin ettim.

Gray'le olmadığım sürece, bir daha asla evde olmayacaktım. Bunu artık biliyordum.

Carl. Cole. Cal. Adı her neyse, şoföre iyi geceler dileyip asansöre bindim. Beni on dördüncü kata çıkardı. Elliott Koyu'na bakan daireye girdim. Burada istediğim kadar az ya da çok kalabilirdim.

Çantamı bırakıp etrafı inceledim. Ten rengi koltuklar. Duvarlarda fabrika işi sanat eserleri. Daire temiz ve tamamen kişiliksizdi, kurumsal hissettiriyordu. Bir dişçinin bekleme salonu gibi, tabii bir mutfağı ve yatak odası eklenmiş hali. İç çektim ve pencereye yürüdüm. Feribotların Elliott Koyu'na girip çıkmalarını izledim. Erik'le ilk randevularımızdan birinde Bainbridge Adası'na yaptığımız geziyi hatırladım. Winslow'daki, hayatımda yediğim en iyi midyeleri yapan, küçük loş restoran Hitchcock'ta martinilerle çakırkeyif olmuştum.

Montumu restoranda unutunca Erik feribotla eve dönüşte montunu bana vermişti. Montu omuzlarıma nasıl sardığını hatırladım, beni rüzgârdan korumuştu. Erik beni birçok şeyden korumuştu ama...

Gray. Onu görebiliyordum. O küçük, derme çatma barınakta tek başına uyuyordu. Muhtemelen akşam yemeğinde kızarmış istiridye ve makademya fındığı yemişti. Uyumadan önce geceyi yıldızlara bakarak geçirmişti. Gözlerini kapatmadan önce beni düşünmüş müydü?

Midemde bir sancı hissettim. Ara ara savaştığım mide bulantım tamamen kaybolmuştu. Şimdi sadece karnımın alt tarafında ara sıra sancılar oluyordu. Muhtemelen sistemim sonunda yeni düzene ayak uyduruyordu. Çoktan kilo almaya başlamıştım.

Çantama uzanıp Connie'nin bana verdiği geçici telefonu bulmaya çalıştım. Annemi aramalıydım. Aramam gereken çok fazla insan vardı. Ararken parmaklarım hamilelik testini buldu. Doktor o ilk muayenede yapmamı önermişti. Şu ana kadar bunu tamamen unutmuştum. Ama şimdi, öylece kenara atmaktansa ambalajını açıp elime aldım. Yakından bakıp paketin üzerindeki talimatları okudum. Hamile olmamın tıbbi bir açıklaması olamayacağını biliyordum. Olamazdım. Yine de...

Tuvalete girdim ve küçük çubuğu altımda tuttum. *Bu tam bir delilik.* Testi lavabonun üstüne koydum. Cüretkâr bir tavırla bakarken korkarak önce bir sonra da... iki çizginin pembeye dönüşmesini izledim.

Hamile.

Ben hamileydim.

Bu mümkün değildi.

Testi alıp uzun bir süre baktım, gözlerimin bana bir oyun oynamadığına emin olmak istiyordum. Oynamıyorlardı.

Tekrar oturma odasına geçtim, kanepeye gömüldüm. Acı ve neşe gözyaşlarıyla ağladım. Gözyaşlarım Gray içindi. İçimde taşıdığım bu mucize bebek içindi.

27. Bölüm

"Merhaba, Charlotte," dedi Connie ertesi sabah telefon açtığında.

"Yeni yurdunda ilk gecen nasıl geçti?"

Biraz halsizce "İyi," dedim. "Teşekkür ederim." Geçen gece kendi kendime ağladığımı, Erik, Gray ve hastanede ölü doğan bebek rüyalarıyla perişan olduğumu söylemedim. Ayrıca ona bebek beklediğimi de söylemedim.

Bir bebek. Geçen gece gördüklerim beni bir kez daha sarstı.

"Sana birkaç şey söylemeyi unuttum," dedi, sesi neşeli ve kaygısızdı. "Çalışma odasındaki masanın üstünde sana bir dizüstü bilgisayar ve cep telefonu bıraktım. Tüm programlar yüklendi ve çalışmaya hazır. Ah... Ve garajda kendi araban var. On numaralı park alanında gri cip. Anahtarları mutfak tezgâhının üstünde."

"Teşekkür ederim," dedim.

"Para transferi için bir banka hesabı açtırsan iyi olur."

Ayaklarımı yatakta gerdim ve güneş ışığı yatak odası penceresinden içeri girerken gözlerimi kısarak baktım. "Bugün yaparım." Yakında bir milyoner olup yeni hayatıma başlayabilecek bir param olacağı için heyecanlanmalıydım ama öyle değildim. Kendimi biraz olsun heyecanlı hissetmiyordum. Para, kaybettiklerimi geri alamazdı. Ayrıca ulaşmak istediğim şeyi de alamaz gibiydi.

"Peki, öyleyse, yardımcı olabileceğim başka bir şey var mı, tatlım?"

"Evet," dedim, elimi belime koyarak. "Doktora gitmeliyim."

"Ah," dedi. "Her şey yolunda mı? Teknede seni muayene eden doktorun iyi durumda olduğunu söylediğini hatırlıyorum."

"Evet, evet," dedim. "Ben iyiyim. Ama bu... özel bir mesele."

"Anladım," dedi, boğazını temizleyerek. "Swedish Hospital'daki tanıdıklarımızın seni aramalarını sağlayacağım."

"Teşekkür ederim," dedim ve telefonu kapattım.

Güneş gözlükleri ve fötr tarzı bir şapkayla gizlenerek dairenin altındaki kafeden *double espresso* ve kepekli kek aldım. Kimse beni tanımıyor gibi görünüyordu. Bunu anlayınca rahatladım. Kekimi bitirdim, sonra da garajda beni bekleyen arabayı buldum. Tam da Connie'nin tarif ettiği yerdeydi. Caddeye dikkatli bir şekilde çıktım. Bir arabanın direksiyonuna geçmeyeli sadece birkaç yıl olmuştu ama dişlerimi fırçalamak, saçlarımı şampuanlamak, restoranda yemek siparişi vermek gibi uzun zamandır yapmadığım şeylerde olduğu gibi, uzun zaman önce öğrenmiş olmama rağmen araba kullanmak da bana yabancı geldi. Kendimi paslanmış hissettim. Karşıdan karşıya geçmekte olan bir çifte neredeyse çarpacakken frene asıldım. "Üzgünüm," dedim onlara, adrenalinle kalbim çarparken.

Adam bana kaşlarını çatıp kolunu karısının ya da kız arkadaşının beline sardı ve yürümeye devam etti. Derin bir nefes aldım ve Dördüncü Cadde'ye döndüm.

Yapmam gereken bir sürü iş vardı. Doktora gidip doğum öncesi sağlık bakımımı yaptırmalıydım. Bunu düşündükçe zorlukla yutkunuyordum. Bir banka hesabı açtırmalıydım ve bunun gibi binlerce işim vardı. Ama bir şekilde kendimi sağa, Queen Anne Hill'e dönerken buldum.

Biliyorum, *yapmamalıydım.* Ama görmeliydim. Daha önce benim olan, Sunnyside Caddesi'ndeki evde beraber nasıl yaşadıklarını görmeliydim.

Caddeye yavaşça girdim. Gabby'yle karşılaşmak istemiyordum. Onu görmeyi kaldırabilecek durumda değildim. Şimdi değil. Belki hiçbir zaman böyle bir gücü kendimde bulamayacaktım. Ve işte, orada, göründü. Önünde kendi ellerimle düzenlediğim gül bahçesinin olduğu beyaz ev. Kiremit rengi saksılarında beyaz sardunyalar keyifsiz görünüyordu. Gabby onları benim gibi mi suluyordu? Erik'in arabası, ikinci el aldığı ve içine yeni bir müzik seti koyduğu mavi Land Rover'ı yoldaydı. Walla Walla'ya yaptığımız bir seyahatte yolda Michael Jackson'ın "Thriller" albümünü dinlemiştik. Camlar açık, son ses.

Erik'i ön verandaya geçerken gördüğümde kalbim daha hızlı atmaya başladı. Kot pantolon ve lacivert bir kazak giymişti. İyi görünüyordu. Her zaman iyi görünürdü. Gabby arkasından onu takip ediyordu. Bahçedeki bir şeyi gösterdi. Kahkaha attılar. Gabby içeri doğru yürüyüp elinde en minik, en meleksi çocukla geri döndü. Platin sarısı saçları vardı ve sarhoş denizciler gibi ailesinin arkasından tıpış tıpış gidiyordu. Tam yere devrilecekken Erik onu kollarına aldı ve göbeğine muzır bir öpücük kondurdu. Çocuk kahkaha atmaya başladı. Gabby, Erik'in beline sarıldı. Kalbim öyle çarpıyordu ki zonklayan bir acı duyuyordum.

Onlar Erik'in Land Rover'ına atlarken onların üçlü mutlu aile tablosunu izliyordum. Muhtemelen kahvaltı için Coastal Kitchen'a gidiyorlardı. Gabby bir, belki de iki mimoza içerdi.

Araba gittiğinde, benimkini sokaktaki boş alana çektim. Kendime hâkim olamadım, dışarı çıktım. Yine kendime hâkim olamadım ve daha önce benim olan eve doğru yürüdüm.

Bahçeden geçerken ellerimi beyaz güllerin üzerinde gezdirdim. Bunları kendim dikmiştim. Altındaki çimden çit büyümüş ve tam da beklediğim gibi orayı doldurmuştu.

Zambaklar her yeri kaplamıştı. Biraz inceltilse iyi olurdu. Sonra ön verandaya giden merdivenleri tırmandım ve ön kapıdaki küçük pencereden içeri göz attım. Duvarda mavi kelebek vardı. Palm Springs'te bulduğumdaki çerçevesindeydi. Sanki bir asır önce gibiydi. Ağır ağır yutkundum, gözyaşlarımı tutmaya çalıştım.

Arkamdan sokakta bir arabanın durduğunu duydum ve geri döndüm. Yine Erik'in arabasıydı. Geri dönmüşlerdi.

Motor boştayken arabadan indi. "Charlotte," dedi.

Gabby yolcu koltuğundaydı. O da beni gördü.

"Üzgünüm," diye mırıldandım. "Ben..."

"Sorun değil," dedi Erik, o an için doğru kelimeleri bulmaya çalışarak.

Ben de doğru kelimeleri arıyordum. "Ben... ben sadece bir kez daha evi görmek istedim."

"Gabby cüzdanını unutmuş, bu yüzden... onu almaya geliyordum."

Başımla onayladım. O kadar yakışıklıydı ki. Bunu hiç unutmayacaktım.

"İçeri... girmek mi istedin?"

Başımı sallayarak, "Hayır, hayır," dedim, merdivenlerden aşağı inerek. Arabadaki Gabby'yle göz göze geldik. Yüzünden çektiği ıstırap belli oluyordu. "Ben, ben, ben gitmeliyim." Arabama koştum, arabayı çalıştırdım.

O an fark ettim ki değişen bir şey vardı. İçimdeki bir şey solup ölmüştü gerçekten. Hem korkuyordum hem de rahatlamıştım. Uzun zamandır aklıma gelmeyen bir anıya tutundum. O gün New York'ta parkta, Erik ve ben tekneye binmeden önce bana çok önemli bir tavsiye veren yaşlı bir kadınla karşılaşmıştım. "İstenildiği gibi olan ya da olmayan şeylere üzülmekle o kadar zaman harcıyoruz ki treni kaçırıyoruz," demişti. "Hayat kendi yolunu bulur ve her şey olacağına varır. Sadece yaşa ve bırak olsun gitsin."

Oradan ayrılırken arkama bakmadım.

Bebeğin kalp atışının güçlü olduğunu söyledi doktor. Yirmi haftalıkmış. Bebeğin cinsiyetini bilmek istiyor muyum diye sordular. Önce doktor, sonra da hemşire. "Çoğu insan bu günlerde öğrenir," dedi bana, ekrana bakarak.

Benim için hiçbir şey ifade etmese de doktor bulanık ekrandan anatomik parçaları görebilirdi. Çocuk erkek mi kız mı anlayabilirdi.

Yulaf ezmesi renkli duvardaki bir noktaya bakarak başımı salladım. "Hayır, doğurduğum gün öğrenmek istiyorum."

"Elbette," dedi hemşire.

Hesap açmak için bankaya gittim, sonra da daireye döndüm. Lobide reklamını gördüğüm bir restorandan Thai yemeği sipariş verdim. Kırk beş dakika sonra geldi ve esmer pirinç ve kajulu tavuktan oluşan yemek tabağıma çatalımı batırdım.

Aklım yine adaya gitti. Birkaç adım ötede, masanın üstündeki dizüstü bilgisayara gözüm takıldı. Âşık olduğum adamla ilgili soruların cevabının onda olduğunu biliyordum. Gray'in sırları. Masaya yürüdüm ve oturdum, dizüstü bilgisayarı dikkatlice açtım. Bir sayfa açtım ve onun ismini yazmadan "Bermuda ve gemi kazası" kelimelerini arattım. U.S.S Cyclops dahil, Bermuda yakınlarında kaybolan uçak ve gemilerle ilgili arama yaptım. Tüylerim diken diken oldu. *Kendi gözlerimle gördüğüme inanan olur mu acaba?*

Bermuda bölgesiyle ilgili çıkan son haber üzerinde gezinirken geçen hafta CNN.com'da yayınlanan bir yazı gördüm. Bermuda kıyılarına beş kilometre uzaklıkta batmış olan büyük bir yat hakkındaydı.

New York Cityli milyarderler Frank ve Delores Caldwell'in sahip olduğu Pegasus bugün saat sabah ikide Kıyı Güvenliği botu tarafından batmak üzereyken bulunmuştu. Tekne kurtarılamamıştı ve teknedeki tüm yolcuların öldüğü düşünülüyordu. Pegasus en son önceki hafta Bermuda'da da görünmüştü. Teknedekilerin, Bermuda etrafında yapacakları bir tur için ihtiyaçlarını tamamladığı düşünülüyordu.

Ne Caldwell'lerden birine ne de ünlü Manhattan bistrosu Le Chat Noir'da çalışan şef Evan White dahil çiftin teknedeki başka bir çalışanına ulaşıldı. Evan White, Pegasus'ta Caldwell'lerin özel şefiydi.

Le Chat Noir. Kara kedi. Orada Erik'le yemek yemiştik. Tekneyle ayrılmadan önceki gece.

İç geçirdim ve sonra arama çubuğuna Gray'in ismini yazdım. Uzun bir arama listesi çıktı karşıma:

Gray Lawton eş katili
Gray Lawton karısının katili
Gray Lawton doktor eş ölüm
Gray Lawton hapis cezası
Gray Lawton hapisten kaçtı

Yanaklarım yandı ve midem kötü oldu. Soğuk bir terle avuç içlerim soğuk ve yapış yapış oldu. Kalbim o kadar hızlı atıyordu ki bebeği düşündüm. Derin bir nefes aldım ve iki yıl gibi bir süre önce CNN.com'da çıkan yazıyı tıkladım:

Yetkililer yedi yıllık eşi Celeste Lawton'ı kardeşinin düğün arefesinde Karayipler'de öldürmekten hükümlü cerrah Dr. Gray Lawton için bir araştırma başlattı. Lawton'ın parmak izleri ve DNA'sı kurbanın üzerinde bulundu. Otel çalışanları bu cinayetle onu ilişkilendirirken mahkeme onu suçlu buldu ve müebbet hapis cezası verdi.

Denver Emniyeti, Lawton'ın başka bir tutuklunun, kolunda açtığı küçük bir sıyrık nedeniyle tedavi olurken dün geceyarısından sonra kaçtığını söyledi. Tutuklunun nasıl firar ettiği belli değil ama cezaevi yetkilileri bir şekilde havalandırma kanallarından kaçtığına inanıyor.

Lawton'ın silahlı ve tehlikeli olduğu bildirilirken Denver Emniyeti onun nerede olduğuyla ilgili her bilginin acilen cinayet hattına bildirilmesini istiyor.

Yazının tarihine baktım ve nefesim kesildi. Biz kaybolduktan iki gün sonra çıkmıştı bu yazı. Bu demek oluyor ki... teknedeki kimse Gray'in tutuklu bir... katil olduğunu bilmiyordu.

Ayağa kalktım, biraz odayı adımladım ve sonra tekrar oturdum.

Buna inanamıyordum. Doğru olamazdı. Geçmişten konuşurken Gray hep tedirgin olmuştu ama gerçekten... karısını öldürmüş olabilir miydi? Tüylerim diken diken oldu. Dizüstüne tekrar döndüm ve daha fazla yazı okudum.

"Doktor Jekyl, Müebbet Hapis Cezası Aldı."

"Yetkililere Göre Doktor, Gecelikli Karısını Levyeyle Öldürdü."

"Katilin Mahkemede Hiç Pişmanlığı Yoktu."

"Kaçtıktan Sonra, Doktorun Gezi Teknesine Sığındığına İnanılıyor."

Daha fazla okuyamazdım ama daha sonra gözlerime takılan başka bir yazı gördüm.

"Doktor Lawton Davasında Yeni Kanıtlar Doktor'un Masum Olduğu Yönünde."

Ve sonra: "Doktor Lawton'un Annesi Oğlu İçin Güvenilir Bir Gerekçe Sundu."

Sanki hayatım buna bağlıymış gibi yazıyı taradım. Chandra Lawton. Gray'in annesi. O gece telefonda onunla konuşmuştu. Erken döndüğünü söylemişti. Bir şekilde mahkemede cep telefonu kayıtları kullanılmamıştı. Şimdi bu kayıtlar onu temize çıkarabilirdi. Her ne kadar Bermuda kıyılarında bir yerde kayıp olduğu, hatta ölmüş olabileceği düşünülse de.

Chandra Lawton ismini Google'da arattım ve Denver civarlarında yaşadığını buldum. Hemen başka bir sayfa açıp yarın sabah erkenden kalkan uçakta yer ayırttım.

28. Bölüm

"Çok tatlı bir çocuktu," dedi Chandra Lawton. "Yürürken hep elimi tutardı, uyumadan önce yüz kere sarılmak isterdi. Anne kuzusuydu. Bu durum babasını çıldırtırdı. O ve Jim hiç birbirilerine benzemezlerdi, ikisinin de doktor olması dışında tabii. Jim, Gray'in tıp fakültesine girdiğini göremeden, içmekten ölmüştü." İç çekti. "Önemli değil gerçi. Yağ ve su gibilerdi. Gray'in kocaman, sıcacık bir kalbi vardı. Rahmetli kocamın yoktu."

"Üzgünüm," dedim.

"Olma, tatlım," dedi. "O evlilikten iki güzel çocuğum oldu ve bu yüzden mutluydum. Gülü seven dikenine katlanır, değil mi?"

Başımla onayladım. "Evet."

Uzun bir süre bana baktı. "Burada olduğuna hâlâ inanamıyorum. Senin ve Gray'in kayboluşunuzla ilgili her haberi takip ettim. Her teoriyi. Bermuda Şeytan Üçgeni hakkında kitaplar okudum. Onun orada bir yerde yaşadığından umudumu kesmedim."

"Orada," dedim. "Biz burada konuşurken."

Zorlukla yutkundu. "Lütfen Tanrım, doğru söylediğini söyle. Oğlumun hayatta olduğunu söyle."

"Hayatta," dedim. "Tekne kıyıya vurduğunda adadan ayrılmak zorundaydım. Gray'in neden benimle gelmediğini anlamamıştım. Şimdi nedenini biliyorum."

Chandra ciddiyetle başını salladı. "Hapishaneden kaçtığını duyduğumda aklım başımdan gitti. Sonra o gemi seyahatine katıldığı ortaya çıktı, o kıyı gezisine çıkıp geri dönemeyen yolculardan olduğu düşünülüyordu..."

Ellerimi birbirine kenetledim. "Sizce neden o gemi seyahatine çıktı?"

Chandra iç çekti. "Celeste."

"Karısı mı?"

"Evet," dedi. "Ama seyahati duygusal nedenlerle ayarladığını düşünmüyorum."

"Öyle mi?"

Gözlüklerini çıkardı ve kahve masasına koydu. "Evlenmeden bir ay önce Gray balayıları için Bermuda'ya gemi seyahati ayarladığını söyledi. Celeste çok öfkelendi."

Başımı salladım. "Öfkelendi mi? Neden?"

"Onu Paris'e, Venedik'e götürmesini istiyordu, büyük ve... pahalı bir yere." İç çekti. "Ama Gray öyle bir balayını karşılayamazdı. O zamanlar deli gibi çalışıyordu, stajını bitirmek üzereydi. Herneyse, Celeste gitmeyi kabul etmedi."

"Kabul etmedi mi?"

"Evet. Gemi seyahatinin iadesi de yoktu. Evde kaldılar."

"Kulağa Celeste bayağı..."

"Zor bir insan gibi mi geliyor? Öyleydi. Gray'in onunla evlenirken neleri göze aldığını bildiğini sanmıyorum. Ama onu kendince sevdi. Çok sabırlı biriydi. Onu öyle yetiştirdim." Kendi kendine gülümsedi. "O seyahate çıktı çünkü her zaman Bermuda'yı görmek isterdi. Görebilmesine sevindim." Gözleri biraz olsun aydınlandı. "Davası tekrar gündeme geldi."

"Evet," dedim. Çayımdan bir yudum aldım. "Okudum."

"Gray'e inanan bir avukat bulabildim," diye devam etti. "Gray'in adını temizlememe yardım etmek istiyor. Ama..."

"Ama ne?"

"Ama sanırım bunu yapacak param yok."

Bir an sessiz kaldım, sonra ona baktım. "Eh, benim var."

"Gerçekten mi? Sen-"

"Sevdiğim adamın masumiyetinin kanıtlanmasına yardım eder miyim? Evet."

Gray'in annesi gözündeki bir damla gözyaşını sildi. "Gel sana göstereyim," dedi. Ayağa kalkıp mutfak masasına yürüdü. Onu takip ettim. Masada önümüze yayılmış düzinelerce karton dosya vardı. Birini eline aldı.

"Bunlar benim telefon ve mesaj kayıtlarım. Gray beni o gece 22:02'de aradı. Hatırlıyorum. Sırtım ağrıdığı için uyuyamıyordum. O gün bahçede uğraşırken sırtımda bir yeri incitmiştim. Gray de bana o hafta Doktor Wayfield'a görünmemi önermişti. Üniversitede olan eski sakatlığımın tekrarlamasından endişeleniyordu ki sonunda haklı çıktı." Derin bir nefes aldı. "Ama bunların konumuzla ilgisi yok. Oğlum beni 22:02'de aradı ve on altı dakika boyunca konuştuk, önemli olan bu. Celeste'in ölümü otelin diğer tarafında saat on civarı gerçekleşti. Bedeni 22:16'da oda görevlisi tarafından bulundu."

Başımı salladım. "Ne demeye çalıştığınızı anlıyorum. Gray onu o zaman aralığında öldürmüş olamaz çünkü telefonda sizinle konuşuyordu. Ama insanlar, 'Annesiyle konuştuysa ne olmuş? Onu öncesinde öldürmüş olabilir,' demez mi?"

Chandra başını salladı.

"Mümkün değil."

"Ama buna dair kanıtınız var mı?"

Kendi kendine gülümsedi ve telefonunda ekranını kaydırarak aşağı indi. "Bu var."

Omzunun üzerinden eğildim ve videoyu başlatmasını izledim. Kollarımdaki tüyler diken diken oldu. Bu Gray'di. Beyaz bir tişört ve şort giymişti. Saçları biraz karışmıştı ve yüzünde uykulu bir gülümseme vardı. Kalbim sevgiyle doldu.

"Merhaba, anne," dedi. Telefonun kamerasını önünde tutuyordu. "Sana burayı göstereyim dedim. Seveceğini biliyorum." Kamerayı okyanusu gösterecek şekilde çevirdi, sonra da gökyüzünü çekti. "Bu akşam yıldızlar güzel. Ve şu sahile bak. Küçük bungalovumuz da burası. Celeste partide, o tarz şeyleri nasıl sever bilirsin. Ben geceyi sonlandırıyorum." Sonraki birkaç dakikayı bungalovun etrafında yürüyerek, tel kapının nasıl akordeon gibi katlandığını göstererek geçiriyordu. "Keşke burada olsaydın. Seni özledim, anne!"

Video bitti, kalbim sızladı. Gray'im. Onu o kadar özlemiştim ki canım acıyordu.

"Gördün mü?" dedi Chandra, gözyaşlarını silerek.

"Neyi?"

"Onu öldürmüş olamaz," diye devam etti, mesajın geldiği zamanı göstererek. "Bunu bana savcının belirlediği ölüm saatinden önce gönderdi."

Gözlerim kocaman oldu. "Bu neden mahkemede ortaya çıkmadı?"

Başını ellerine gömdü. "Benim hatam. Düşünemedim. Mesajlar ve genel olarak teknoloji konusunda çok kötüyüm. Bana bunu gönderdiğini tamamen unutmuştum. Ama sonra hapishaneden kaçıp kaybolduğunda telefonumu karıştırırken bana bir video gönderdiğini fark ettim. Videoyu hiç izlememiştim." Kendi kendine güldü ama kahkahasına ağlayışı karışmıştı. "Bana bir fotoğraf gönderdiğini sanmıştım, bir videoymuş. Mesajını aldıktan sonra onu aradım ve sırtım hakkında, seyahatleri hakkında konuştuk. Celeste'in kız kardeşi ve düğün grubuyla beraber bir partide olduğunu söyledi. Bu onu hiç rahatsız etmiyordu. Celeste onun tepesine biner, ezip geçerdi ama o hiç umursamazdı."

Kalbim daha hızlı atıyordu. "Onu... sevdiği için mi?"

Uzun bir süre bana baktı. "Tabii ki Gray, Celeste'i seviyordu. Onunla evlendi. Evet, onu bir kocanın evli kalmaya devam etmek, karısına saygı duymak için sevmesi gerektiği gibi sevdi. Ama hayır, yıllar geçtikçe Gray, Celeste'in davranışlarına katlanmayı öğrendi. Gray'e nasıl davrandığını görmeliydin. Tam bir kendini beğenmişti." Başını salladı, belli ki anılar onu rahatsız etmişti. "Yine de Gray onun hakkında kötüleyici hiçbir şey söylemezdi. Celeste onun karısıydı ve Gray onun yanında elinden geleni yapardı."

"Şaşırmadım," dedim. "Kulağa âşık olduğum adam gibi geliyor."

Chandra gülümsedi. "Celeste'i hiç sevemedim. Onu ilk gördüğüm anda bile. Çok güzeldi, belki Gray'in o zamana kadar gördüğü en güzel kadındı ama inanılmaz bencildi. Onların ilişkisinde 'biz' yoktu. Celeste için sadece 'ben' vardı."

Başımı anlayışla salladım.

"Sanırım Gray beraber bir hayat kurabileceklerini düşündü," diye açıkladı. "Şen şakrak, eğlenceli bir kızdı. Neşe saçardı. Gray'i etkileyen buydu. Sanırım Celeste'in onun istediği gibi bir eşe dönüşebileceğini düşündü. Ama Celeste hiç o eş olmadı. Gray'in takdir ettiği şeyleri beğenmiyordu. Birbirilerinden uzaklaştılar."

"Yani... boşanmayı mı düşünüyorlardı?"

"Gray düşünmüyordu," dedi. "Hayır, o asla düşünmezdi. O verdiği sözü bozmaktansa sefil bir hayat sürmeyi tercih ederdi." İç çekti. "Ama Celeste'in ne düşündüğünden emin değilim."

"Nasıl yani?"

"Eh, daha geçen hafta Celeste'le bir ilişkisi olduğunu itiraf eden bir adamın annesi aradı. O haftasonu o adam da düğün grubuylaymış."

Başımı salladım. "Ama düğün grubundan olan biriyle ilişkisi olsa bile, bu haber Gray'in masumiyetini kanıtlamakta pek işimize yaramaz. Her savcı noktaları birleştirir ve Gray'i ani tepki vermekle, aldatıldığını öğrenip bir anlık öfkeyle hareket etmekle suçlamaya çalışır."

"Evet," dedi Chandra, "ama bu kadının oğlunun tanıklığı olursa sorun olmaz. Bu adama göre, Gray'in, burnunun dibinde olan ilişkiden haberi yokmuş. Dahası, adam, adı Evan, Celeste'in kız kardeşinin uzun süre tutkunu olduğu biriymiş. Hatta eski sevgilisiymiş. Ve Celeste'in kardeşi Celeste'i her zaman çok kıskanmıştır."

Gözlerimiz birbirine kenetlendi.

"Düşündüğüm şeyi mi ima ediyorsunuz?"

Chandra başıyla onayladı. "Bence Celeste'i yeni gelin öldürdü."

"Kendi öz kız kardeşi."

"Evet."

Derin bir nefes aldım ve sandalyemde geriye yaslandım. "Bunu nasıl kanıtlayacağız?"

"Senin yardımınla, tatlım," dedi. "Gray'in adını aklayabiliriz. Onu eve getirebiliriz."

Elini sıktım. "Elimden gelen her şeyi yapacağım."

"Teşekkürler," dedi gözyaşlarının arasından. "Ya... ya onu bir daha asla göremezsem? Ya o tatlı gözlerine bir daha bakamazsam?"

"Bence onu göreceksiniz," dedim. "İkimiz de göreceğiz. Ve ondan önce onun çocuğunu göreceksiniz."

Chandra başını salladı. "Çocuğu mu?"

Karnımı okşadım, gittikçe daha da şişiyordu. "İkinci üç aylık döneme daha yeni girdim. Bebeğimizin doğumunda yanımda olmanızı çok isterim."

Kollarıyla beni sardı, sarılırken gözleri yaşlıydı. "Ah, tatlım. Beni çok mutlu ettin. Erkek mi, kız mı?"

"Henüz bilmiyorum," dedim.

Başıyla onayladı. "Eh, eğer erkekse Gray Junior'a ne dersin?"

"Evet," diye cevap verdim. "Olabilir."

"Kız ismi düşündün mü?"

"Pek düşünmedim. Daha bir şey bulmadım."

Dizime dokundu. "Gray'in küçük kız kardeşi, Gray daha altı yaşındayken öldü," dedi. "Bir arkadaşın havuzunda boğuldu. Jim onun çırpındığını görür görmez havuza atladı ama... artık çok geçti."

"Üzgünüm."

Kendini toparladı. "Adı Lecia'ydı. Çok güzel buz mavisi gözleri ve çok güzel bir ruhu vardı."

"Lecia," dedim. Kelime ağzımdan bir şiir gibi dökülmüştü. "Sevdim."

29. Bölüm

2 Aralık 2009

Spokane, Washington

Patricia altıdan önce uyandı. Annesinin yakında ona ihtiyacı olacaktı. Temizlenmesi gereken lazımlıklar, yıkanacak çamaşırlar, hazırlanacak kahvaltı vardı. Günler uzundu ve iş zordu ama onun için başka yol yoktu. Annesinin ona ihtiyacı vardı ve profesyonel bakıcı için hiç paraları yoktu.

Bu yüzden Patricia saat altıda kalkıyordu ki kendine bir saat ayırabilsin. Şanslıysa belki de bir saat on beş dakika. Kahve yapıp bahçeye çıktıktan sonra küçükken tırmandığı yaşlı meşe ağacının dalına iliştirilen küçük yem kabına girip çıkan kuşları izlemeyi severdi.

Her zaman sadece ikisi olmuştu. Patricia ve annesi. Babasını hiçbir zaman tanıyamamıştı ve annesi ondan iyi bahsetmiyordu. Onu borç içinde bırakan kötü bir iş kararı aldıktan sonra kaçmış ve bir daha da görünmemişti.

Patricia işte bu yüzden erkekleri sevmezdi. Onuncu sınıftayken Tommy Lewis ona dondurma isteyip istemediğini sormuştu. Dondurmayı severdi ama erkekleri değil.

Evin yan tarafından annesinin bahçesine yürüdü. Bahçeden çok karmaşık bir yeşilliğe benziyordu ve Patricia annesinin bir zamanlar özendiği gibi bahçeye bakamadığı için pişmandı. Ama bu aslında başka bir meseleydi. Buna ciğerleri el vermezdi. Çocukken ameliyat olsaydı belki olurdu ama sorun değildi. Şimdi olduğu gibi o zaman da bunun için para yoktu.

İç geçirip eve doğru yürüdü. Tezgâhın üstündeki fatura yığını çok zaman geçmeden halledilmeliydi. Patricia'nın bu ayı nasıl atlatabileceğine dair hiçbir fikri yoktu. Annesinin kımıldadığını duydu. İşte günü başlıyordu.

Telefon saat on birde çaldı ve Patricia telefonu açmak için annesinin yanından ayrıldı.

"Merhaba," dedi, yemekten sonra yıkanması gereken bulaşığa bakarak.

"Patricia Gunther'la mı görüşüyorum?"

"Evet, siz kimsiniz?"

Kadın, söyleyeceği şeyin onun için büyük bir sürpriz olabileceğini söyledi. Son iki yılını Bermuda yakınlarında ıssız bir adada geçirdiğini ekledi. Babasına ait bir şey bulmuştu. Bir bavul.

Patricia sersemlemişti. Oturdu. "Bu bir şaka mı?" Böyle şeyler yapıldığını duymuştu. Telefonu kapatmayı düşünüyordu.

"Hayır," dedi kadın ve sonra bavulun içindekileri söyledi. May'e mektup. "May, annen mi?"

"Evet," dedi Patricia.

"Hâlâ yaşıyor mu?"

Patricia ona yaşadığını söyledi. "Hasta."

"Babanız, Edward Gunther, iyi bir adammış," dedi kadın.

"İyi bir adam mı?" Başını salladı. "Yanılıyor olmalısınız. Babam beni ve annemi terk eden bir suçluydu."

"Bazı yanlışları olabilir ama sonunda bunların bedelini ödemiş."

Patricia'nın yanakları kızardı. Bu yabancı, babası hakkında ne biliyordu ki? Bunları nasıl söyleyebilirdi?

"Annen hâlâ aynı evde mi yaşıyor?"

"Nerede yaşadığımı sana niye söyleyeyim?"

"Lütfen," dedi kadın. "Eğer aynı evdeyse, bahçede bir yerde ortanca çalılığı var mı?"

"Evet," dedi Patricia sonunda. Annesinin çağırdığını duydu. Bu garip telefon konuşması bitmeliydi.

"Gitmeli..."

"Ortanca çalısına git," diye ısrar etti kadın. "Altını kaz."

"Neden bana böyle bir şey söylüyorsun?"

"Çünkü baban orada sana bir şey bırakmış."

Patricia arayanın ona söyledikleriyle çok şaşırmıştı ama annesini yıkaması gerekiyordu. Sonra da yemeği hazırlamalıydı.

Saat ikide, annesi dinlenirken Patricia pencereden dışarı baktı ve annesinin çok sevdiği ortanca çalısını gördü. Annesi koca mavi ortancaları koparıp evin her tarafını onlarla süslerdi.

Ne saçma bir telefon almıştı öyle. Çok saçma. Ama yine de Patricia merak ediyordu.

Ya öyleyse? Hayır. Ama belki de?

Garaja doğru yürüyüp tozlu bir sapı olan paslı bir kürek buldu. Küreği bahçeye taşıyıp toprağı kazmadan önce derin bir nefes aldı.

Yol almak istiyorsa tüm gücünü kullanması gerekiyordu, bu yüzden bütün enerjisini buna harcadı. Küreği toprağa her vurduğunda, hayatı film şeridi gibi gözünün önünden geçti. Annesinin hiçbir zaman almaya gücünün yetmediği, mağazada gördüğü kırmızı bisiklet. Elektrik kesildikten sonra odun sobasının yanında battaniyenin altında tortop oldukları kış.

Patricia farkına varmadan ağlamaya başlamıştı bile. Geçmişi ve bugünü için gözyaşları döküyordu. Hiçbir zaman ulaşamadığı hayat için. Ve sonra kürek sert bir şeye takıldı. Taş mı? Bir ağacın kökü mü yoksa? Patricia alnından akan teri sildi ve takıldığı parçanın ne olduğunu anlayabilmek için kürekle yer açtı.

Bir bavul ya da sandık gibi bir şeydi. Patricia küreğin takıldığı şeyin üstü tamamen ortaya çıkana kadar kazmayı sürdürdü. Dizlerinin üstüne çöktü ve topraktan temizlemek için ellerini kullandı. Zor oldu ama sonunda ortaya çıkmıştı.

Patricia'nın kirli menteşeleriyle pislik kaplı bavula şöyle bir baktı. Elini kancasına yerleştirdi ve dikkatlice açtı, içinde buldukları onu şaşırtmıştı. Düzinelerce yüz dolarlık kalın deste vardı.

Patricia gözyaşlarına boğuldu.

30. Bölüm

Bir Yıl Sonra

"Pardon," dedi uçakta yanımda oturan yaşlıca kadın. Annemin yaşlarındaydı, belki biraz daha büyüktü. "Kusura bakmayın ama sizi bir yerden tanıyor muyum?"

Yabancılardan gelen bu tarz sorulara alışmıştım. Markette, benzin istasyonunda ya da herhangi bir yerde beni silik bir anı ya da *deja vu* gibi hatırlıyorlardı. Görünen o ki herkes beni nereden tanıdığını bilmek istiyordu. Sekizinci sınıfta beraber matematik dersi mi almıştık? Kulüplerine mi üyeydim? Geçen ağustos kuzeni Al'in düğününde mi tanışmıştık?

Tabii ki onlara beni aslında nereden tanıdıklarını asla söylemiyordum. Yüzümün yıllardır medyada her yerde olduğunu, ıssız bir adada yıllarını geçirip eve dönüş yolunu bulan kadın olduğumu söylemiyordum. Hikâyeme olan dünya çapındaki merak, muhabirlerin eskisi kadar sık aramayı kesmelerine yetecek kadar azalmış olsa da öyle ya da böyle herkesin aklında kalıcı bir yer kazandığımı artık anlamıştım.

İnsanlar O. J. Simpson'ın duruşmalarını, JonBenét Ramsey'yi, Laci Peterson'ı ve... beni hatırlıyorlardı.

"Sanmıyorum," dedim kadına, gülümseyerek. "Tanıdık bir yüzüm var sadece."

Dikkatle bakıp başını salladı.

"Muhtemelen," diye devam etti. "Ama bana tanıdığım birini hatırlattığınıza yemin edebilirim. Herneyse, bebeğiniz gerçekten çok tatlı."

Gülümsedim. "Teşekkürler. Geçen hafta üç aylık oldu."

Kadın bebeğimin küçük tombul eline uzandı. Keşke annem de Lecia'ya bu yabancı kadın veya herhangi başka biri gibi yaklaşabilseydi. Ama üzücü gerçek şuydu ki tutucu tavırlarına gömülmüş ailem ne Erik ve benim farklı hayatlar kurmamızı ne de adada hamile kalmış olmamı kabul ediyordu. Açıkçası, ailemi gördükten ve haberleri verdikten sonra eve hiç geri dönmemiş olmamı tercih ederler miydi diye düşünmüştüm. Yasımı öyle ağır bir yoğunlukla tutmuşlardı ki kalpleri ve akılları geri dönüşümü ve dönüşümün yarattığı durumları kabullenemiyordu. Çok acıydı ama artık onların dünyasına uymuyordum, Gabby'nin ve Erik'in dünyasına da.

Ayrılmadan önce en yakın arkadaşımla kısaca konuşmuştum. Gabby'yle Fremont'taki o eskiden çok sevdiğim küçük kahvecide buluştuk. Onun yanında iki yaşındaki kızı, benim yanımda bebeğim vardı.

"Hayat ne tuhaf," dedi, kızının sarı atkuyruğu saçını düzeltirken. Kızın gözleri aynı Erik'in gözleriydi.

Bu Gabby'nin elinden gelebilecek en iyi özür dileme çabasıydı.

Cevap olarak başımı sallamamsa benim elimden gelen en iyi affetme çabasıydı.

Kahvelerimizi bitirdik, boş vedalar mırıldandık ve yeni hayatlarımızın yeni bölümlerinde kurduğumuz, tuhaf, kafa karıştırıcı dünyalarımıza döndük.

"Adı ne?" diye sordu yanımda oturan kadın, düşüncelerimi bıçakla keser gibi bölmüştü.

"Lecia," dedim bakışlarımı ona çevirerek.

"Çok güzel bir isim. Sanırım Lecia adında hiç kimseyi tanımıyorum."

"Babasının kız kardeşinin adıydı," diye açıkladım. "O daha küçük bir çocukken vefat etmiş."

"Çok üzgünüm," dedi kadın başını sallayarak.

Enterkomdan gelen kabin memurunun sesiyle bölündük.

"Hoş geldiniz, bayanlar ve baylar. Bermuda'ya direkt uçağımız birazdan kalkacak. Uçuşumuz iki saat on bir dakika sürecek. Saat 17:00'dan hemen sonra sizi indirmiş olacağız. Pilot uçuşta biraz sarsılabileceğimizi bildirdi, bu yüzden lütfen kemerlerinizi bağlayın ve tuvaleti kullanmanız gerekirse dikkatli olun."

Lecia'yı kucağımda sıktım, sonra kemerimin takılı olup olmadığını tekrar kontrol ettim.

"Yıllardır düzgün bir tatil yapmadım," dedi kadın. "Otele varıp parmaklarımı kuma daldırmak için sabırsızlanıyorum." Kendi kendine gülümsedi, sonra bana döndü. "Ya siz? Siz ikinizi cennete götüren ne?"

Gülümsedim, sonra pencereden dışarı baktım. "Lecia'nın babasını bulacağız."

*

İlk sarsıntıyla gözlerim hızla açıldı. Sarsıntı uçak yere çarpmış gibi büyük ve şiddetliydi ama pencereden bakınca hâlâ havada olduğumuzu gördüm.

"Lütfen kemerlerinizi takın, bayanlar ve baylar," dedi pilot enterkomdan. "Size söylediğim fırtınadan geçiyoruz."

Lecia'yı sıkıca tutup pencereden baktım. Bu bir fırtınaydı, orası kesindi. Gökyüzü koyu griydi ve kızgın rüzgâr, 543 no'lu uçuş bir nedenle cezalandırılıyormuş gibi yağmurla uçağın yan taraflarını kırbaçlıyordu.

"Dua edelim," diye fısıldadı yanımdaki kadın. "Tanrım. Lütfen şimdi yanımızda ol. Lütfen bu uçağı, içindeki değerli yolcuları koru, yanımdaki bu küçüğü ve annesini de." Şiddetli bir sarsıntı daha oldu ve Lecia ağlamaya başladı. "Lütfen Tanrım."

Uçak düşüyordu, hızla irtifa kaybediyordu, kulaklarım basınçla tıkanmıştı. Gözyaşlarımı bastırdım. *Ya bu bizim sonumuzsa? Ya düşersek?*

Arkamızdaki bir çocuk çığlık attı. Bir adam yabancı bir dilde bir şeyler bağırdı. Sonra pilot tekrar, "Bayanlar ve baylar, lütfen sakin olun. Bu fırtınayı aşacağız," dedi.

Saatler gibi gelen dakikalar geçti ve türbülans azaldı. Pencerenin dışında güneş ışınları bulutları deliyordu. Bulutlar aralanınca aşağıda kara göründü. Tüm şanıyla Bermuda.

Başaracağız. Lecia ve ben başaracağız. Burada bir hayat kuracağız ve babasını bulacağız. Kucağımda Lecia'yı sallarken boynumdaki akuamarin kolyeyi kavradım ve gözyaşımı sildim.

Evet, bulacağız.

Şoförümüz bizi, satın aldığım küçük sahil evine götürmek için bagaj teslim yerinde bekliyordu. Bagajımızı arabaya yükledi, geri kalan eşyalarımız önceden gönderilmişti. Sonra da yeni evimize doğru yola çıktık. Bu evi kumsala yakın olduğu için seçmiştim. Horseshoe Koyu Kumsalı'nda okyanusa sadece birkaç adım mesafedeydi. Kum burada pembenin en güzel tonundaydı. Beyaz sıvalı, kiremit çatılıydı, iki yatak odası ve geniş bir mutfağı vardı. İkimiz için mükemmel olacaktı. Zamanla, Lecia yolun sonundaki Montesorri okuluna gidecekti. Ben de hayatımı ve yeni sahibi olduğum serveti Gray'i bulmaya adayacaktım.

Ben pencereden dışarı bakarken Lecia araba koltuğunda mırıldandı. Bermuda müthişti. Aynı gemimizin rıhtıma yanaştığı ve Erik'le şehirde yürüyüş yaptığımız gün olduğu gibiydi.

Şoför sahile giden uzun bir yola saptı. Yolun sonunda bizim küçük, sıvalı evimiz vardı. Önceden satın alıp gönderdiğim Jeep yola park edilmiş duruyordu. İki sevimli palmiye, girişi iki tarafından süslemişti.

"Evdeyiz," diye fısıldadım Lucia'ya.

Şoföre ödemesini yaptım, sonra evin etrafından kumsala yürüdüm. Kumsal arka bahçe avlumuzdan iki adım uzaktaydı. Yumuşak okyanus dalgaları kumsala vuruyor, pembe kumun içinde yayılıyor, kıyıda daha da yukarılara çıkıyordu. Ayakkabılarımı çıkarıp ayaklarımı kuma gömdüm. Ufka bakarken Lecia'yı kucağımda salladım.

"Seni bulacağız, Gray," dedim Lecia'ya daha da sokularak. "Tekrar beraber olacağız."

31. Bölüm

15 Şubat 2037

Önce sağa sonra sola bakarak, "Mavi kelebek," dedim. "O tarafa gitti. Kıyıdan ancak bu kadar uzaklaşıp geri dönerler. Biliyorum, onları seyretmiştim."

New York Times'tan muhabir Jeremy başını salladı ve kaptana bir şeyler fısıldadı. Kaptan tekneyi biraz sağa kırdı. Sonra etrafı aydınlatan bir ışık açtı. "Orada bir ada var, buna eminim," dedi kaptan baskın Jamaikalı aksanıyla.

Ve işte orada, hemen önümüzdeydi. Küçük dalgalar kuma vuruyordu. En başta nerede olduğumuzu söyleyemezdim ama daha sonra doğu kıyısı olduğunu anladım. Palmiyeler burada farklı görünüyordu. Kalbim göğsüme sığmıyordu. *Bulduk. Sevgili Tanrım, bulduk onu.*

"Demir atıp burada teknede kalacağım," dedi kaptan. "Siz sandalla kıyıya çıkın. Dalgalar sakin."

Jeremy başıyla onayladı ve su ve yiyecekle dolu çantasına uzandı. Benim çantam da aynı şekilde doluydu.

Lecia koluma dokundu. "Benim de gelmemi ister misin?"

"Evet," dedim. "Lütfen."

"Spot lambayı alın," dedi kaptan

Jeremy başını salladı. "Geri dönerken buna ihtiyacımız olabilir. Sende dursun. Çantamda küçük bir fener var. Daha iyi görebilmek için burada geceleyip sabahı beklemek zorunda kalabiliriz. Bu kadar uzun kalabilir misiniz?"

Kaptan homurdanarak evet dedi ve sonra sandala binmemize yardım etti. Jeremy ve Lecia kıyıya kürek çekti. O an tek düşünebildiğim buraya otuz yıl önce cankurtaran salında nasıl geldiğimdi.

Önce Jeremy atladı, kumsala çarpana kadar küçük sandalı çekti. Bana elini uzattı ve kıyıya çıkmama yardım etti. Ayak bileklerime vuran sıcak suyu hissettim. Ayışığı altında yakamoz su kenarında parlayarak dans ediyordu.

Daha sonra Lecia indi ve Jeremy'nin sandalı sahilde dalgalara kapılmayacak şekilde daha yukarı çıkarmasına yardım etti. "Gerçekten ada bu mu?" diye sordu. "Emin misin?"

"Evet," dedim, gözlerimle sahil şeridinin kıvrımlarını izlerken. "Eminim."

Bir süre daha yürüdük ama ay bir bulutun arkasına sızarak görüşümüzü zayıflattı. Yine de devam etmek istiyordum. Birkaç kilometre daha ve sonra hepimiz... eve varacaktık.

Jeremy durup çantasını çürümüş bir kütüğün yanına koydu. "Bu şekilde ilerlersek fenerin ömrü uzun olmayacak," dedi. "Güneş doğana kadar burada kalsak nasıl olur? Hem biraz da uyumuş oluruz."

Lecia başıyla onayladı. Elbette haklılardı ama durmak istemiyordum. Evi ve Gray'i bulana kadar bu kıyı boyunca yürümek istiyordum. Bu yüzden ikisi gözlerini kapatırken ben gözlerimi açık tuttum.

Sanki hiç güneş doğmayacak gibiydi ama doğmuştu işte. Jeremy ve Lecia'yı uyandırdım. Gündoğumu olgun bir şeftali rengindeydi.

"Devam edelim mi?" diye sordum, ayakta.

Jeremy başıyla onayladı. "Şu kumsala bakın," dedi. "Tam da tarif ettiğiniz gibi."

Başımla onayladım.

"Elbette manyetit," dedi, adanın siyah beyaz eşsiz kumundan bir avuç almak için eğilerek. "Bu konudaki teorimi biliyor musunuz?"

Başımı salladım.

Elinde büyük kristallerden birkaçını ayırdı ve beyaz kumu yere bıraktı. "Yale'de saygın bir jeoloji profesörüyle konuşmuştum. O bu kara kristallerin doğal manyetik özellikleri olduğunu söylemişti. Radarı, hatta GPS'i bile saptıran bir çeşit enerji alanı oluşturduklarına ama aynı zamanda güçlü mıknatıslarmışçasına tekneleri okyanus bataklığı gibi çektiğine inanıyordu."

"Vay canına," dedi Lecia.

Jeremy omuz silkti. "Durumun bu olup olmadığını bilemeyiz ama bir şekilde kulağa mantıklı geliyor, değil mi?"

Başımla onayladım ama bu adayla ilgili bilimsel teoriler umurumda değildi. Neyse oydu. Tek düşündüğüm Gray'di.

Bir saat daha yürüdük, sadece mango almak için durmuştuk bir kere. Bir zamanlar tiksinmeye başladığım meyveye dişlerimi geçirdim, şimdi tadını özlemiştim. "Tam da hatırladığım gibi," dedim, çenemden akan suyunu silerek.

"Bunlar benim yediğim mangolardan daha iyi," dedi Jeremy.

Köşeyi dönünce ne görebileceğime kendimi hazırladım. Acaba ev hâlâ orada mıydı? Peki o? Ve tam kıyıdaki kıvrımı dönerken gördüm. Ev, iyi korunmuştu ama öncekinden daha büyüktü. Daha gelişmişti. Daha fazla oda inşa etmişti ve bir de kat. Yürürken ağzım açık kaldı. Ben koru hâlâ yanmakta olan ateşi geçerken Jeremy ve Lecia arkada bekledi. *Burada. Burada olmalı.* Dikkatlice daha önce paylaştığımız küçük evin girişine adım attım. Yatak odamız şimdi giriş yoluydu. Çoktan ölmüş olan üç mavi kelebekle süslü duvarı gördüğümde kalbim yerinden fırlayacak gibi oldu. Onları duvara bir sırayla yerleştirmişti. Deniz camları, ilginç taşlar ve çeşitli renklerdeki deniz kabuklarının üzerinde duran küçük bir masa yapmıştı.

Arkamı döndüğümde önümdeki görüntü neredeyse nefesimi kesti. Tüm duvarı kaplayan şey o güne kadar gördüğüm en güzel sahil mozaiğiydi. Adadayken Gray'in sessizce küçük parçalar topladığını hatırlıyordum. Bana bir sürpriz hazırladığını söylemişti. Şimdi sonunda ona bakıyordum.

"Gray," dedim diğer odaya girerken. *Burada mı?* Hızla parmaklarımı ince sarı saçlarımda dolaştırdım. Şimdi benim hakkımda ne düşünecek? Palmiyeden divana benzer bir şey yaptığı oturma alanı boştu. Yatak odasında kafasını koyduğu yastıkta bir çukur gördüm. Yastığı yüzüme gömdüm ve Gray'in kokusunu içime çekip dışarı çıktım.

"Burada değil," dedim uzaktaki Jeremy ve Lecia'ya. Dikkatlice bana doğru yürüdüler.

Jeremy'nin gözleri kocaman olmuştu. Defteri elindeydi ve her detayı not ediyordu. "Bu... harika. Yani gerçekten burada yaşa..."

"Evet, neredeyse bir buçuk yıl," dedim. "Gray daha fazla." Gittikçe moralim bozuluyordu. Kaybettiğimiz onca yıl.

Ayağımda bir şey hissettiğimde irkildim.

"Ah, bak," dedi Lecia, diz çökerek. "Bir kedicik."

O bildiğim kediyi görünce gözlerim büyüdü. "Maka?" Hemen yanımda mırlayan kara kediyi incelemek üzere eğildim. "Bu olamaz."

Jeremy bana kulak kesildi.

"Dövme," dedim, görüntü karşısında afallayarak. "Otuz yıl öncesinde olduğu gibi sanki."

"Aynı kedi olduğunu mu söylüyorsun?" diye sordu Jeremy. Başımla onayladım.

"Kediler uzun yaşar zaten," dedi Lecia.

Başımı salladım. "Hayır, Maka öldü. En azından ben öyle olduğunu düşünüyordum." Maka'nın bacağıma sürtünmesini izledim. Kıyıda, uzakta bir hareket gördüğümüzde oraya baktık hepimiz. İki figür yaklaşıyordu. Onlar yaklaştıkça kalbim güm güm atıyordu. Ellerim titremeye başladı.

Lecia'nın elinin benim kolumda olduğunu ve beni tuttuğunu hissedebiliyordum. "Hiçbir sorun olmayacak," dedi. "Ne olursa olsun."

Başımla onayladım, gittikçe yaklaşan figürleri seyrettim. Gray. Bedeninin ana hatlarını seçebiliyordum. Ve... bir kadın. Kim olduğunu en başta söylemek zordu. İnce bedenini saran otlardan bir kuşak vardı. Daha sonra onu gördüm. *Estella.* Şimdi yüzlerini görebiliyordum. Ama... En son onları nasıl bıraktıysam öyle görünüyorlardı. Nefes nefese Lecia ve Jeremy'ye döndüm. *Yaşlanmamış.*

Gray beni gördüğünde çantasını düşürdü. Yüzünde şaşkın bakışlarla daha da yaklaşırken Estella arkada kaldı.

"Charlotte," dedi. "Bu... sen misin?"

"Benim," dedim gözyaşları içinde. "Benim, Gray."

"Ama nasıl?.."

"Seni tekrar nasıl mı buldum?" Bir adım daha yaklaştım. Bedeni ince ve bronzdu. Tam da onu en son bıraktığım gündeki gibi.

Yüzü gençti ve gözleri parlaktı. Otuz beşini bir gün geçmemişti. "Eve döndüğümden beni seni arıyorum. Bu otuz yılda her gün seni aradım. Ve sonunda buldum."

Ellerime uzandı. Tutmasına izin verdim ama elini yanağıma dokundurduğunda yüzümü yana çevirdim. "Yaşlandım, Gray. Senden çok yaşlıyım. Sen adada genç kalmışsın. Ben..."

"Daha önce olduğun kadar güzelsin," dedi gözlerini bana dikerek.

Gözlerine baktım, sonra omzundan arkasındaki Estella'ya baktım. "Ama o?.." Başını salladı. "Hayır, asla."

"Siz ikinizin hiç..."

"Kardeş gibi bir dostluğumuz var," dedi. "Bana İspanyolca öğretti. Ben de ona balık tutmasını öğrettim ama her şey bundan ibaret. O on yedi yaşında, ayrıca benim kalbim hep... seninleydi."

"Daha on yedi," dedim. "Kulağa bir şarkı sözü gibi geldi."

Gülümsedi.

"Tüm bu geçen zamanda yanında birinin olmasına sevindim."

Estella'ya yakınlaşması için işaret etti. Estella, Gray'in yanında durdu ve sanki hayaletmişim gibi bana baktı.

"İyi bir dost," dedi Gray.

Estella gülümsedi. *"Esta es su amor?"*

"Ne dedi?" diye sordum.

Aşkım olup olmadığını sordu.

Gülümsedim. "Ne diyeceksin?"

"*Evet,* diyeceğim," dedi, kollarıyla belimi sararak. "Bin kere evet."

"Ah, Gray, seni çok özledim."

"Seni her günün her anı özledim," diye fısıldadı kulağıma.

"Ama şimdi beni nasıl sevebilirsin?" diye sordum, bir adım geri atarak. "Yaşlandım. Ama sen yaşlanmadın."

Parmağını dudaklarıma yerleştirdi. "Harika görünüyorsun. Sen benim tek aşkımsın." Yanağıma düşen gözyaşımı sildi ve sonra arkamdakilere baktı. "Bunlar kim?"

Lecia ve Jeremy'nin yanımda olduğunu unutmuştum. Zorlukla yutkundum. "Seninle tanıştırmak istediğim insanlar var."

Elini alıp onu Lecia ve Jeremy'ye doğru çektim. "Gray, bu Jeremy, *New York Times*'tan bir muhabir."

En başta Gray biraz hayal kırıklığına uğramıştı. Sanki geçmişindeki korkular geri gelmişti.

"Endişelenme," dedim. "Hikâyeni biliyor. Masum olduğunu biliyor. Herkes biliyor. Gerçeği ortaya çıkarmak için çok çalıştım."

Gözlerini bana dikti. "Gerçekten mi?"

Başımla onayladım. "Eve döndüğünde aklandığını göreceksin."

"Masum olduğuma gerçekten inanıyor musun, Charlotte? Çünkü sen gittiğinde..."

"Çok üzgünüm, Gray. Senden bir an şüphe ettiğim için özür dilerim. Seni ve adayı terk etmek hayatımda yaptığım en büyük hataydı."

"Seni yıllar önce affettim ben," dedi.

Elini sıktım. "Teşekkür ederim." Sonra Lecia'yla gözgöze geldik ve bir süre ne diyeceğimi bilemedim. "Gray, bu Lecia."

Elini ona doğru uzatıp gözünü kırpıştırdı. "Bu ismi her zaman sevmişimdir."

"Biliyorum," dedim. "Annen söyledi."

"Annem mi?"

Başımla onayladım. "Evet, eve dönünce onu görmeye gittim."

Zorlukla yutkundu.

"Gray, Lecia... bizim kızımız."

Önce bana, sonra da Lecia'ya baktı. Gözleri büyüdü.

"Evet," dedim. "Bildiğin gibi, benim çocuğum olmuyordu ama adadan döndüğümde hamileydim. Seattle'da bir hastanede eve döndükten yedi ay sonra doğdu."

Kızıma baktım. Büyümüştü ve babasını gördüğüm yaştaydı... babasının şimdiki yaşındaydı.

"Çok güzelsin, Lecia," dedi Gray. "Mucize bebek."

Onu kucaklarken Lecia gözyaşlarını sildi.

Jeremy büyük bir şaşkınlık ve gerilimle onları izliyordu. Hayatının haberini bulmuştu.

"Hazır mısın?" diye sordum.

"Hazır mı?"

"Eve gitmeye hazır mısın?"

Gray, Estella'ya baktı, sonra da son otuz yılını geçirdiği eve baktı. İçeri gidip eşyalarını toplayacağını düşündüm. Bermuda'daki evimizde ya da nerede yaşamak istiyorsa orada bu eşyaları sergileyebilirdik.

Gray başını salladı. "Charlotte, ben gidemem."

"Nasıl yani?"

İleriyi işaret etti.

"Artık oradaki dünyaya ait değilim. Hayatta kalamayacağımı biliyorum. Burası benim yuvam. Bu ada."

Zorlukla yutkundum.

"Yani, tüm bu zamanın sonunda, seni buldum ve sen burada mı kalmak istiyorsun? Anlayamıyorum."

Estella boğazını temizleyip birkaç adım ileri yürüdü. "Ben gideceğim," dedi.

Jeremy ve Lecia birbirilerine baktı.

"Lütfen beni de alın."

Gray gülümsedi.

"Her zaman buranın dışındaki dünyayı görmek istiyordu." Jeremy'ye bakmak için durdu. "Lütfen onu da yanınıza alın."

"Elbette," dedi Jeremy.

Gray bana döndü. "Benimle kal."

"Anne," dedi sessizce Lecia.

Ona döndüm. İçimdeki pişmanlık ve sevgiyle baktım ona. "Canım," dedim, "yapmalıyım."

"Evet," dedim Gray, "Evet, kalıyorum."

Kollarıyla beni sardı. Bu tanıdık kolların uzun süredir özlemini çekiyordum.

Jeremy, Cyclops teknesinin enkazını görmek istedi. Bu yüzden adanın merkezine doğru patika yolu yürüdük. Cep telefonuyla yüzlerce fotoğraf çekti. Tüm bu etrafında gördükleri onu hayrete düşürüyordu. Aynı yıllar önce adaya ilk geldiğimiz zamanlarda bize olduğu gibi.

Lecia bir ağaçtan plümerya çiçeği kopardı, sandala doğru yürürken elini tuttum. Maka da bizi takip etti. Sahile vardığımızda kaptan ve teknesinin hâlâ adanın yanında beklediğini gördüğüme sevinmiştim.

"Anneme iyi bak," dedi Lecia, Gray'e. Birbirilerine sarıldılar. Jeremy cep telefonuyla aile fotoğrafımızı çekti.

Lecia bana sıkıca sarıldı. "Ah, anne. Seni özleyeceğim. Hem de çok."

"Ben de seni özleyeceğim, tatlı kız. Umarım beni anlıyorsundur."

"Anlıyorum da anlamıyorum da. Ama seni seviyorum. Hayatım boyunca gözlerinde çok fazla keder gördüm. Ama şimdi ilk defa," durdu, gözlerime baktı, "tüm keder gitmiş." Gray'e ve adaya baktı. "Buraya aitsiniz."

Başımla onayladım. Böyle koca yürekli bir kızım olduğu için ne kadar da şanslıydım.

Lecia tekneye geçerken Jeremy yardım etmek için elini uzattı ve her ikisinin gözlerinde daha önce görmediğim bir şey fark ettim. İyi bir şeydi.

"Lecia," dedim, "Estella'ya hesabımdan ayır. Yeni hayatına adapte olmasında yardım et."

"Edeceğim tabii."

"Elveda, Jeremy," dedim, tekneye geçerlerken.

"Tekrar geleceğim, anne... baba. Söz, tekrar geleceğim."

Küçük sandal büyük tekneye doğru ilerlerken onların gidişini izledik. Herkes güverteye çıktığında uzaktan el sallamaya başladılar. Ve sonra da gittiler.

Gray bana döndü. "Nereden başlayalım?"

"Tam buraya ne dersin? Tam buradan?" dedim, uzun saçını kulağının arkasına iterek. Beni hafifçe öptü.

"Geri geldin," dedi.

"Sana geldim."

"Bir daha gitmeyeceğine söz ver," dedi.

"Söz."

Mavi bir kelebek geçti üzerimizden. Okyanusa doğru gitti. Geri gelecekti ama. Her zaman geri gelirlerdi.

Kelebek Adası için Tartışma Soruları

- *Kelebek Adası* bir kurgu olsa da, genel hatlarıyla Bermuda Şeytan Üçgeni'nde kaybolan gemilerin resmi hikâyelerine dayanıyor. U.S.S. Cyclops gibi gemilerin kaybolmaları bu güne kadar çözülememiş. Sizce neden bu kadar çok gemi ve uçak, kötü şöhretli Bermuda Şeytan Üçgeni'nde kayboluyor?
- Bu kitapta çok fazla hikâye var. Sizde en çok yankı uyandıran hangisi?
- Charlotte adanın bazı insanları kendine çektiğine dair bir teori geliştiriyor. Ona katılıyor musunuz?
- Mavi kelebekler romanda bir sembol olarak kullanılıyor. Gerçek hayatta hiç mavi kelebek gördünüz mü? Sizce mavi kelebek Charlotte'a ne ifade ediyor? Peki size ne ifade ediyor?
- Gabby tartışmalı durumlara yol açan bir karakter. Charlotte olsaydınız yaptıkları için onu affeder miydiniz?

- Charlotte'un yerinde olsaydınız Erik'i tekrar görmekle nasıl başa çıkardınız? Sizce Charlotte bu durumu iyi idare edebildi mi?
- Estella gerçek hayatta var olsaydı sizce bugün, ada sonrası hayatında ne yapıyor olurdu?
- Sizce kazanın Charlotte'un hayatını sonsuza kadar değiştirdiği göze alınırsa seyahat şirketinin ona önerdiği uygun bir miktar mıydı?
- Charlotte ve Gray'in hikâyesi bize sabır ve aşk hakkında ne öğretiyor?
- Gray iğrenç bir suçu işlemiş ya da işlememiş olabilecek, bilinmezlerle dolu, dertli bir adam olarak tanıtılıyor. Charlotte ona âşık olmakla aptallık mı etti?
- Kedi Maka kitapta önemli bir rol oynuyor. Sizce yazar neden onu hikâyeye katmayı seçmiş?
- Siz de Charlotte gibi tekneyle ayrılır mıydınız yoksa kalır mıydınız?
- Adanın doğasında olan bir iyileştirme gücü var. Sizce neden?
- Kitap boyunca iyi ve kötü arasında bir mücadele var. Kötüyü en çok temsil eden karakterler hangileriydi? Peki ya iyiyi?
- Charlotte hayatının çoğunu yalnız geçirdi. Her şeyin adada olduğu haline döneceğini düşünmekle aptallık mı etti? O ve Gray geleceklerine doğru yola çıkarken ne gibi zorluklarla karşılaşacaklar?

Yazarın diğer kitapları

AGAPİ

İlk görüşte âşık olabilirsiniz. Fiziksel bir çekime kapılarak âşık olabilirsiniz. Tutku ve ihtiras dolu bir serüvene çıkabilirsiniz. Paylaşımlarınız üzerinden aşka tutunabilirsiniz. Hiçbir bağlayıcılığı olmayacak şekilde de aşkı tanımlayabilirsiniz. Peki, gelecek planlarınızla uyumlu bir aşka ne dersiniz? Ya da belki ölümsüz aşkı bulursunuz. Aşkın altıncı hali agapiyi...

YEŞİL DENİZ KABUĞU

Yirmili yaşlarda hayat daha kolaydı. Özellikle de konu aşk olduğunda. Biriyle tanışıyordun, sen onları seçiyordun, onlar seni seçiyordu. Birlikte dünyayı fethedebilirdiniz. Paris'e taşınabilirdiniz. Bir sürü çocuk sahibi olabilir veya çiftçilik yapabilirdiniz. Günlük tuttuğunuz zamanlarda yazdığınız her şeyi yapabilirdiniz. Hayaller, parlak, çarpıcı renklerde yaşanacaktı. Hayat sizindi, ikinizindi. Her şeye birlikte göğüs gerip birlikte yaşayabilirdiniz. Hayatınızı birine bağlardınız ve gerisi önemini kaybederdi. Peki ya şimdi?

Öneriyoruz...

YİTİK KALPLER İSTASYONU

O gün binlerce kişi New York'un
Grand Central Terminali'nden geçer.
Burası insanların hoş geldin ya da elveda
demek için geldiği yerdir.
Dünyanın tanınmış duygusal roman yazarları,
İkinci Dünya Savaşı sonrasında umut ve sevginin tekrar
filizlendiği bir dönemde Grand Central Terminali'nde
geçen bir güne kalplere dokunan hikâyeleriyle
hayat veriyor.

Değerli Okuyucumuz,

Pena Yayınları'nı seçtiğiniz için teşekkür ederiz. Okuduğunuz bu kitabın beklentinizi karşıladığını umarız. Pena'da, bir kitap kapanır, yeni bir iletişim başlar.

Bize **www.penayayinlari.com** ve **www.facebook.com/penayayinlari** sayfalarımızdan ulaşarak bu iletişimi daha da zenginleştirebilirsiniz:

- Kendiniz ve arkadaşlarınız için kitap önerilerine göz gezdirebilir,
- Kitap videolarını izleyebilir,
- Kitaplarımızın ilk bölümlerini okuyabilir ve kendiniz için en uygun olanı seçebilir,
- En sevdiğiniz yazarların imzalı kitaplarına ulaşabilir,
- Yarışmalarımıza katılabilir ve hediyeler kazanabilir,
- Yazarlarla iletişime geçebilir,
- Görüşlerinizi paylaşabilirsiniz.

Aşağıdaki bilgilerinizi **www.penayayinlari.com/KAYIT** adresine girerek ya da bu bilgileri **okuyucu@penayayinlari.com** adresine göndererek bu fırsatlardan her zaman yararlanabilirsiniz.

Kitap: **Kelebek Adası**
Ad:
Soyad:
E-posta:
Doğum tarihi:
Cinsiyet:
Adres (Kataloğumuzun adresinize gelmesini istiyorsanız):

Sevgilerimizle,

PENA YAYINLARI

Düşüncelerimizde ayrı,
aşklarımızda
bir aradaydık...